新潮文庫

# オニキス

—公爵令嬢刑事　西有栖宮綾子—

古野まほろ著

# CONTENTS

## ビーコンズフィールド公爵家＝西有栖宮《にしありすのみや》家

**綾子《あやこ》**

警察庁『監察特殊事案対策官』、警視正。英国公爵と日本皇族の娘。女王。
本名はメアリ・アレクサンドラ・綾子・ディズレーリ。
日本の姓を持たないため、
便宜的に「西有栖宮綾子」「西有栖綾子」と呼ばれる。

**有子《ありこ》**

綾子の母。皇族（女王）。英国公爵と結婚し、特例法により女王位を保持。

**ビーコンズフィールド連合王国公爵**

綾子の父。有子の夫。英国王ウィリアムV世の親族。
爵位の称号がビーコンズフィールド。姓がディズレーリ。超絶的お金持ち。

## 警察関係者

**箱崎警察庁長官**

綾子の唯一の直属上官。稀代の陰謀屋として、検察・法円坂宮家と対立。

**安藤隼《しゅん》**

警察庁監察特殊事案対策官補佐、警視。また、公爵家＝西有栖宮家の執事。
上原英子・内閣総理大臣との血縁が噂される若き俊英。

**鳥居鉄也**

I県警察安芸中央警察署刑事第一課主任、巡査部長。札付きの不良《ゴンゾウ》刑事。

## 法円坂宮《ほうえんざかのみや》家

**行子**

検事総長。故・法円坂宮行仁親王の妃。女王。西有栖宮家の宿敵。
検察庁非公然機関『一捜会』の総帥。検察による警察支配をもくろむ。
姓を持たないため、便宜的に「法円坂宮行子」「法円坂行子」と呼ばれる。

**直子**

検事総長秘書官。行子の娘。女王。『一捜会』の指揮官。綾子のライバル。
いわゆる法円坂宮直子、法円坂直子。

ONYX

# オニキス

## 公爵令嬢刑事
## 西有栖宮綾子

# 序章

## 壺中《こちゅう》の田園

二〇二〇年の、東京オリンピック後。
もちろんあの〈厄災《やくさい》〉のあと。
季は五月。
時刻は、午前九時半を回ったあたり。五月らしい太陽が美しい。
場所は、暫定《ざんてい》首都・中京都から、北北西に四〇㎞ほど。
愛知県のイメージからは離れる、奥三河《おくみかわ》の、急峻《きゅうしゅん》な岩肌と樹林の山岳地帯。
木と川と赤土の匂いが支配する、泥臭い田舎。戦国時代の古戦場も遠くはない。
——そこに。
突然、スコットランド風の田園風景が現れる。
大きく広がる芝生。蛇形《だけい》の湖に輝く小川。アクセントのように配された古い木立。
時間の流れが止まったかのような、牧歌的な地。
よくよく目を凝《こ》らせば、幾本かの馬車道、古典様式の橋、そして門番小屋も見える。
いや、羊、山羊《やぎ》、牛といった家畜が、草のまにまに遊んでいるのすら見える。

見渡すかぎりの風景式庭園は、サッカー場だの東京ドームだのでは計りきれない広さ。

明らかに、人為的な〈田園〉である。それはそうだ。奥三河にスコットランドはない。

そして、その人為的な〈田園〉を統《す》べるのが――

英国貴族の所領屋敷《カントリー・ハウス》、優美にして壮麗な〈ホーライ・ホール〉であり。

具体的には、その主であるビーコンズフィールド連合王国公爵《こうしゃく》であり。

実際的には、その娘メアリ・アレクサンドラ・綾子《あやこ》・ディズレーリである。

## ホーライ・ホール

さて、その〈ホーライ・ホール〉。

一階、朝食室。

一階に数多《あまた》ある主要広間のひとつだ。ちなみに他は大ホール、正餐室《せいさんしつ》、応接間、喫煙室、ビリヤードルーム、図書室等となっている。寝室、浴室、更衣室等が二階に配されているのは様式どおり。このほか、使用人ホールなりキッチンなり洗濯室なり食器室なりが地階に隠されているのも様式どおり。むろん、所領屋敷《カントリー・ハウス》の部屋数がその程度であるはずもない。

〈ホーライ・ホール〉についていえば、総部屋数は一五五、総広間数が四九、階段が一四。室内だけで何kmも何時間も一筆《ひとふで》書きの散歩をすることができ、下手に落とし物をすれば月単位で捜索隊を動かさなければ発見できない、といった規模である。

このように巨大な所領屋敷《カントリー・ハウス》が、先程《さきほど》見たように、更に巨大な、見渡すかぎりの風景式庭園を支配している。それが英国流だ。ただそれを、いくら暫定首都の郊外とはいえ、戦国絵巻に出てきそうな泥臭い地にまるごと再現してしまったのは——

当代ビーコンズフィールド公爵の我《わ》が儘《まま》の結果であり、また、そのひとり娘メアリのお強請《ねだ》りの結果でもあった。ビーコンズフィールド公爵家は歴史こそ深くないが、かのヴィクトリア女王の肝煎《きもい》りで創設された公爵家。そして英国における公爵は、かつての日本における公爵などとは桁違《けたちが》いの家格と財力を有する。日本のド田舎にスコットランド風の田園風景を再現するなど児戯《じぎ》に等しい。まして、その当代ビーコンズフィールド公爵の配偶者、すなわちメアリの実母は、日本の皇族——西有栖宮《にしありすのみや》家の有子《ありこ》女王だ。皇族ともなれば、英国公爵に勝るとも劣らぬお家の出となる。ここで細かいことを言えば、有子女王は臣籍《しんせき》降嫁《こうか》したはずなのだが……当時の帝陛下《みかどへいか》とエリザベスⅡ世陛下の勅許《ちょっきょ》により、ビーコンズフィールド＝西有栖宮家の創設が許された。よってメアリについていえば、名はメアリ・アレクサンドラ・綾子、姓はディズレーリ、父公爵の公爵位はビーコンズフィールド、母女王の宮号《みやごう》は西有栖宮である。ただこのあたりは、まあどうでもよい。

要は、メアリは英国公爵と日本皇族のハーフであり、しかも、家格と財力とにめぐまれすぎた令嬢なのであった——敢《あ》えて言えば権力にも、であるが。ただし今現在のところ、適齢期ではあるが配偶者あるいは交際者にはめぐまれていない。

——さてそのメアリは、父公爵とともに、一階朝食室にいる。

母の元女王は、未婚の女子ではないので、寝室で朝食を摂《と》っている。

よって、一階朝食室にいるのは、メアリと父公爵と、執事《バトラー》そして従僕《フットマン》たちであった。

といって、あと一〇人二〇人を詰め込んでも、朝食室はなお余裕のある広さだ。

そして、従僕たちが給仕に動き回っていたなか――

――つい先刻まで父公爵に茶を給仕していたはずの執事が、いつしか朝食卓下座の、メアリの左側に立った。そして英語でいった。

「公爵令嬢《ユア・レイディシップ》。お電話が入っております」

「あら」

千鳥の肉、牡蠣《かき》の酢漬け、ロシア・キャビア、鳩肉のパイ等々を着々とたいらげつつあった彼女は、ホワイトタイのテールコート姿も凛《りり》々しい彼女の執事を見遣《みや》った。正確には父公爵の執事なのだが、彼女は持ち前の我《わ》が儘《まま》で、彼を自分の秘書官にもしてしまっている。父公爵は、メアリが遅くなってからできた子とあって、いささか問題があるほどメアリに甘いのだ。ただメアリは、自分の我《わ》が儘《まま》がただの放埒《ほうらつ》や堕落《だらく》になるギリギリのところで自制できる、貴種としてのプライドを持ってもいた。

「誰からの電話、安藤？」

「箱﨑《はこざき》警察庁長官でいらっしゃいます、御嬢様《マイ・レイディ》」

彼女が微《かす》かに口を拭《ふ》いていると、遅すぎず早すぎないタイミングで、執事が銀盆を差し出してくる。彼女は羊の腎臓を最終的に諦《あきら》め、差し出された銀盆の蓋《ふた》を開けた。盆の上には彼女の警電《ケイデン》スマホがひとつ、置かれている。無論、指紋のくもりひとつ無い。

「公爵《パパ》」彼女は朝食室の上席に座した父に訊《き》いた。「こちらで話しても？」

「かまわんよ」彼女の父はアイロンの利《き》いたザ・タイムズを読んでいる。「ハコザキ君の用件なら、どのみち想像は付く」

「ありがとう、公爵《パパ》」

彼女は警電スマホを手に取ると、五月のバラのような嘆息《ためいき》をそっと零《こぼ》した。その嘆息の成分は、これから予想される宿題の処理を嘆《なげ》いたのが六割、優雅な朝のお茶に邪魔が入りそうなのを嘆いたのが四割――

「お待たせしました箱﨑長官。メアリ・ディズレーリです」

『こちらこそ早朝から恐縮です、公爵令嬢《ユア・レイディシップ》』

それは日本警察の実質的最高指揮官にして、戦後警察最大の謀略家と評される、箱﨑警察庁長官そのひとであった。ロンドン警視庁からスカウトされてきたメアリの唯一《ゆいいつ》の上官、といってもよい。

『実はまた、公爵令嬢のおちからをお借りしたい事件が発生致しました』

「……お急ぎの御様子からすると、深刻な事態のようですね？」

『直ちに現地に赴いていただきたいのです、御嬢様《マイ・レイディ》』

「事件の概要は？」

『窃盗です』

「窃盗……」

メアリは訝《いぶか》しんだ。純然たる窃盗なら――それが彼女の所掌《しょしょう》するとある事務に引っ掛かるものだとしても――日本警察のトップが捜査を下命《かめい》すべき事件とは思えなかったからだ。

ただ、箱崎長官も彼女を『使って』長い。だから単刀直入な説明をした。

『左様《さよう》、窃盗です。

I県警察の安芸《あき》中央警察署から、拾得物たる現金八、五七二万円強が亡失しました』

「成程《なるほど》」彼女は頷《うなず》いた。「その亡失の原因というのが、窃盗としか考えられないと」

『まして警察署内で完結している窃盗です、御嬢様《マイ・レイディ》』

「了解しました長官。ならば直ちに現地へ飛びましょう」

『恐縮です――初代〈監察特殊事案対策官〉、ビーコンズフィールド公爵令嬢。

いえ、いささか略儀ながら、西有栖宮綾子《にしありすのみやあやこ》女王殿下とお呼びした方がよろしいですか？』

「いずれでも。

呼び方など、私と私の職務にいささかも影響しませんので。親の宮号を私の姓のように使っていただいても宮内庁《くないちょう》は文句を言わないでしょうし、個人的には猫ちゃんではないからミヤミヤ呼ばれるのはくすぐったいたいですが」

『了解しました、西有栖警視正。

I県警察本部長と、安芸中央警察署長には厳しく下命《かめい》してあります――私の名代《みょうだい》を派遣するので、最大限の便宜《べんぎ》を図るようにと。何か御質問は？』

「現在の所、ございません」

『極秘裡《ごくひり》の鎮圧と、事件の全容解明。これが御任務です。速やかな措置を期待します』

「御期待に沿えるよう全力を尽くします」

『それでは』

メアリがまた銀盆に警電スマホを返す。それを受け取った執事の安藤隼《しゅん》は、朝食卓の上席に座すディズレーリ公爵に一礼すると、すぐさま必要な措置を始めた。安藤は直ちに使用人エリアへと下りてゆく。入れ換わりに、メアリの侍女《レイディズメイド》が朝食室に入ってくる。

「公爵令嬢《ユア・レイディシップ》、どうぞ二階で御支度《おしたく》を。御髪《おぐし》とお帽子はどうなさいますか？」

「面倒だからザクッとストレートで。それに、この国の人々は帽子を忘れて長いわ」

「またそのようなことを……」

メアリは日英ハーフだが、外貌《がいぼう》は日本人形そのものである。純黒のロングストレートに、若く濡れた夜のごとく蠱惑的《こわくてき》な黒めのう《オニキス》の瞳。そして月光のような肌。唇の自然な紅がもう少し薄かったなら、不健康のそしりを免《まぬか》れなかったろう。

いずれにしろメアリは二階私室《ブドワール》で着付けを終えた。価値の分からない者が見たなら、そこらへんで適当に買ってきたとしか思えないシンプルなパンツスーツになる。侍女としては、古典的に彼女を素っ裸にして下着選びやコルセットぎゅうぎゅうから始めたいのだが、いやせめて装身具くらいは提案したいのだが……如何《いかん》せんメアリの職場というか会社は、この所領屋敷《カントリーハウス》の対極にあるともいえる、世界でいちばん無風流《ぶふうりゅう》な世界だ。彼女はメアリのために、せっかく新調したばかりの乗馬服すら使えないことを嘆いた。嘆きながら、嘆息《ためいき》が出るほど美しい黒髪を懸命にブラッシングした。

　そのうちに、二階私室《ブドワール》がノックされる。メアリが入室を許可すると、家政婦《ハウスキーパー》の内田女史が、泰然自若《たいぜんじじゃく》としつつ、また古典的に屋敷の鍵束《かぎたば》をじゃらじゃら鳴らしつつ入ってくる。執事《バトラー》の安藤と並ぶ、当家使用人に対する全能神だ。ゆえに侍女に訊く。

「公爵令嬢《ハー・レイディシップ》の御支度は？」

「じき終わります」

「安藤さんの方は、準備を終えたと連絡があったわ――」

「――あっ内田さん」メアリは訊いた。「空路でよいのよね？」

「はい、安藤さんからそのように伺《うかが》っております」

「助かったわ……」

　先日のように、チャレンジャー2主力戦車で渓流《けいりゅう》下りはいただけない」

「ここは、壺中《こちゅう》の天地でございますからね」

　メアリは身支度を終えた。価値の分からない者が見たなら、通販で適当に買ったとしか思えないハンドバッグを肩に掛ける。いつしか待機していたハウスメイドが、メアリの巨大すぎる革トランクをふたつ、搬送し始める――

　大階段を下りると、まさに宮殿そのものの一階大ホール。

　一階大ホールを過ぎると、玄関。

　玄関の前には、充分な距離を置いて、公爵家の自家用機が駐機している。

ティルト機の、ＥＶ－22オスプレイ英国海軍仕様機だ。名を〈レパルス〉という。

　これが父公爵の外出だったなら、ルノー・ダンドーレットかサンビーム・リムジンだったろう。いずれにしろ、公爵令嬢なり公爵閣下なりのお出掛けである。手空《てす》きの使用人はすべて、玄関前にお見送りのお列を作る。英国は階級社会であるから、使用人にも階級がある。だから階級順にお列を作る。執事、家政婦、近侍《ヴァレ》、侍女、首席従僕《ファーストフットマン》、従僕、ハウスメイド……

　そしてメアリが自家用機に搭乗しようとしたとき、父公爵と、そして身支度を整え終えた母女王が歩み出て、メアリにキスをしつつ無事を祈った。

「行き先はＩ県と聴いたが」父公爵がいった。「また遠いのお、メアリ」

「いいえ」メアリは思わず苦笑した。「一時間掛かりませんわ」

「御国《おくに》の大事な御用です」母女王がいった。「ビーコンズフィールド公爵家の御名《おんな》を辱《はずかし》めぬよう、しっかりお勤めなさいませ」

「はい、お母様。もとより西有栖宮家の名誉を汚《けが》さぬよう、総力を尽くします」

「いつもいつも、同じ事を言って悪いが……」父公爵がいった。「……メアリ、お前は我々のひとり娘だ。困ったことがあったら、いや困ったことが無くとも、我々を頼るのにまさか躊躇《ちゅうちょ》はいらんぞ、よいな？」

「いつも万全の支援を有難《ありがと》うございます、公爵《パパ》」

「メアリ、お腹《なか》が痛くなったら、トランクの銀器類のところに胃薬のピルケースが――ドロップと間違えてはいけませんよ。あと、救急箱の在処《ありか》は安藤がよく分かっています」

「はいお母様」

「大好きなプラムケーキとマディラケーキは、日々空輪させるようにします」

「は、はいお母様」

「最後に——」

（お母様は絶対にこれ、い、忘れないわね……）

「——あなたはただでさえ仏頂面《ぶっちょうづら》で無愛想でジト瞳《め》で慇懃無礼《いんぎんぶれい》で人様に誤解をされやすいのですから、いつも稲穂のように頭《こうべ》を垂れることを忘れてはいけませんよ、ね？」

「もちろんですわ、お母様」

「公爵令嬢《ユア・レイディシップ》」今や秘書官として細身のスーツを着こなした安藤がいった。「そろそろ」

「それでは公爵《パパ》、お母様。I県警察安芸中央警察署で、悪党を懲《こ》らしめてまいります」

『監察特殊事案対策官』

「困っちゃうわね、お母様には。

私ももう、お見合いの旬《しゅん》も過ぎようかという歳《とし》なのに」

「いえそのようなことは。とても警視正のお歳とは思えぬお美しさ……

で、ではなく、つまりその……お、お母君《ははぎみ》は、御嬢様のことが本当に御心配なのです」

お見合い——という単語に、安藤の怜悧《れいり》な眼鏡は著しく翳《かげ》ったが、メアリはその方面の機微《きび》には疎《うと》かった。だから眼前の、鞭《むち》のような年下の秘書官を、この上なく頼もしい部下と感じこそすれ、それ以外の存在とは思えなかった。

それを察した安藤は、ふたりきりのキャビンで思わず威儀《いぎ》を正した。そして極力、このティルト機の、お召し列車すら——あるいはいにしえのオリエント急行や青列車《ル・トラン・ブル》すら思わせる華麗な居室にふさわしからぬ、事務的な会話を続けた。

「……そして、お母君の御心配には理由があります。箱崎長官が持ってくる事案は、癖《クセ》のある事案ばかりですから」

「そうね。誰もが即座に異動希望を出して遁走《とんそう》したくなる、そんな警察不祥事ばかりだものね」

「先日も、一歩間違えば御嬢様は殉職《じゅんしょく》でした」

「まさか自動小銃まで持ち出されるとは思わなかったわ——今般はさいわいにして、派手にドンパチ楽しむ系の事件じゃないみたいだけど？」

「詳細については、現地で署長からレクを受ける段取りとなっております」

「任せます。あと箱崎長官は、処理日数について何か言っていた？」

「いえそこは常どおり——一分一秒でも早く、と」

「それもそうね。よりによって警察署から現金八千……八千……ええと……」

「現金八、五七二万円強です、御嬢様」

「そうそう、八、五七二万円強が消えて失《う》せるだなんて、メディアに漏れたら三〇年は語り継がれる伝説になるわよ。現場の交通警察官なんて、街頭で切符一枚切れなくなる」

「故《ゆえ》に一分一秒でも早く、となります」

「I県警察、そして安芸中央警察署。協力的だと助かるんだけど」

「箱﨑長官の厳命がありますから、表立って反抗はしないでしょうが……」

「……そこも常どおり、か」

「〈警察庁監察特殊事案対策官〉に〈対策官補佐〉――」自身がその〈対策官補佐〉であり、ゆえにメアリより若干若年の安藤はいった。「――いくら『警察版水戸黄門』とは言っても、所詮《しょせん》は警察庁警視正と警察庁警視のコンビです。階級に物を言わせるには弱いし、実績で物を語るには守秘義務が邪魔となる。対策官とコンビを組ませていただいて一年強、検挙した非違《ヒイ》警察官は四十七人に上りますが、まさか報道発表も部内教養《キヨウヨウ》もできませんから。

――要は、ほとんど誰も、我々のことを知らない。

もっともこちらとて、警察庁にすら出勤しない、極めて胡散臭《うさんくさ》い特殊部隊ですが……」

「それはそれで、都合のよいこともある」

「御嬢様の解決法は、時に著しくドラスティックですからね……著しく」

「警察庁で人事と刑事を専門にしてきたエリートのあなたには、迷惑を掛けるわ。四十七人の身内斬《ぎ》りなど、残酷なこともさせてしまっているし。

もしあなたが望むなら、私、箱﨑長官に掛け合って、違う警視を回させるけど」

「そのようなこと。私、これでも御嬢様の下で多々、勉強をさせていただいているので」

……安藤隼警視は、とりわけメアリのためならば、いくらでも、そういくらでも冷厳に任務を実行する決意をしている。それは、自己の職務に対するというよりは……自己の主君への忠誠が為《な》せる業《わざ》であった。しかもその主君は、言葉を選ばないのなら、『ある種の性格破綻者《はたんしゃ》』でもある。常識人である安藤は、そのことと派手な実績とで、ロンドン警視庁でも名を馳《は》せた主君に、その身を捧げるのが自分の使命だとすら思っていた。

「それに、御嬢様のお父君のビーコンズフィールド家は、エドワードⅦ世にさかのぼる英国王室のお身内。御嬢様のお母君の西有栖宮家は、むろん皇室の重鎮《じゅうちん》。御嬢様の御身《おんみ》に万一のことがあれば、その……私の母も難しい立場に立たされましょう。

私の人選にあっては、官邸と長官の、極めてハイレベルでの合意の産物ととらえていただければ」

「お互い、変わった親を持つと苦労するわね、安藤」

「私より奇特《きとく》な方にお会いできるとは思ってもみませんでしたが、あっは」

「さて。

そのあなたのお母様は今、犯罪の認知件数の圧倒的な増加と――そう平成の折り返し点あたりを想起させるような圧倒的な増加と――警察不祥事のこれまた圧倒的な増加に、まあ苦悶《くもん》している」

「母自身は、箱崎警察庁長官ほどの当事者ではありませんが……

しかし他方で、長官以上に世論を恐《こわ》がらないといけません。そうです。あの〈厄災〉以降、犯罪の認知件数と警察不祥事はまるで車の両輪のごとく増加している。それは確かに母の悩みのタネ。もっとも『苦悶』などという言葉があの珈琲《コーヒー》ババアに似合うかどうかは、また激しく別論ですが」

「そのような情勢を背景に、〈治安機関の抜本的改革〉が一部官庁により叫ばれている」

「煽《あお》っているのは法務省――いえ検察庁ですね？」

「まさしく。そして具体的には、検察の悲願を今この時こそ実現しようとしている」

「すなわち、〈犯罪捜査機関の一元化〉〈犯罪捜査に対する指揮権の確立〉――」

「第二次世界大戦後の日本においては、ぶっちゃけ、検察官に警察官の指揮権はない。それは合衆国に――ＧＨＱに召し上げられた。ゆえに犯罪捜査は、第一義的には、警察の責務とされた。そして半世紀以上が過ぎたばかりか、元号すら複数回改まってしまった……

　これは、検察にとって屈辱の歴史。

　よって今こそ〈犯罪捜査機関の一元化〉を果たし、検察官が警察官を指揮監督できる戦前のスキームを再構築したい。しかも、現下の情勢がこのまま続くのなら、箱崎警察庁長官にはそれに抵抗する力が無くなり、あなたのお母様は検察庁に軍配を上げるしかなくなる――これだけ治安が悪化し、これだけ警察不祥事が頻発《ひんぱつ》していればね」

「それこそが隠密裡《おんみつり》に〈監察特殊事案対策官〉の設置された理由。

　そして私も警察官である以上、検察官の下働きに身を堕《お》とすのは御免《ごめん》です」

「ここで、私も今は警察官だけど、スカウトの中途採用だから、あなたほどの熱意は無いし組織防衛本能も無い。また政治的に、箱崎長官に与《くみ》するべき特段の事情も無い。ただし」

「ただし？」

「謀略をもって国が立つことは無い。奸計《かんけい》によって正義が叶《かな》えられることも無い。英国は嘘を吐くたび世界に不幸をバラ撒《ま》いてきた。そのツケは必ず返ってきた。

──だから、もし。

現下の情勢が何らかの謀略・奸計《かんけい》によるものならば、それを見過ごすのは著しく寝醒《ねざ》めが悪い。私の正義と誇りがでこぴんされた気分になる。そういう意味で──

この安芸中央警察署八、五七二万円消失事件。

すっごくわるいやつの、すっごくわるい事件だといいわね、安藤」

# 第1章　消えた八、五七二万円を追え!!

I

I県警察、安芸《あき》中央警察署。

同日、午前一一時過ぎ。

メアリと安藤は、オスプレイ〈レパルス〉をI県警察本部屋上のヘリポートに駐機させせると、さっそくここ、問題の警察署に入った。

といって、問題の安芸中央警察署は、I県警察本部の直近である。

躯《からだ》のラインが凜々《りり》しい細身のスーツを着こなした安藤警視も、日本人形然《ぜん》としたロングストレートのメアリも、I県の地を踏んでから、わずか二〇分弱で当該《とうがい》署のエントランスをくぐった。もし、I県警察本部長への極めて儀礼的かつ形式的な挨拶をしなくてよかったのなら、到着から五分強で現場入りしていたに違いない。

――安芸中央警察署は、白銀とグレイとが実にドスの利《き》いた、いかにもな警察署だ。

警察官からすれば何の違和感もないが、市民からすれば城塞《じょうさい》を感じさせるゴツさ。

少なくとも、市役所と一緒の感覚では絶対に入れない、特殊なオフィスビルである。

地上五階、地下一階。

署員数は、三六一名。

大規模署である。Ｉ県警察がＩ県に設置する警察署のうち、最大規模の署。

しかも、いわゆる筆頭署だ。官庁街を含む県都中心部を管轄する、ハイソな警察署。

ゆえにその署長は、警察では役員クラスとなる『警視正』が務める。

ちなみに、地方の警視正ともなれば、ノンキャリア警察官としては『上がり』。しかも『功《こう》成り名を遂《と》げた』ことになる。キャリア相場でいえば、警視監に相当するだろう。要は、地方の現場にいる警視正というのはそれだけ『偉い』。またその分、まさにこの安芸中央警察署の署長のように栄誉あるポストに就くが、いよいよ定年も近い――

地元筆頭署長・警視正というのは、そのような職である。

現在の安芸中央警察署でいえば、それは、日野寛子《ひのひろこ》警視正であった。

職や階級の説明がなければ、幼稚園の園長か、村立病院の内科医を思わせる穏やかで小柄な女性である。すっかり銀色になった短髪のボブが、しっとりとした威厳と気品を感じさせる。といって、その華奢《きやしや》な躯《からだ》は時折、老練な刑事すらひるみそうな圧《アツ》を発してもいる。

家族生活は恵まれていない。若くして同職の先輩と結婚をしたが、家族旅行中の交通事故で夫と子供を亡くしている。しかも、亡くしたのは当時七歳の男の子と二歳の女の子だ。

それゆえ日野署長は、およそ家族というものに異様な執着と理解があった。警察署という家族についても、署員それぞれの家族についても、いわば異様に子煩悩《こぼんのう》である。今の安芸中央警察署ほど、ワークライフバランスにうるさい警察署は全国にないだろう。何よりも家族が第一。家族あっての警察官。それが日野署長の心意気だ。

――その日野署長の城、安芸中央警察署のエントランスで姓名のみを告げたメアリと安藤は、署長秘書嬢にすぐさま案内をされ、今署長室にいる。といって、これまたエントランスから五分と歩いてはいない。この警察署の署長室は、一階にあるからだ。署長室がどこにあるかは、それこそそれぞれの署のデザイン次第だが、イメージ的には、昭和の香りがすればするほど上階にあり、インテリジェントビルになればなるほど下階にある。

そして、そのどちらにしろ、署長室ともなれば、できうるかぎり洒脱《しゃだつ》にされる。緋《ひ》の絨毯《じゅうたん》。茶の調度《ちょうど》。黒のソファ。金銀のトロフィにできれば絵画、むろん国旗。まして、役員クラスである警視正の執務室兼応接室ともなれば、なおさらだ。

――さて。

日野警視正とメアリたちは、名刺交換を終えたのち、署長秘書嬢が日本茶を給仕し終えるのを待って――だから彼女が確実に署長室を密室にするのを待って――さっそく本題に入った。口火を切ったのは、やはり警視正であるメアリだった。

「突然の来訪にもかかわらず、こころよく受け容れてくださり感謝します、日野署長」

「とんでもないことです、対策官」日野署長の声は、潮に焼けたような燻《いぶ》した低音だ。

「警察本部からも、いえ警察庁長官からも直接の下命《かめい》を受けています――『西有栖《にしありす》警視正の行う監察あるいは捜査に全面協力せよ』と。また、たとえそうでなかったとしても、私としては諸手《もろて》を挙げて歓迎いたします、西有栖警視正のことを。

というのも、事態は既に危機的にして、しかも八方塞《ふさ》がりなので」

「お祭しします。

それでは日野署長、警察官としては遥《はる》かに若輩の身で恐縮なのですが、時間も惜しい。その危機的かつ八方塞がりな事態について——仮に名付けるならば〈安芸中央警察署八、五七二万円消失事件〉について、概要を御教示いただければ。また、こちらの安藤警視に記録と録音をさせますが、どうぞ御許可願います署長」

「もとよりです。

まず、当該《とうがい》八、五七二万円——正確には八、五七二万三、一一〇円がどのように『出現』したのか、からお話ししましょう」

ここで日野寛子署長は、それまでずっと堪《こら》えていたであろう嘆息《ためいき》を、ごくわずか……ほんのごくわずかだけ零《こぼ》した。警察官としての長い歳月を物語る顔と手の皺《しわ》も微妙に震える。それは、余所者《よそもの》であるメアリと安藤にしか示すことのできなかった、定年も近い老指揮官の率直な苦悶《くもん》であろう。

「まず、当該現金がいったい『何なのか』ですが」日野署長は淡々《たんたん》といった。「これは拾得現金です。我々で言うところの遺失物《いしつぶつ》です。いわゆる『落とし物』ですね」

「その拾得の場所と、拾得の日時は？」

「場所にあっては、当署管内にある某竹藪《ぼうたけやぶ》。日時にあっては、昨日午後一時三〇分前後」

「拾得者は誰になりますか？」

「警察官です。当署の交番勤務員ふたり。ゆえに我々で言うところの、公務拾得《コウムシユウトク》です」

「成程《なるほど》」メアリは発問を続けた。「拾得に至る経緯は？」

「その竹藪は交番直近にありまして、徒歩であろうと自転車であろうと、警らに出るなら必ず視野に入ります。当該交番の勤務員にとっては、極めて日常的な風景――そこに不審な段ボール箱があれば、交番勤務員としては、まず中身を確認することとなります」

「公務拾得をしたのは、その二名の交番勤務員で、それだけですね？」

「はい」

「それがいよいよ『高額特異物件』だと判明してからの警察の動きを教えてください」

「当該二名の交番勤務員は、当該不審な段ボール箱を開けました。といって、段ボール箱ですからまさか施錠《せじよう》はありません。上側――開く側には、いわゆるH貼《ば》りにしたガムテープによる封がされていましたが、そのようなもの誰にでも破れます。そんな状態の、いわば剝《む》き出しの箱の中に、ゴミ用の大きなポリ袋が入っており、更にそのポリ袋につつまれた形で、帯封《おびふう》された百万円の札束が唸《うな》るほど発見された――と、こうなります。

　ここで、『高額特異物件の取扱い』は確かに重要ながら、それなりに先例もあります。どのように処理をすればよいかもルーティン化されています。この事案についても、担当した当該二名の警察官は、落ち着いてルーティンを処理できるくらいには優秀でした。

　よって直ちに拾得手続が開始された。この手続においては、『拾得時刻』と『拾得場所』、そしてもちろん『拾得物件』を確認しなければならない。前二者は問題になりません。問題になるのは拾得物件の確認です——一円たりとも誤りは許されませんが、状況に鑑《かんが》みて、まさか現場の竹藪で確認をするわけにはゆきませんから。

そこで、当該二名の交番勤務員は、急いで警察署に無線報告をし、交番のミニパトで、直ちに問題の段ボール箱をここ、安芸中央警察署に搬送しました。我が署で彼らに対応したのは——私のこの署長室の奥、徒歩三〇秒未満のところにある——『会計課』です。拾得物の手続を所掌《しょしょう》するのは、警察では会計課ですから。そして事案の重大性に鑑み、会計課長が臨時の指揮官となって手続を進めることになり、またその旨《むね》は直ちに私と副署長に即報《ソクホウ》されたのです……あっ失礼しました対策官、副署長には即報されていません。報告を受けた最高幹部は、私だけです」

「そうしますと、日野署長」メアリは訊《き》いた。「問題の段ボール箱が竹藪で発見され、やがてここ、安芸中央警察署に搬送された時点で、『交番勤務員二名』『警察署の無線担当者』『会計課長』『日野署長』が、事案を認知することになったわけですね？」

「そうなります」

「ちなみに、女房役ともいえる副署長に報告が上がらなかったのは？」

「それは実に陳腐《ちんぷ》な理由からです。

すなわちこの公務拾得の当日、副署長は、朝から警察本部主催の『県下副署長・次席会議』に出席していたものですから。これは、県下のすべての副署長が集まる定例会議です。

そして会議自体は午後いっぱいなのですが、ウチの副署長は律儀《りちぎ》でして、朝の九時頃から警察本部の各課に挨拶回りをしておりました。また夜は夜で、警察本部長主催の意見交換会が――御案内のとおり懇親会《こんしんかい》ですが――午後九時近くまでありまして、その後は帰庁させずそのまま直帰を許しました。というのも、私とてそのときは既に署長公舎へ帰宅していたので。ましてこの段階では、まだ何も『変事』は認知されていません。ゆえに警察署へ無駄に戻ることなく、自宅へ直帰するよう命じました。

　要は当日、ウチの副署長は、我が署を完全に離れていたのです。それが、副署長に拾得現金の報告が上がらなかった理由となります」

「当該会議で御署《おんしょ》をずっと離れていたのは、副署長さまだけですか？」

「ええ、熊川《くまかわ》副署長だけ……ああ、正確には、刑事をひとり運転手に付けましたが」

「成程《なるほど》」メアリは微《かす》かに瞳を逸《そ》らした。安藤は確実に嫌な予感を感じた。「では話を戻しまして、問題の段ボール箱が警察署に搬送されて以降は、どのような措置を？」

「まず、私自身が陣頭指揮をとると、部下職員がかえって萎縮《いしゅく》します――」

（それもそうだ）安藤は頷《うなず》いた。（警視正署長の御臨席《ごりんせき》など、俺でも願い下げる）

「――また重ねて、拾得物の手続は一円であろうが一億円であろうがルーティンです。ゆえに、私自身はここ署長室で通常の決裁なり検討《ケントウ》なりを続け、他方で、会計課長と拾得者たる二名の交番勤務員に命じ、いよいよ拾得物件の確認を始めさせました。

　確認に用いさせた場所は、我が署の道場。そこに鑑識用のビニールシートを幾重にも展張させ、また施錠の上立入禁止の措置も講じさせ、更に言葉を選ばなければ相互監視の状況の下、密室で、紙幣を数えさせ始めたのです。むろんガムテープの封は、できるかぎり段ボール箱を損傷しないように開かせました。封を開かなければ確認などできませんし、御存知のとおり拾得物の封を開くのは警察署長の適法な権限ですから。

ここで、さいわいにして、我が署の会計課には紙幣計算機があります。この紙幣計算機のお陰で、確認時間は大幅に短縮されました。しかも複数回のチェックによって、ヒューマンエラーの介在する余地もなくなりました――

結果、拾得物件は〈現金八、五七二万三、一一〇円〉だと判明したわけです」

「実に微妙な金額ですが、金子《きんす》の内訳は？」

「ああ、それは会計課長に訊かなければなりません――」日野署長は恥ずかしそうに言った。「――すぐに述べますが、昨日私は拾得現金の『総額』しか報告を受けていないので。また今朝は勤務開始時間近くからのドタバタで、結局それを口頭でも書類でも確認できてはいないので。少々お待ちください」

日野署長はきびきびした挙動でソファを起《た》つと、自分の執務卓にある巨大な警電を採った。すぐに内線番号と思《おぼ》しき三桁の番号をプッシュする。相手は直ちに出たと見え、日野署長が二言三言会話をしても、トータルで二分も掛からなかった。

「……大変失礼しました西有栖対策官。只今《ただいま》会計課長に確認したところ、

Ａ　縦横クロスの帯封《おびふう》をされた一千万円の束が八個

B　縦横クロスの帯封をされた五百万円の束が一個
C　剝《む》き出しの一万円札が七十二枚
D　使い古した形跡のある三菱UFJ銀行の封筒に入った三、一一〇円（千円札が三枚、百円硬貨が一枚、十円硬貨が一枚）

というのが金子《きんす》の内訳です。誤りありません」

「それを数えるとき、密室となった道場にいたのは、結局――」

「――先の会計課長と、交番勤務員二名。

その会計課長が報告してくれたところでは、更に二名、会計課の職員を動員したとのことです。ゆえに、紙幣を数えた人間というのなら、総計五名になります。そしてその後、あらかじめ会計課長に命じてあったとおり、道場を密室状態にしたまま、会計課長からこ こ署長室に警電《ケイデン》が入りました――」

（それもまたそうだろう）安藤は思った。（何処《どこ》の誰が、許しもなく警視正閣下に直電《チョクデン》を入れられる？　といって、メアリ御嬢様は我が上原英子《うえはらえいこ》内閣総理大臣にイタ電をする強者《つわもの》だが……）

「――そして会計課長いわく、金額の確認を終えたと。総額はかくのとおりだと。現金以外の物件は、段ボール箱、ポリ袋及び銀行の封筒を除いて存在しないと。

ゆえに私は、①密室状態を維持しつつ、すべての現金をできるかぎり現状どおりポリ袋と段ボール箱に入れ、そのままできるかぎり現状どおりガムテープで厳重に梱包《こんぽう》するよう命じました。また、②そのガムテープの封には総員が押印《おういん》するか花押《かおう》を描くかして、開封されたとき直ちに判明するようにせよと命じました。そして、③その作業が完了したら、当該梱包された段ボール箱を、会計課の大金庫にそのまま納めるよう命じました。

　やがてその会計課長から『大金庫に納め終えました』との報告があったのは、それから十五分後くらいのことでしたか……そのとき私が、『額の大きさに萎縮することはない。むしろ封筒の小銭のような、極めて小額で物理的にも小さいものほど紛失しやすいので、今後とも充分注意するように』と指示したことを憶《おぼ》えています。

　それが、なんと八、五七二万三、一一〇円、丸ごと消失することになろうとは……」

「しかし日野署長。本件拾得手続にはまったく大過ありませんね。いえ何のミスも無い」

「敢えて言えば、現金の巨額さに鑑《かんが》み、いったん大金庫に納めるよりは、直ちに当署の当座預金に入れてしまった方が安全でしたが……」

「ああ、そういえば拾得現金は、結局のところは警察の当座預金に預けるのでしたね」

「はい、そして当県警察の場合は、月に二度、まとめて預け入れます。ただ当県警察の場合、『二〇万円を超える拾得現金については速やかに預け入れろ』という通達もございますので……いくら確認の終わったのが銀行の閉まる頃合いだったとはいえ、私が銀行と協議して直ちに当座預金に入れていたらと、悔やむことしきりです」

「ここで、それまでの時系列を確認させていただきたいのですが――

　まず、交番勤務員二名が竹藪から段ボール箱を発見したのが、おおよそ」

「午後一時三〇分前後です、対策官。

　以下先に御説明してしまいますと、それがミニパトによって本署に搬送されてきたのが午後一時五〇分前後。会計課長らが道場を密室にして所要の確認を始めたのが午後二時ちょうど。私のところへ終了報告があったのが午後二時二三分。会計課の大金庫に納め終えたのが午後二時四〇分前後でしょう。実に一時間強での出来事です」

「そうすると、いよいよ」メアリは微かに黒髪をかきあげた。「変事が発生したときの状況について、お訊きしなければなりません」

「もとよりです、対策官。そしてまず、対策官がおっしゃるところの変事が――『当該現金の消失』が最初に確認されたのは、今朝の午前八時二五分のこと」

「実に時刻が具体的ですが署長、その午前八時二五分に何があったのですか？」

「私の命令によって、当該段ボール箱が大金庫から出されたのです。それがその時刻」

「それはまた何故？」

「御説明します。

　実は、今朝の午前七時ちょっと過ぎでしょうか。『昨日、約八、五〇〇万円の現金が竹藪から拾得されてはいないだろうか。もし拾得されていたなら、それは自分が誤って放置した現金なので、これから安芸中央警察署にゆく』という電話が当署に入ったのです。そしてその時間、警察署は当直時間帯ですので、当直長がすぐさま会計課長の自宅に電話を架けました――『自称遺失者がじき本署に来るぞ』と」

「成程《なるほど》……」

「むろん、偽者《にせもの》や騙《かた》りは直ちに露見します。例えば『ポリ袋』の様子や『銀行の封筒』、あるいは『帯封の記載物』の説明ができませんし、むろん小銭の種類も言えませんから。

　ところが、当該電話の主は——自称遺失者は、『約八、五〇〇万円』という概数を自ら述べたばかりでなく、『三、三一〇円』という端数《はすう》と、その内訳についてドンピシャリの説明をしたというのです。

　ここでそもそも、本件現金の拾得は、まだ一般にもメディアにも未公表でした」

「ただ最近では、拾得物の概要はネットで検索できるようになっていますよね？」

「はい対策官。当然、本件現金もそうしなければならない。しかし法令の規定に従い、それをしようとしていたのはまさに今日の午後だったのです。朝の段階では、何も」

「ところが、その自称遺失者は、本件現金に係る情報が何も公表されていないにもかかわらず——当該『ドンピシャリの説明』を、当直の、泊まりの警察官にしたのですね？」

「そうです。そして当直警察官は大至急、会計課長に直《じか》にこの説明についての確認をしました。むろん、会計課長は私と違って当該現金を直に確認していますから、その説明の真偽はすぐに解《わか》ります。会計課長は大急ぎかつ自費でタクシー登庁し、警察署から、私の署長公舎に警電を入れてきました——『詳細は実務的な話なので省《はぶ》きますが、正確な情報を持った自称遺失者が来署します』と。

　ゆえに当然、私も直ちに署に登庁したのです。そして直ちに会計課長と刑事第一課長を署長室に呼ぼうとしました。会計課長を呼ぶ理由は言うまでもありません。刑事第一課長をも呼ぼうとしたのは、いよいよ『指紋採取』を試みるためです。高額特異物件ですから――それも異様な高額特異物件ですから、最終的な決め手は客観証拠しかない」

「成程《なるほど》」

「ところが私が今朝登庁したとき、本件については既に、熊川副署長が指揮をとっておりました――いえそれがむしろ道理です。何を今更ですが、副署長は、警察署の庶務全般の統括責任者ですから。また会計課長の直属上司でもある。昨日、その熊川副署長が当該現金に全く関与していなかったのは、既に述べたごとく『県下副署長・次席会議』に終日出ていたからで、要は朝から晩まで物理的にいなかったからで、それだけです。

そこで私は、署長室からすぐ近くにいる副署長に命じました。『会計課長に命じて、自称遺失者から確実な事情聴取をするように』と。また刑事第一課長に命じて、『再び道場を完全な密室にした上、段ボール箱の封印を破棄して紙幣の鑑識作業を行うように』と。むろん副署長は了解しました。ゆえに、当該段ボール箱は会計課の大金庫から道場に搬出され、開封される段取り、だったのですが……」

「だったのですが？」

「鑑識作業の下命を受けた刑事第一課長とその部下が、会計課の大金庫を開け、当該段ボール箱を外に出したとき、その段ボール箱は……なんと蛻《もぬけ》の殻《から》だったのです」

「……すべての現金が無かった、ということでしょうか？」

「はい。ポリ袋ごとすべての現金が無かった――という方が正確ですが」

「残っていたのは、いわば外殻《そとがら》の段ボール箱だけ。しかも――」

「――そう、ガムテープの封印は破られていた。箱は開封されていた。巧みに閉じ合わされていたので、取り出そうとした刑事第一課長らも動かすまで気付かなかったほどです。

その時刻というのが、まさに先に申しました、本日の午前八時二五分」

「……超絶的なパニックが起こったでしょうね」

「警察署の、会計課の、大金庫から、現金八、五七二万円強が忽然《こつぜん》と消える……

誰もが自分の正気を疑い、また、誰もがそこにいる我が身の不幸を呪ったことでしょう。

現時点、くだんの自称遺失者はまだ来署していませんが、もしお越しになったなら、この恐るべき真実をすべて適正に、ありのまま御説明するしかない。そのときの絶望と警察不信はいかばかりか。直ちに全てを国民と社会に訴えようとされても全く不思議はない」

「署長の御心痛、いかばかりかとお察し致します」

「私のことなど些事《さじ》です。ただ、当署員の名誉が毀《こぼ》たれるのは痛恨の極み」

II

「それでは日野署長、幾つか、そう実務的な確認を。

最後に当該段ボール箱が『無事』であると確認されたのは何時《いつ》ですか？」

「昨日の午後二時四〇分前後です」

「……それはつまり、当該段ボール箱が最初に大金庫に納められた時刻ですね？」

「まさしく」

「それ以降、今朝の午前八時二五分まで――すなわち十八時間弱のあいだ――ひとりたりとも当該段ボール箱を確認した署員はいないのですか？」

「残念ながらおりません。というのも、確かに大金庫に入った署員はいるのですが――それは会計課の金庫ですから、会計課員は入ります――そのとき見るのは『段ボールの箱』。しかも、発見時でさえ巧みに閉じ合わされた『段ボールの箱』。まして八、五七二万強といったところで、重さは八・六kg。箱の大きさは、ちょっと大きめの引っ越し用くらいで充分。要は、誰もが独りで抱えられる程度のサイズ。何の変哲《へんてつ》もない。

これが箱入りでなかったなら、話は全くの別論だったでしょうが……なまじ『箱』という外殻《がいかく》が無事だったばっかりに、『中身もちゃんとあるはずだ』『警察に泥棒が入るはずもない』という安心感が生じた。だから誰も確認しなかった。ちなみに大金庫は会計課の最も奥にあり、会計課は当署一階の最も奥にある。それも誤った安心感を生んだ」

「となると、そもそも大金庫は何度か開けられたし、そこに入った会計課員複数が『当該段ボール箱は見たが』『封印の状態など見ていない』『異常になど全く気付かなかった』――という状態がずっと続いたわけですね？」

「勤務時間内においてはそうなります。当県でいえば、午後五時一五分までですが」

「勤務時間内の会計課において、当該段ボール箱が大金庫から出されたということは？」

「まさかです。当署の会計課は現在七名体制で、また大金庫の差し込み鍵は会計課長が管理しています。課員の視線という観点からも、鍵の使用という観点からも、『会計課の誰ひとりとして段ボール箱の動きを目撃できなかった』――などという現象は想像の埒外《らちがい》です。また、会計課員総員が共謀したというのなら、そもそも全額を会計課の外に持ち出す必要がない。横領するならするで、必要な分を、必要な都度《つど》使うだけでしょう」

「確かに。なら、会計課員なり署員なりの誰かが、中身である現金のみを持ち出したという可能性はありますか？　というのも、大金庫が何度か開いているのは事実ですから」

「理論的にはあります。むろん『全額』は不可能に近いでしょうが、段ボール箱そのものを持ち出すよりは可能性がある――会計課員が大金庫に入れたのも、実際に入っているのも事実ですし、ゆえに『一部』を小分けにして持ち出したことが否定できないので。

　また、更に不具合なことに、会計課員でなくとも大金庫には入れますし入ります。というのも、まさに問題の段ボール箱のような特異な拾得物を搬入したり、はたまた、各課の証拠品保管庫に入りきらない巨大な証拠品を預け入れることがあるからです。では実際に昨日、会計課員でない署員が大金庫に入ったかどうかは、今後の徹底的な捜査を待たなければなりませんが……理論的には、どの署員が入っていても面妖《おか》しくはない」

「なら、どの署員が『小分け』で現金を持ち出したとしても不思議はない……

　では日野署長、部外者が――例えば地域住民が会計課に入った、などということは」

「あり得ません。

会計課は遺失拾得窓口ですので、当然、勤務時間内というか開庁時間帯に市民が来ることはあります。ですが、すべて銀行のようなカウンタ対応です。いえ銀行より閉鎖的かも知れませんね、ガラス窓を挟んでの対応ですから。まして課内には絶対に入室させませんし、もし入室しようとしたなら、勤務している会計課員が必ず制止します」

「なら勤務時間外にあっては？」

「そもそも会計課は閉まります。

規則として、会計課に二箇所あるドアの鍵は、その夜警察署に泊まる当直班に直《じか》に手渡されます。そして当直班は、施錠できる当直用キーボックスで、常にそれを目視しながら管理します。また会計課大金庫の鍵は、まず会計課長がダイヤルロックで施錠した上、差し込み式の鍵でも施錠して、その差し込み鍵は会計課長が自宅まで持ち帰ります。

ただ……そもそも昨夜は、エントランス等を越えて警察署一階に入った部外者はおりませんでした。それは確認ができています。ですので、部外者にとっては、昨夜会計課に入るのも困難なら、そもそも当署に入るのも困難だったと、そうなります」

「するとその確認というのは、きっと――」

「――はい、防カメ動画による確認です」

「その防カメは、御署《おんしょ》の何処《どこ》に設置されているのですか？」

「当署の出入口に設置されています。

すなわちここ一階の、まずエントランス。あとは二箇所ある通用口。これらが防カメの監視下にあります。ちなみに当署にはこれ以外の開口部がありません。窓も嵌《は》め殺し。

ゆえに、エントランスでも通用口でもよいですが、これらを通過した部外者がいたのなら、その姿は確実に捕捉《ほそく》されていたはずです。ところが」

「そのような部外者はいなかった。恐らくは、警察官の姿しか撮影されていなかった」

「事実そうでした、対策官」

「……どれくらいの警察官が撮影されていましたか？」

「当署は筆頭署で、夜間も多忙ですので……延べ人数なら、優に一〇〇人を超えます」

「誰が会計課へ向かったか――といったことは、その防カメ動画で分かりますか？」

「残念ながら、分かりません。出入口付近・出入口内外の状況が分かるだけです。その後の進路はトレースできません。このことは、当署に慣れた署員にとっては常識です」

「――先刻、会計課の『ドアの鍵』『大金庫の鍵』についての規則を御説明いただきましたが、具体的に昨晩、その規則は遵守《じゅんしゅ》されていましたか？

もし規則が遵守されていたのなら、『ドアの鍵』は当直班が手ずから管理していたはずですし、『大金庫の鍵』は会計課長さんが自宅まで持ち帰っていたはず。となると、どの署員であっても、会計課に侵入して大金庫を開けるのはかなり困難になりますが」

「……現時点での報告を踏まえると、御質問への答えは『否《いな》』です」日野署長は沈鬱《ちんうつ》に過ぎる嘆息《ためいき》を零《こぼ》す。「最大の規則違反は、会計課長が『大金庫の鍵』を自宅に持ち帰らなかったこと……実はそれを、無施錠の、会計課長卓の引き出し奥に隠し入れていただけだったのです」

「なら、理論的には誰にでも悪用できる――会計課に入れさえすれば、でしょうが」

「それは次に大きな規則違反に関係します。

　会計課に入るための『ドアの鍵』は二本。これは勤務時間終了時に会計課から当直班に手渡される。もちろん当直班がそれを始終管理するのを期待しての措置です。ところが……これまた引き継ぎを受けた当直班は、それをキーボックスに吊《つる》したは吊したのですが、そのキーボックスを無施錠のまま、当直長卓上に放置していたことが分かりました。

　ここで、西有栖対策官も御存知と思いますが、警察署の当直班というのは実に多忙です。一〇名程度でほぼ全ての夜間事象に対応しなければなりませんから……よって」

「当直長卓上を始終監視していた者はいない。鍵の点検等を行った者もいない」

「更に言えば、当該キーボックスに当直班以外の警察官が接触するのも容易でした」

「とすれば日野署長、これで『会計課のドア』は無力化できるし、『大金庫の鍵』も無力化できてしまいますね。

　ただ、私の記憶が正しければ、大金庫は更に『ダイヤルロック式』でもあったはずですが？　要は、大金庫のダイヤルの回し方を知らなければ依然大金庫は開けられないし、それが最後の防壁になったはずですが？」

「それも次に大きな規則違反に関係します。規則違反などというと、いささか酷《こく》かも知れませんが……実は、会計課の大金庫のダイヤルロックは、先週から故障していたのです。急ぎ修繕《しゅうぜん》を手配していたのですが……今この時も使えないまま。なまじ特注の、カスタムメイドのロックを選定したのが仇《あだ》となり、修繕に必要な部品がまだ揃《そろ》わない。だから修繕を始められない。そして、壊れた鍵を無理に掛けてしまえば、もう開かなくなってしまい、通常業務に甚大《じんだい》な支障を及ぼす。ゆえに」

「要は、ダイヤルロックは開けっ放し状態……」

これで、最後の防壁も機能していなかったと分かりました。言い換えれば、御署《おんしょ》の署員の誰であれ、理論的には、会計課に侵入し大金庫を開けることができた。こうなる」

（すると、警察にとって嫌なことが確定するな）安藤は思った。（署への出入《しゅつにゅう》は防カメが押さえている。そして実際、部外者の侵入も脱出もありはしなかった。まして問題の大金庫へは、安芸中央警察署員であれば誰でもアクセスできた。となれば）

「日野署長」メアリがいった。「要は、この署は部外者に対して密室だった。部内者にとってはザルだった。ならば」

「そうですね、対策官。

私の願いとは一〇〇%さかしまですが、もし八、五七二万三、一一〇円を消失させた……いえ窃取《せっしゅ》した犯人がいるのならば、それは警察官でしかありえません」

## Ⅲ

「そうなると、日野署長」メアリは続ける。「大金庫にも会計課内にもその周辺にも防カメが無い以上、もしこれを窃盗だとするなら、その被疑者は昨日午後二時四〇分ないし本日午前八時二五分までの間に御署に所在していた警察官すべて、とせざるをえない」

「理論的にはそのとおり。しかも、仮に時間帯を勤務時間外に限ったところで、被疑者が一〇〇人単位となってしまうのも既述《きじゅつ》のとおり。

　ですので、出退勤記録や防カメ動画から全署員の署内所在時間帯を割り出し、最終的にはグレー署員の総当たりを実施するしか無いでしょう――おそらく一年以上、いえ悪くすれば二年を要するそんな長期戦が我々に許されれば、ですが」

「窃盗は御署だと刑事第一課の所掌《しょしょう》になると思いますが、今現在はどのような捜査を？」

「鑑識活動と防カメ動画の精査です。指紋、足跡《そくせき》、DNA型鑑定のための微物《びぶつ》が押さえられれば。はたまた、出入口の防カメ動画で『不審な荷』を携行した署員が特定できれば。そのときは総当たりの愚《ぐ》が避けられます。しかし……」

「率直に申し上げて、期待薄ですね」

「まさしく。当署の会計課は――どこの署でもそうでしょうが――署の物品管理も行いますから。些末《さまつ》なことを言えば、ボールペンだの蛍光ペンだの附箋《ふせん》だのクリップだのトナーカートリッジだの、消耗品を保管しているのも会計課。給与・旅費の取扱いも会計課。また今更ながら、交番等で取り扱う拾得物を受け取るのも会計課。これを要するに」

「御署の、どの課のどの階級のどんな年齢の警察官が入室していても全くおかしくない」

「そのとおり。だから指紋、足跡、微物は決定打になりません。たとえ大金庫内で採取されたとして、『拾得物を会計課員と一緒に搬送したんだ』と言われればそれまでです」

「確かに。まして『不審な荷』となると……」

「出入口には防カメがある。これは当署の常識。なら、あからさまに不審な荷を、何の策も無く搬出しようとはしないでしょう――無論、既述のとおり精査は進めています」

「署長。物理的な証拠では、最低でも一〇〇人以上の総当たり戦になるとするなら――心理的な証拠はどうでしょうか?」

「すなわち?」

「動機と知情性《ちじょうせい》」

「要は、誰がカネを欲していたかと、誰がカネのことを知っていたか――ですね?」

「まさしくです、日野署長。

そして日野署長のここまでの御説明を整理すると、極めて形式的に考えれば、この〈八、五七二万三、一一〇円〉のことを知っていたのは――①これを拾得物として竹藪から発見した交番勤務員二名、②その旨《むね》を無線報告された御署の無線担当者、③その旨を直ちに報告された日野署長、④現金の確認作業を指揮した御署の会計課長、⑤その指示により確認作業に加わった会計課員二名、の総計七名となりますが――

　問題は――とりわけ②に関連して――『どのような無線が流れたか？』でしょう。交番勤務員の無線通話は、機器さえあれば警察署の誰もが傍受《ぼうじゅ》できるはずですから」

「既述のとおり、①の交番勤務員二名は比較的優秀な者です。ゆえに、それこそ弁当の手配にも用いられるほど手軽な署活系《シヨカツケイ》無線で、まさか『一億近い現金を発見しました!!』『竹藪に札束がごろごろあります!!』といった安易な無線通話はしていません。また私自身、実は彼等の無線報告を実際、この耳で傍受しています。更に確認のため、警察署通信室に命じて当時の無線通話を再生させました。警察署通信室にはその録音があるので」

「彼等の無線報告は、現実にはどのようなものだったのですか？」

「本件に関係ある部分だけを引用すれば――『現在根楠町《ねくすチ》地内《ナイ》竹藪において高額現金を公務拾得。その特異性に鑑《かんが》み直ちにＰＳへ搬送する。会計課にあっては所要の準備方《かた》よろしく願いたい』というものでした」

「なるほど生真面目《きまじめ》ですが……微妙ですね？」

「確かに微妙です。

　まず、この無線報告を傍受しただけでは、それがまさか八千万強もの現金であることは絶対に解りませんから。その意味で彼等の無線報告は適正です。その一方、この無線報告を傍受しただけで、『当該拾得された現金は、警察署にわざわざ搬《はこ》んでまで確認しなければならないほどには大量である』ことが解ってしまう――

まして、取り扱った二名の交番勤務員は適正な職務執行をしているわけで、したがってコソコソする必要がまるでない。事実、当該二名は、ミニパトを自然に警察署の駐車場へ乗り付け、例の段ボール箱を自然に警察署内へ搬び入れています。その姿は、これまた当署の誰が目撃していても面妖《おか》しくはない」

「すると理論的には、御署の誰であれ、無線の傍受と段ボール箱の目撃から、それが『段ボール箱一杯分の、だから多ければ一億円近い現金である』ことを知った可能性がある」

「御指摘のとおりです。まして当該段ボール箱は、ミニパトから署内に移され、まず会計課に移動し、次いで道場に移動し、最終的にまた会計課に移動しています。要は、署内において大きく動いたわけです。おまけに――これは適正な措置でしたが――くだんの道場は施錠された上、立入禁止の措置まで講じられた。その措置は二〇分以上継続した。これまた秘密でも何でもありません。すると」

「むしろ適正で慎重な措置を講じたことが、かえって『あの段ボール箱の拾得現金は、極めて高額なんじゃないか？』と推測する根拠となってしまう」

「そのとおりです……ですが、ですが対策官、以上のことは全て仮説で仮定です。現実に無線報告に注意を傾けていたり、署内を移動する段ボール箱を目撃していたり、道場の立入禁止措置に注目していた署員がいた、という話ではありません。ところが」

「理論的に、そのような署員はひとりもいなかった――と断言することはできない。

裏から言えば、どの署員にもそのような機会はあった。

　またこれを言い換えれば、『誰がカネのことを知っていたか？』という知情性《ちじょうせい》の問題に対しては、『ほぼ誰でもそれを知りうる立場にあったよ』としか答えようがない。まさか、先の①ないし⑤に挙げた七名に限定されるわけではない」

「まさしくです、対策官」

「とすれば、知情性のふるいによって被疑者を特定することはおよそ不可能――」

「――ですね。これまた総当たりで、一年二年の長時間を掛けて署員の取調べを進めれば、何か解るかも知れない。知情性のルートでも、その程度の話になってしまいます」

「なら、あと想定される指し筋は――『動機』」

「そうですね、しかも王道です。

　これを窃盗だとするなら、カネそのものが目的だったわけですから、『誰がカネを欲していたか？』すなわち『誰がカネに困っていたか？』から攻め上がるのが常套《じょうとう》手段でしょう。そしてそれには……対策官も充分御存知のとおり、一定の勝算があります。カネに困っていたという事実を隠蔽《いんぺい》することは、我が社では極めて困難ですから。

　警察の身上《しんじょう》実態把握では、およそ借財であればありとあらゆる借財を報告させていますし、よしんばそれを怠《おこた》っていたとしても――養育費が必要であるとかギャンブル依存の風評があるとか不相応な車両なり装飾品なりを使用しているとか、はたまた不倫をしているといった事実は、署長である私が実態把握している部分もあれば、警察本部の監察官室が実態把握している部分もあります。いえその実態把握からも逃れているとしたところで、刑訴法の捜査関係事項照会をかければ銀行口座等は丸裸にできる。カネの流れは捜査の基本ですし、捜査関係事項照会に協力しない金融機関はありませんから。

ただし」

「そう、勝算は極めて高いと見込めるが、やはり……どうしても長期戦になってしまう」

「既に、『被疑者は当署員のほぼ全員』というのが前提です。すなわち三六一名です、私を含めて。その三六一名の私生活を丸裸にし、不審なカネの流れ、あるいは不審な借財等を解明し、それを刑事裁判に使えるだけの証拠としてゆくとなると……

かつて自分も捜査員だった私の概算では――五万本以上の捜査関係事項照会を打つ必要があるでしょうし、だから五万件以上の書類の精査と解析が必要でしょうし、無論それに基づいてどんどん証拠品を押収してこなければならないでしょう。その証拠品は、少なくとも三、〇〇〇点以上になるでしょう。取り調べるべき関係者も、署員どころか元署員・退職者・家族親族とどんどん増える。まさか一、〇〇〇人を下ることはない。

これすなわち、必要な捜査員の人数は」

「――概算で、最低でも八〇人体制の捜査本部が必要ですね」安藤が初めて口を挟んだ。このあたりの警察実務となると、やはりメアリより安藤の方に分《ぶ》がある。「そして署長のおっしゃった照会件数・証拠点数・関係者数を前提とすれば、その八〇人を最低でも一年いえ二年は回さないといけません。なら必要な捜査員の延べ人数は、実に六万人」

「同意します、対策官補佐」日野署長は沈痛に頷《うなず》きながら首を振った。「無論、敗北主義に陥《おちい》るわけにはゆかない。刑事第一課長には直ちに捜査の開始を命じています。そして、確かに勝算はある……ただ問題は、それが時間との戦いだということ。しかも、一〇〇%の勝利など約束されない時間との戦い」

「一定の勝算はあれども」安藤がいった。「果たしてそれまで警察署が保《も》つか――というほどの、すさまじい消耗戦となってしまう。それが、『動機』からの指し筋の弱点」

「そのとおり。

　まして三六一名のこの安芸中央警察署が、まさか恒常的に八〇人の捜査員を捻出《ねんしゅつ》することなどできません。それでは警らも交通指導取締りも物件事故処理も変死体の見分もパンクしてしまいます。ゆえに、どうしても警察本部に応援を願うことになりますが」

「関係者が多数になればなるほど」メアリがいった。「保秘《ホヒ》の問題が生じてくる」

「そしてそれは」日野署長がいった。「長期化すればするほど浮上する問題でもある」

「――日野署長、本件事案の認知は今朝方午前八時二五分ですが、現在のところ、メディア等の対策はどのように？」

「はい対策官。

　くだんの会計課長、交番勤務員等の当事者については、嚙《か》んで含めるように保秘の徹底を命じました。また熊川副署長と至急打ち合わせをして、警察回りの記者対応は――原理原則どおり――『副署長のみが対応できる』『広報は副署長に一元化する』ことを、改めて署内に徹底しています。ただ、あまり今これを強調しすぎると、かえって『何か不祥事が発生したのではないか？』との疑いを生んでしまうので、まさに痛し痒《かゆ》し。加うるに、当署は筆頭署・最大規模署。その中には極めて鋭敏な者もいれば、嗅覚《きゅうかく》の働く者もいれば、むろん……警察の常、記者のオトモダチとして小遣い稼《かせ》ぎをする者もいる。

そこへきて、本件拾得事案は当初、秘密でも何でもなかった。まして、今朝午前八時二五分の会計課での『開けて吃驚《びっくり》玉手箱』騒動は素《す》のリアクション。これまた秘密にすることなどできなかった……そして、警察一家ほど人事《じんじ》話と不祥事話の好きな組織もない。よって少なくとも『今朝会計課で何か飛んでもないことが起きた!!』というのは署内周知の事実。ならそれが『拾得現金八千万を盗んだ強者《つわもの》がいるらしい!!』という噂《うわさ》になるのもそう遠くはない。その噂が記者に適正な価格で売却されるのも時間の問題——

するとその真偽を問われたとき、嘘を吐くことは絶対にできない。そこで嘘を吐けば、退職金をド派手に減額された懲戒処分者を大量生産するだけですから。それはできない。先の自称遺失者が来署したときも同様。まさか所有権者そのひとに嘘を吐くなど論外です」

「お察しします」メアリがいった。「ただでさえ、八千万円強の署内窃盗ともなれば、そのような懲戒処分者がどう考えても一〇人以上は出る。その上、広報や遺失者対応において虚偽発表・虚偽説明をするなど、その人数を少なくとも倍増させるだけ」

「そのとおり。そして無論、私としては無意味な犠牲を増やしたくはない。だから嘘は吐かない——もっとも、嘘を吐こうとしたところでどのみちバレるでしょうね。何故ならこれは真実で、しかも、到底隠し切ることのできないド派手な規模の真実ですから。

――これらを要するに。

どのみちメディア等には漏れますし、私は嘘を吐くことも隠すことも考えてはいません。そしてこれは安芸中央警察署の不祥事ですから、警察本部とて、依怙地《いこじ》になって隠す動機を持ちません。それはそうです。この場合、警察本部は怒り、罰する側であって、怒られて罰されるのは安芸中央警察署とその署長。なら警察本部には隠蔽《いんぺい》の動機がない」

「すると、日野署長も警察本部も、しかるべきタイミングで事実の公表を？」

「当然そうなります。やがて来署するという、遺失者の存在を考えてもそうなる。

しかしながら、現時点ではまだ、本件事案を『窃盗』だと断定できたわけではない。

そして、警察官がトイレに拳銃を置き忘れたり、公園に無線機を置き忘れたりすることなど――残念ながら――めずらしくもない御時世《ごじせい》ゆえ、本件現金もまた、何らかのミスで、例えば署内の証拠品保管庫だの送致書類保管庫だのに紛《まぎ》れ込んだ可能性がある。

ゆえに現在、先に述べた必要な捜査と同時に、『消耗品管理状況の一斉点検』という名目で、会計課長らに署内すべての徹底した捜索を行わせてもいます。それには一定の時間を要する。また一定の時間を要することに理由も立つ――まさか、『署内から八千万強が消えました～』『行方は分かりませ～ん』『詳細も分かりませ～ん』では、事実の公表などできませんから。すなわち、『いったい何が起こって、今分かっていることは何で、これからどうするつもりなのか？』を急ぎ詰めるだけの時間はあるし、許される。

その一定時間が経過し、最低限の説明ができるようになれば――そうです、本件は対外的にオープンにします。記者会見までするかどうかは別論、記者等にはオープンにし、当然取材も受けることとなる。捜査上の秘密以外は、できるかぎりの回答もする」

「なら日野署長はその『一定時間』を、概《おおむ》ねどの程度と見込んでおられますか？」

「私の希望としては、二十四時間以内。警察本部の圧力としては、本日の勤務時間内」

「私の要望を申し上げても？」

「……どうぞ？」

「公表は、明後日の朝としていただきたいのです——自称遺失者が出現しないかぎりは」

「明後日の、朝……」

すなわち、『本日・明日《みょうじつ》の二日間は黙っていろ』ということですか？」

「まさしく。要は私と安藤に、『中一日《なかいちにち》の捜査期間を頂戴《ちょうだい》したい』ということ。

これは実時間にすれば——もうじき正午ですから——そう、約四十四時間の捜査時間を頂戴したいということになります」

（御嬢様の、この瞳）安藤は微かに吃驚《びっくり》した。（見えている。読めている。この〈安芸中央警察署八、五七二万三、一一〇円窃盗事件〉の投了図《とうりょうず》がもう読めている……

だから、約四十四時間などという不可思議《ふかしぎ》な提案になるのだ。

しかし、いったい何が読めたのか？　俺にはまだ、何も見えないというのに？）

「……本件は本来、年単位を有する捜査。少なくとも、私はそれを覚悟しています」日野署長はゆっくりといった。「ゆえに、約四十四時間ていどなら差し支えないですよ、どうぞ御存分にお調べください、と申し上げたいのですが……

しかしただいまの御指示は、要は、『足掛け三日は事実を隠せ』という御指示。となると、ふたつの点で異議を申し上げないわけにはゆきません――

第一、最低限の事実確認にそれほどの時間は必要なく、ゆえにそれほどの時間を費《つい》やせば、当署と当県警察本部が激しい社会的糾弾《きゅうだん》を受けること。第二、警察文化と事案の推移からして、それほどの時間事実を伏せておくことは、著しく困難であること」

「御署と貴県警察本部に対するどのような社会的糾弾にあっても、我々が全ての責任を負います。保秘の万全については、ちょっとした目算と自信もありますし。また仮に事実が漏れようと、貴県警察として『ノーコメント』を繰り返すことは物理的に可能です」

「ですが、しかし!!」老齢の女指揮官はさすがに狼狽《ろうばい》し、憤《いきどお》った。「非礼を承知で申し上げれば、西有栖対策官は一介《いっかい》の警視正。安藤補佐なら一介の警視。警察庁におかれても、いまだ課長クラスですらない。なるほど〈監察特殊事案対策官〉の特権は存じ上げておりますが、私とて当県警察の警視正・筆頭署長・最上級幹部。しかも私には、四〇年近くを勤め上げつつある我が県警察の名誉と尊厳を守る責務があります。このような互いの関係を厳正に考えたとき、ただいまの御指示に従うことは到底、できかねます。

また、よしんばただいまの御指示に従うとして……現実的に考えれば、当該約四十四時間で本件の全容解明・解決が図られようはずもない。ならば、当該約四十四時間は純然たる時間のロス。そのような実際的な意味からも、御指示に従うことはできかねます」

「箱﨑警察庁長官からの、直々《じきじき》の下命《かめい》だと申し上げても？」

「なおのこと!!　中央の権威に膝《ひざ》を折り、部下職員を危機にさらすことなど――」

「――日野署長、私にはお約束ができます」

「何の」

「当該四十四時間さえ頂戴できれば、私にはこの〈安芸中央警察署八、五七二万三、一一〇円窃盗事件〉を解決することができる。その全容解明を、今この場でお約束します」

「そのようなことが!!」

「できる」

そのとき。

ゴンゴン、と剛毅《ごうき》なノックの音がした。

署長室の雄壮なドアが、いっそ叩き割られそうなノックの音。

そしてノックをした主体は、日野署長の許可も待たずにドアを開け、署長室内へ突進してくる――

「あら、副《フク》さん」

「熊川《くまかわ》警視入ります!!」完全に入室してから当該者はいった。「御検討《ケントウ》中の闖入《ちんにゅう》、大変失礼致しました!!

ただ、何やら署長らしからぬ、尋常《じんじょう》でないお声がしましたので、思わず……」

――今入室してきたのは、禿頭《とくとう》の巨漢であった。

側頭部から後頭部にかけて濃い髪が残っており、それが太い黒縁眼鏡と合わさって、どこか頑固な学者のごとき印象を与える。躯《からだ》つきはガッシリと骨太で精悍《せいかん》。そちらは剛直な壁のごとき印象を与える。武闘派の役人、あるいは学究肌の武人といった感じだ。

「……署長。警察庁からの御客人《ごきゃくじん》と何かトラブルでも？」

「いえ副さん、何も問題は無いわ。むしろちょうどよい。御紹介をすませましょう。

――西有栖対策官、そして安藤補佐。

こちらは私の右腕にして女房役、当警察署副署長の熊川大作《だいさく》警視です。ちなみに当署一の巨漢でもあるけれど、ほほ」

「警察庁監察特殊事案対策官、西有栖綾子警視正です」メアリは美しい黒髪ごと頭《こうべ》を垂れた。「先に副署長さまに御挨拶《ごあいさつ》すべきところ、時間の都合で割愛《かつあい》してしまいました。大変失礼致しました」

「いえそんなことは些事《さじ》ですが――お姿を見掛けたのに、お声掛けしなかったこちらにも非はありますし――

……ただ、西有栖警視正、でしたか。

警視正、当署はまさに危機の渦中《かちゅう》にあります。署長も、躯と頭がいくつあろうと足りんような状況。そのような最中《さなか》、中央の高級官僚の御方《おかた》が現場臨場などされるのは、署の庶務を担当する副署長として申し上げれば、大変な迷惑であります」

「副さん!!」

「貴女方《あなたがた》は、探偵まがいのことをして、小説まがいのペーパーを書いておれば済むでしょう。ただ私どもは違います。私どもには一分一秒でも早く例の現金を発見し、かつ、それが消失した事情をも解明する義務がある。そしてそれに成功したところで、署長も私も懲戒処分。詰め腹は免《まぬか》れんでしょう。

詰まる所、私どもは当事者、貴女方は御見物衆《ごけんぶつしゅう》。

もし節度と廉恥《れんち》のこころがおありならば、どうか一分一秒でも早くお帰りください。そして警察庁長官の御名代《ごみょうだい》だとおっしゃるのなら、一人でも一円でもあんパン一個でも、とにかくヒト・モノ・カネを御支援ください。仮初《かりそ》めにも警視正なり警視なりでいらっしゃるんなら、これから当署に『捜査本部を立てる』っちゅうことがどれだけ殺人的な仕事か、お解りでしょうから」

「気に入ったわ」

「……何ですと？」

「こちらの話」メアリはしれっといった。「そのヒト・モノ・カネの『ヒト』だけど熊川副署長、それって私達では御不満かしら？」

「不満というか何というか……今必要なのは熟練の捜査員ですよ？」

「副さん」日野署長が苦笑をする。「ところがね。こちらの西有栖警視正は私にこう約束したのよ──『明後日の午前八時三〇分までに、この事件の全容解明をする』と」

「はあ!?」

「そうですね、西有栖対策官？」

「まさしく」

「ならひょっとして……被疑者も分かっているの？」

「はい」

「……ならやっぱり、これは窃盗なのね？　だって被疑者がいるんだものね？」

「そうなります。すなわちこれは事故でもミスでもなく、故意の窃盗です」

「ならその被疑者とは誰？」

「当該《とうがい》被疑者を王手詰みにできるまでは、語れません。

負けましたと、ありませんと、本人の言葉で投了《とうりょう》させるまでは語れません。

その私の指し筋に必要な時間が、先の『約四十四時間』なのです、日野署長」

「そ、そんな――そんなバカなことが!!」熊川副署長は茹《ゆ》で蛸《だこ》のようになった。「そもそも貴女方、当県に来てまだ二時間と過ごしちゃおらんでしょう。事情を聴いた相手といえばウチの署長だけ。防カメ動画も見ちゃおらんし、鑑識結果も知りゃしないし、署員の銀行口座なんてまだ金融機関から回答が来てはおらん。

それでどうして、犯人だの全容解明だの!!」

「……いえ、よいでしょう、西有栖対策官。

あなたの言葉を借りれば、そう、私も気に入りました。私にもそういう時代があった。

――あなたの先の御提案を、安芸中央警察署長・警視正として承諾します。

すなわち。

　当署も警察本部も、明後日午前八時三〇分まで、本件事案を伏せる。あなたはその間、当署において捜査をし、誰が被疑者かを証明し、その結果を私に教える。むろん、どのような事情があろうと必ず約束を守ってもらう。これが大前提。どう？」

「有難うございます署長。なら警察本部の方へは、私から調整を掛けておきましょう」

「助かります」

「ちょ、ちょっと待ってください署長!!　事実を伏せるだの明後日の午前八時半だの私にゃよく解りませんが——そんな御伽噺《おとぎばなし》の夢物語を信用なさると？　警察庁のお役人が、一年二年は掛かろうかという本件捜査をたった四十四時間で終わらせると？　そして小説の名探偵よろしく、『犯人はお前だ!!』と大見得《おおみえ》を切ってくれると？」

「私達が今実施している捜査を邪魔しないというのなら、実質的にリスクは無いわ。好きなように、勝手に動くだけなのだし。それこそ、タダで探偵ふたりを雇ったと思えば。

　本件事案を伏せておかなければならないのはリスクだけど……それは当然、警察庁長官が御自身の命令として地獄の果てまで責任を負ってくれる。そうよね西有栖対策官？」

「はい、何なら誓書《せいしょ》を書かせましょう——長官の公印と、警察庁長官章も付けますね」

「結構。以上、女の約束よ？」

「女の約束、了解しました。そして私は、これまで約束を違《たが》えたことがありません」

　メアリはしれっと嘘を吐くと、最後に日野署長に頼んだ。

「もうすぐ正午、昼休みです。

　この休み時間を活用して、取り急ぎ熊川副署長と、あと会計課長さんから事情を伺《うかが》いたいのですが――御許可いただけますか？」

「許可します」

　日野署長はいよいよ、ソファを起つことでメアリらの退室をうながした。

「かつ今後、現在進行中の捜査の妨害をしないかぎり、あなたのすることについて、私の個別の許可は不要とします。相談したいことがあれば、熊川副署長に相談なさい――

　それでは明後日の午前八時三〇分に。期待しています。各位、お退《さ》がりなさい」

Ⅳ

　安藤とともに署長室を出たメアリは、さっそく熊川副署長にいった。

「熊川副署長。

　日野署長の御許可を頂戴したので、さっそく副署長の御協力をたまわりたいのですが」

「……署長の御下命《ごかめい》とあらば是非《ぜひ》もない。しかし手短に願いますぞ」

「何処《どこ》か、内密にお話のできる場所はありますか？」

「成程《なるほど》、確かに副署長の私には個室がありませんからな……貴女方のような突飛な客人と接触しているだけで、署員の噂《うわさ》の的でしょうし、記者にでも見られたら厄介《やっかい》だ。

……なら西有栖警視正、安藤警視、一緒に来てください」

愚直な灯台を思わせる熊川副署長だが、そこは筆頭署のナンバー・ツーを務める指揮官、いかにも何気ない様子で、そうエアコンの点検業者でも案内するかのような雰囲気で、警察署一階からエレベータを使った。三人を乗せたエレベータは、最上階五階で止まる。熊川はそのままズンズンと廊下を進み始める。その巨壁のような背中を追うメアリと安藤が案内されたのは――

――まったく無人の署員食堂であった。

「ここを使いましょう」熊川が無愛想にいう。「誰も来やしませんから」

「営業してはいないのですか？」

「ええ警視正。

署建て換えのとき設計に入れたはいいが、予算の制約から維持できず、もう二年も開店休業になっている――現場に必要なものが何か、ここを見ただけでも解るでしょう？」

「慚愧《ざんき》に堪《た》えませんわ。なら、仮眠室なり会議室なり倉庫なりは大丈夫でしょうか？」

「……突然のお気遣い、吃驚《びっくり》ですな。お陰様で当県、いえ隣接県でも恵まれておる方だとは思いますよ。もっとも、御指摘の施設をほぼ無限に必要とするのが現場ですがね」

「それでここ、この署員食堂いえ旧食堂ですが、施錠はできます？」

「ええ」

「誰も来やしないとのことでしたが、ここ、この階にある課なり室なりからは近い？」

「マア遠くはありませんが――

　エレベータや階段からの動線が完全に独立している上、さっき御覧になったとおり、道の分岐にデカい衝立《ついたて》を立ててある。ま、闖入《ちんにゅう》してくる暇人《ひまじん》はおらんでしょう」

「すると今現在、この安芸中央警察署五階で、今私達が用いたルートを使用しようとする警察官はいないということですね？」

「そうなりますな。とりわけ一年ほど前に、煙草を吹かしに侵入したバカが、火災報知器とスプリンクラーをド派手に作動させた後は。ちなみに其奴《ソイツ》は懲戒処分になりましたので、その意味でも、ここ署員食堂に入ろうとする奴《やつ》はおらんでしょう」

「どこかから、この署員食堂内の会話を盗み聴けるかしら？」

「そりゃ無理でしょうな。壁はコンクリでドアもほら、かなり頑強だ。

　また、二年も閉まっていた食堂にまさか秘聴器が設置されているはずもなし。我々が今ここを使用することなど、予測できた者がいるはずもなし――

　そもそも、御覧のとおりここは『食堂』。しかも、三六一名の大規模署の食堂です。学校の教室は優に越すひろさがある。我々がバカみたいに怒鳴り合わなけりゃ、室内にいる者以外には何も聴き取れんでしょう――たとえ誰かがドアのすぐ外にいようとね」

「それは重畳《ちょうじょう》――ええ、理想的だわ」

「……それほど小職からの事情聴取に御執心《ごしゅうしん》ですか？」

「実はそうでもない」

「なんじゃそりゃ⁉」

「だって、私が熊川副署長に訊きたいことは、たったの三つだから」

「……これすなわち？」

「では訊きたいことの第一。

熊川副署長、あなたは昨日、警察本部主催の『県下副署長・次席会議』に出席していたわね。そこでまず、あなたの昨日の動きを教えてほしい」

「御案内のとおり、署長会議だの副署長会議だのはスーッでやります。ゆえに、自宅から出発して自宅に帰りました。出発したのが午前八時三〇分ちょうど。警察本部に到着したのが午前八時五〇分頃。午前中は、関係各課への挨拶回り。午後は一時三〇分からいよいよ会議本番。それが午後五時五〇分頃に終わって、午後六時からは意見交換会、すなわち懇親会《こんしんかい》というか飲酒の席。意見交換会が終わったのが、概《おおむ》ね午後八時五〇分。

この時点で、いったん警察署に帰ろうとすると、日野署長から小職の公用スマホにお電話がありまして」

「概ね午後八時五〇分頃に？」

「概ね午後八時五〇分頃に。そして公用スマホを懐《ふところ》から採り出すと、勤務中に見慣れた署長の警電番号が表示されていたので吃驚《びっくり》しました。すぐに電話をとると、署長はこうおっしゃった――意見交換会が終わったなら、そのまま自宅に直帰してよいと。自分ももう退庁して署長公舎に帰宅しているから、警察署にいったん戻る必要はないと」

「ゆえに御下命《ごかめい》どおり、懇親会の場からそのまま御自宅に直帰なさった」

「さよう。自宅に着いたのが、概ね午後九時一〇分だと記憶しとります」

「では訊きたいことの第二。

熊川副署長、あなたはその昨日、午後一時三〇分に某《ぼう》竹藪から〈八、五七二万三、一一〇〇円〉が拾得されたことを御存知なかったのですか？」

「全く知りませんでした。

というのも、昨日使用した公用車には無線機が搭載されとりませんでしたし、その時刻といえばいよいよ『県下副署長・次席会議』が開催される時刻。当然、スマホを切っておくようにとの指示が出されます。むろん休憩時間や意見交換会においてはスマホを確認できますが、署長のお心配りでしょうか、小職には、当該拾得現金のことは何も連絡がありませんでした。

小職がそれを知ったのは、日付が変わって今朝、『その自称遺失者が来署する』旨の報告を受けたとき、ゆえに直ちに登庁したとき。すなわち今朝午前七時過ぎの……概《おおむ》ね午前七時四五分頃でしょうか。御存知のとおり、いまだその人来ちゃいませんが」

「その時刻以降、事情を確認し、署長の登庁を待って、段ボール箱開封の指示を受けた」

「しかり。その開封に当たったのは刑事第一課長ら。開封と同時に『開けて吃驚《びっくり》玉手箱』、拾得現金が丸ごと消えておると知ったのが、今朝の午前八時二五分です」

「何故、日野署長は熊川副署長に、当該拾得現金のことを連絡しなかったのでしょう？」

「小職は警察署の庶務全般の統括責任者ですから、それを知ったら、直ちに署に戻って陣頭指揮をとる必要があります。まさか、警視正署長にそれをやっていただく訳にはゆきませんからな……」

ただそうすると、会議も意見交換会もキャンセルせねばならん。いや本来はそうあるべきだったのでしょうが、警察の会議っちゅうのは大事な顔つなぎの場でもあれば、今後の売上を上げるための総決起集会でもあります。そこに筆頭署の副署長がおらんとなると、いささかならず不格好で無責任。まして昨日の段階では、そりゃ額こそ異様ではありましたが、とるべき手続と言やあ八、五七二円の拾得手続と全く変わりゃせん……

ゆえに、日野署長が気を遣ってくださり、小職が帰署せずともよいように、小職にはその情報を伏せたと、こう考えとります。御本人も、そのようなことをチラとおっしゃっておられましたし」

「もし仮に、昨日の時点で当該拾得現金のことを知っていたら帰署しましたか？」

「そりゃもちろん。現金はあらゆる不祥事の元ですから……事実、こうなってしまった」

「では訊きたいことの第三にして最後。

昨日の『県下副署長・次席会議』への出席のため、御署《おんしょ》の刑事がひとり、熊川副署長に随行《ずいこう》したと署長から伺《うかが》ったのですが、それは事実ですか？」

「随行――ハア、まあ運転手兼鞄持《かばんも》ちですが。確かに刑事をひとり借りました」

「どのような刑事さん？」

「どのようなと申されても。当署の刑事第一課の、まあベテランの巡査部長です。小職とさほど歳が変わらないほどの」

「お名前は？」

「鳥居《とりい》巡査部長――鳥居鉄也《てつや》巡査部長です」

「その鳥居巡査部長の昨日の動きはどのようなものですか？」

「そりゃ私とほとんど一緒です。いえまるごと一緒と言ってもいい」

「運転手さんなり鞄持ちさんなりなら、それなりに自由時間がありそうですが。まさか御本人が会議の出席者であるはずもなし」

「そりゃ通常はそうなんですが……その……当該者《とうがいしゃ》には若干の特殊事情があり」

「すなわち？」

「……いわゆる不良《ゴンゾウ》警察官なんですわ。

　確かに筋も勘もいい。刑事としての実力なら、警察本部の捜査一課の面々にも引けを取らんでしょう。ただ如何《いかん》せん、勤務意欲を大いに欠く。警部が――いや警視が堂々務まる能力を持っておるのに、いつまでも一介の巡査部長に甘んじておるし、スキあらばサボろうとするし、昇任試験なんぞ歯牙《しが》にも掛けんし。

　無理矢理仕事をあてがえば、アッという暇《ま》に処理しちまいますから、刑事部屋の連中にも一目《いちもく》いや十日ほどは置かれとるんですが……警察の仕事に飽きちまったんですかなあ。どうにも諸事《しょじ》やる気がない。そんな調子だから、課長にも係長にもウケが悪い。他に引き取り手もないんで、もう当署に六年もいる始末。こりゃ内規違反なんですがね。

そんなわけで、署長が『刑事第一課から手の空いた者を』と命じれば、真っ先に雑用係として小職の運転手を務めることになりますし、小職としても奴を遊ばせておく訳には――具体的には勤務時間中にぱちんこなんぞさせる訳には――ゆきませんから、もう日がな一日、昼飯のときも近くに置いておきました。昨日午前中の挨拶回りのときも、まさに鞄持ちとしてあらゆる所属に同行させましたし、午後の会議本番でも、傍聴席を確保して会議内容の議事録を作成させました。また意見交換会にも出席させ、関係各位に、まあ昇任試験のための顔《かお》見《み》世《せ》興行《こうぎょう》をもさせました。といって、本人は偉い人にソツのない御挨拶をするような、そんな可愛らしいタマじゃないんで苦労しましたが……

いずれにせよ、そんな理由から、昨日における小職と鳥居巡査部長の動きは全く一緒ですわ。すなわち午前八時三〇分あたりから午後九時一〇分あたりまでは、ペアとして動いとりました。挨拶回りからはまさか逃げられませんし、会議本番であっても、偉い人の指示が続くなか、会議室の巨大なドアをひとり開けて脱出するようなことは無理。ちなみに、私物のスマホは取り上げておりました」

「そして安芸中央警察署からは何の連絡も無かったのだから、当該《とうがい》鳥居巡査部長にあっても〈八、五七二万三、一一〇円〉のことを知らなかった。拾得の事実を知らなかった」

「当然そうなりますな。

それに奴は警察署でも名うての不良《ゴンゾウ》ですから、小職に伝えるなら別論、奴だけにそれを伝える意味はまるでありゃしません。何もしやしないばかりか、下手をすれば馴染《なじ》みの記者にあることないこと吹聴《ふいちょう》して、小遣い稼ぎをしかねませんから。小職としては奴がそこまで腐っておるとは思いませんが、日野署長としても、臨時の指揮官となった会計課長としても、一〇年に一度あるかないかの特異事案の最中《さなか》、まさか無気力で名を馳《は》せている鼻つまみの巡査部長ふぜいに、署の極秘事項を漏らそうとは思わんでしょう」

「成程《なるほど》……よく解りました、熊川副署長」

「では小職は御役御免《おやくごめん》で？」

「いえ引き続きお願いがふたつあります」

「あのう、小職は、捜査本部の起ち上げ等で実に多忙なのでありますが……

昨日は終日署を離れておりましたゆえ、あらゆる決裁書類が小職のハンコ待ちでストップしておりますし」

「でも、まだ会計課長さんからお話を伺っておりませんわ。

そしてそれについては日野署長の御許可があった。それは御記憶でしょう？」

「た、確かに……それじゃあ急ぎ会計課長をここに呼びますか？」

「それはお願いのひとつではあるけれど」メアリの瞳が悪戯《いたずら》っぽく光った。「いっそのこと、当署の全署員とお話をしたい」

「と、当署の、しかも全署員と？」

「はい熊川副署長。正確に言えば、既にお話を伺った日野署長と熊川副署長以外の全署員と――ですけれど」

「それはすなわち、署員総当たりの事情聴取なり取調べなりをしたいと？」

「ちょっと違います。署員総当たりの上、各人にとあるお願いをしたいんです。

それが熊川副署長に対するお願いの第一。

そして副署長さまの御下命とあらば、叛《さか》らえる警察官は当署にはいないはず」

「そ、そりゃそうですが……しかし当署には三六一名の警察官がおります。署長と小職を抜いても三五九名。その総員から事情聴取をするとなると、まさか一名当たり五分というわけにはゆかんでしょう。いったいどれだけの時間が掛かることやら!!

まして、当署の警察官のほとんどは、噂《うわさ》レベルなら別論、この〈安芸中央警察署八、五七二万三、一一〇円消失事件〉の実態を全然知らんのです。だのに、それをこちらから全署員へ吹聴《ふいちょう》して回るようなことは……!!」

「それは誤解です熊川副署長。私が実施したいのは、事情聴取でも取調べでもない。

そうですね――各人につき最大三分、ちょっとしたお願いをしたいだけ。

まして捜査上の秘密など、これっぽっちも漏らすつもりはありません。お望みならば警察の神様に誓いますわ」

「それじゃあいったいあんたは……失礼、警視正ドノは全署員に何を頼もうっちゅうの」

「それは副署長さまにも御同席いただければすぐ解ります」

「しょ、小職にも、その、三分×三五九名の謎《なぞ》の面談に同席せよと!?

ええと、それは要は三分×三五九名だから、結局――」

「十七時間五十七分になりますわね」

「……西有栖警視正。

　あんたひょっとして、約四十四時間が欲しいとか、明後日の朝まで待ってほしいとか言ったのは……この面談を見越しとったからですか？」

「まさしく。勤務時間は一日七時間四十五分ですので、それでもギリギリですけれど。

　そしてここで熊川副署長に対するお願いの第二なのですが、もちろん、面談の目的は徹底して欺騙《ぎへん》してください。すなわち、この面談が〈八、五七二万三、一一〇円窃盗事件〉に関するものである――などということは絶対に言わないでください」

「なら、いったいどんな名目で面談を組めっちゅうの？」

「そうですね、季は五月、春の異動も落ち着いたあたりですから、『署員各人の健康状態に関する個々面談』――あたりでどうでしょう？」

「そんな胡散臭《うさんくさ》い名目で、全署員をひとりずつ、この旧食堂に呼び出せと？」

「そのとおり。副署長は庶務全般の統括責任者でいらっしゃるから、まさに適任――

　そしてトップバッターは、くだんの鳥居鉄也巡査部長でお願いします。

　あとその鳥居巡査部長には、現在刑事第一課でお調べ中の『段ボール箱』を――そう問題の現金が入っていた段ボール箱を、ここへ持ってくるように指示してください。

　以降はどのような順序でも問題ありませんから、建制順《ケンセイジュン》かつ階級順が無難でしょう」

「とすると、警務課から始まって留置管理課・会計課・生安課・刑事第一課と第二課・交通第一課と第二課・警備課までの順。そしてそれぞれの部門の中では、階級が上の者から、係が先の方から。こうですね？」

「それで結構です。重ねて、ひとりずつですけれど」

「……小職はどうしても同席した方がよいですか？　お役に立てるとは思えんのですが」

「署員の方が無用な緊張を感じても不具合ですし、副署長さまとしても、私が御署の警察官に不当な取調べ等をしていないかどうか、監視なさった方が御安心かと」

「だから、当署側の人間が必要、か……」

「是非《ぜひ》とも」

「仕方ありませんな。貴女方《あなたがた》のことをよく知らん以上、私には当署員を守る義務がある」

「御理解を頂戴できて嬉《うれ》しいですわ。あと各人には、警察手帳と運転免許証と健康保険証、あとマイナンバーカードを持参するよう伝達してください」

「……そ、そりゃまた何故ゆえに？」

「この御時世、本人確認ってとっても大事ですもんね」

「はあ、そりゃまあ……もういいです、どうせ訳が解らんし」

「――さて、時刻は午後零時三〇分。

面談用の長机《チョウキ》と椅子をセッティングするなどして……そうですね、午後二時から、そして鳥居鉄也巡査部長から、個々面談を開始することにしましょう。

ああ、きっと各署員の写真付き身上書《しんじょうしょ》をファイルしておられると思いますので、それはできるだけ早く、そう午後二時以前にこの旧食堂に持ってきてください」

「……では個人面談を実施する旨、小職から各課の課長等を通じて伝達します。御指摘の身上書のファイルは、これからすぐお届けしましょう。

――あと念の為《ため》ですが、例えば交番勤務員は三交替です。すなわち全員が警察署に出揃《でそろ》う日はありません。そうした、非番や休務である警察官はどうされます？」

「無論、ひとり残らず、しかるべきタイミングで呼び出していただきます」

「どうあっても、全署員と接触をされると」

「ええ、どうあっても」

熊川副署長は、既にメアリの意図を見抜く努力を放棄していた。自分の昼食のこともあってか、また、これから謎の『個々面談』について署員に伝達する必要もあってか、五階旧食堂を悄然《しょうぜん》と後にする。そこにはすっかり煙《けむ》に巻かれた諦《あきら》めがあった。

その熊川副署長が完全にドアの外へ出てから、メアリは安藤にいう――

「安藤、若干の弾薬が必要だわ」

「如何《いか》ほどでしょう、御嬢様？」

「そうね……単純計算なら六、一三七kg＋αだけど、余裕をみて一〇tはほしい。今オスプレイの予備機は動かせる？　午後二時までには搬入できそう？」

「問題ありません。〈レナウン〉は動かせますし、倍の二〇tでも余裕で搬《はこ》べます」

「なら午後二時までに、あなたが屋敷の従僕《フットマン》たちを指揮してここに用意させて頂戴」

「かしこまりました、御嬢様」

「あと、英国大使館に連絡」

「了解しました。御内容は」

「私が望む分だけ、英国旅券を発行してほしいと。必要な写真等にあっては後送すると」

「直ちに英国大使のマデン卿《きょう》に依頼します」

「続いて英国航空《ブリティッシュ・エアウェイズ》に頼んで、ボーイング787－11をチャーター」

「一機でよろしいですか？」

「一機でよい。そのまま当県空港に回航させ、燃料を満タンにして待機。私の指示があり次第、いつでも航続距離いっぱいで飛ばせるように——何時《いつ》スタンバイできる？」

「二時間もあれば」

「ならしかるべく。

最後に——そうね、英領ヴァージン諸島までの航空券と、ジブラルタルまでの航空券、あとピトケアンまでの空路・海路のチケットを手配して頂戴」

「チケットの人数は如何《いかが》いたしましょう？」

「これは見せ弾薬だから、それぞれ一名分で大丈夫」

「了解しました。こちらも英国大使館に依頼します」

「重畳《ちょうじょう》」

V

――そして、時刻は午後二時ジャスト。

副署長のお触《ふ》れによる、『署員各人の健康状態に関する個々面談』が始まった。

場所はもちろん、安芸中央警察署五階・旧食堂。

長机《チョウキ》にひとり、面接官のようにメアリが鎮座し、その真正面に、面談を受ける者が座る椅子と小さな机が置かれている。そしてメアリの背には、ちょっと無意味な感じで大きめの衝立《ついたて》がある。熊川副署長と安藤警視は、メアリのいる長机からやや離れ、列外員《レツガイイン》として、式典の来賓よろしく斜めの列を作って座っている。

――トップバッターに対し、すぐに口火を切ったのはメアリだった。

「初めまして、鳥居巡査部長」

「……あんたが本庁から来た偉い人か。俺を御指名とのことだが、何の御用《ごよう》だい？」

「まずは、持参してもらったその『段ボール箱』、拝見してもよい？」

「俺はゴロツキ巡査部長だ。見せろと命令されれば見せるだけさ。ほれどうぞ」

メアリは起ち上がった。長机から離れ、鳥居巡査部長が許可もなくデーンと座った椅子のもとへ向かう。鳥居は椅子から起ち上がりもせず、渋味のある銀髪を掻《か》き上げながら、ドスの利いた銀縁眼鏡越しに、メアリの挙動《きょどう》を観察している。問題の段ボール箱は、鳥居のまさに小脇に置かれていた。どこか儀式的に白手袋《シロテ》を嵌《は》めたメアリが、その段ボール箱を確認し始める――

「空っぽね」

「そりゃそうだろ」

「指紋や微物《びぶつ》はどうなっているの？　あなた確か、刑事第一課の捜査員よね？」

「いちおうな――ま、それなりに採れたが、まさに採れたて。照合や鑑定はこれからさ。だからこそこうしてあんたに見せられる。というのも、結果が出ちまえば、結果と一緒に急いで署長のお目に掛けないといけないからな、この段ボール箱」

「なら、このブツ自体はしばらく必要ないわよね？」

「この段ボール箱そのもの《ヽヽヽ》か？　まあそうだ。必要な作業は終わっている」

「じゃあ私が預かっておくわ。

またあなたの言葉からして、日野署長はまだこの箱を視認《しにん》してはいないようね？」

「そりゃ筆頭署長・警視正サマだからな。そんじょそこらの実働員じゃねえんだから」

「ちょうどいい。なら私からお目に掛けておく。

もし持ってこいと御下命《ごかめい》があれば、そのまま私に連絡して頂戴。私からお渡しする」

「へいへい」

それは、何の変哲《へんてつ》もない段ボール箱だった。特段の文字も絵柄も無い。敢えて言えば、引っ越し用を思わせる、やや大きめなサイズが眼を引く程度である――

段ボールを段ボール箱たらしめている、ガムテープを除いては。

――すなわち、まずこの段ボール箱は、底面を見るに、いわゆる『H貼《ば》り』をされている。要は、底面の中央線と、その左右がガムテープによって接着されている。中央線を長く貼るガムテープが一本。それと垂直に両側をふさぐガムテープが二本。上から見れば『H字』に貼られているから『H貼り』と呼ばれる。密封性の観点から、引っ越し業者や宅配業者に推奨《すいしょう》される箱の作り方だ。

ところが。

やはり箱の底面を見るに、そのH貼りの上から、更に『十字貼り』までが施されている。これは、中央線に長くガムテープを一本貼ってから、あたかも十字架を作るように、それと垂直に一本、ガムテープを貼るやり方だ。無論、上から見たとき『十字』に貼られているから『十字貼り』と呼ばれる。こちらも業者が推奨する、耐力を重視したときの貼り方だ。

（そして、どちらが先に貼られたかは一目瞭然《いちもくりょうぜん》）安藤は観察した。（色も質感も若干異なるガムテープが、H貼りの上に、十字になるよう貼られている。すなわちこの段ボール箱は、底面について言えば、まずH貼りで組み立てられた。そして、どのようなタイミングかは分からないが、その上に、更に十字貼りが為《な》された。こうなる）

その安藤は、既に開封済みの、段ボール箱の上面を見遣《みや》った。

上面は、日野署長が説明してくれたとおり開封済みだから、当然、ガムテープは破られている。しかし、その破られ方や、若干残ったガムテープの痕跡《こんせき》からして、やはり『まずH貼りで上面の封をされ、さらに、その上から十字貼りが為された』ことは確実だった。

（あまり意味のある貼り方とは思えん。八千万強、八・六kgならば二重の補強は不要だ。まして、H貼りをしたガムテープと、十字貼りをしたガムテープは異なるもの。そして御嬢様がわざわざこれを所望《しょもう》されたからには、この『不要さ』『意味の無さ』は、我々にとって重要な意義を持つはず――）

すると、引き続き鳥居巡査部長の近くにたたずんだままのメアリが訊いた。

「どうして二重にガムテープを貼っているのかしら？」

「……確かにそりゃ、真っ先に思い付く疑問だわな」鳥居は火を点けないまま煙草を咥《くわ》えると、それを爪楊枝《つまようじ》よろしく顎《あご》で上下させた。「何とまあ、それを確認したのは刑事第一課でも俺だけだったっていうから、最近のサラリーマン刑事も落ちぶれたもんだ」

「で、あなたがそれを確認した結論は？　何故ガムテープは二重に貼られているの？」

「何のこたあねえ、会計課長が上貼りしたのさ、もちろん十字貼りの方をな」

「何時《いつ》？」

「昨日午後二時二三分」鳥居はメモも見ずに言った。「これ、何の時刻か解るかい？」

「確か、会計課長その他が、この署の道場で拾得現金の確認を終えた時刻ね？」

「可愛くねえなあ。まあそうだ――正確には、それを署長《オヤジ》に警電で報告した時刻だがな」

「どうして会計課長は、元々のH貼りの上に、新たに十字貼りをしたのかしら？」

「俺が会計課長からヤミ喫煙所で聴き出した所じゃあ……

　まさにそうしろと、署長《オヤジ》から指示があったからさ」

「日野署長から？」

「ああ」

「ひょっとして、会計課長がどんな指示を受けたかまで、違法喫煙所で訊き出せている？」

「ああ」

「それ教えてくれない？」

「タダじゃあなあ……そろそろ俺も五十路《いそじ》だし、二階級特進で警部にでもしてくれりゃあ考えるがなあ、あっは」

「何だ、そんな事」

「へ？」

「今の言葉、私は忘れないわ。鳥居巡査部長、あなたも忘れないで頂戴――

　それを前提に、もう一度訊く。会計課長は、日野署長からどんな指示を受けたの？」

「じょ、冗談だよ、冗談だっての……」鳥居は煙の出ない煙草を思いっきり吹かした。

「……五十路《いそじ》も近くなって昇任意欲なんてあるかよ。警部なんかになった日にゃあ、デスクワークで身動きとれなくなるじゃねえか。おれは不良《ゴンゾウ》は不良《ゴンゾウ》でも、刑事って名前と現場だけには執拗《こだわ》りのある不良《ゴンゾウ》なんでな。署長副署長・警察本部の御機嫌伺《うかが》いをしながらExcelだのPowerPointだのと格闘するのは死んでも御免《ごめん》だぜ。まったく、本庁の偉い人ときたら、無気力警察官の軽口を真に受けやがる……

……で、何だっけ？

そうそう、会計課長が段ボール箱について署長《オヤジ》からどんな指示を受けたか、だったな。

会計課長いわく、こうだ――署長《オヤジ》から、『すべての現金をできるかぎり現状どおりポリ袋と段ボール箱に入れ、そのままできるかぎり現状どおりガムテープで厳重に梱包《こんぽう》するよう』命ぜられたんで――」

（この鳥居という巡査部長、かつてはさぞかし切れる刑事だったのだろう）安藤は心中秘《ひそ》かに讃歎《さんたん》した。（メモひとつ見てはいないのに、証言はこの上なく正確だ。何故と言って、今の引用は、午前中に日野署長そのひとが証言した内容とピタリ一致するからだ。

すなわちこの自称不良《ゴンゾウ》の証言は、極めて信用性が高いと言わねばなるまい）

「――そのとき会計課長は警電で確認したんだ、署長《オヤジ》に。『ハイ、できるかぎり現状どおり、ですね？』と。そしてそれ以降の会話を再現すると、こうだ――『ええ、初期状態どおりに帯封《おびふう》して』『では、帯封された八千万全体の梱包方法も……』『ええ、縦横クロスに梱包して』。以上。

とまあ、署長《オヤジ》のこの下命があったから、八千万全体を入れた段ボール箱は『縦横クロスに』――要はガムテの十字貼りで梱包されることとなったのさ」

「でも元々、H貼りで梱包されていたのに？

だから下命を守るとすれば、ガムテープは二重に貼られることとなるのに？」

「そうなるな」

「けれど、その会計課長の対応は極めて面妖《おか》しいわね？」

「……ほう、いよいよ鋭いな嬢ちゃん。

そうだな、署長《オヤジ》はどこまでも『初期状態どおり』『できるかぎり現状どおり』に執拗《こだわ》っていたのに、初期状態どおりでもなければ現状どおりでもないかたちで『十字貼り』を加えるのは、ある意味、命令違反だからな」

「ただ、会計課長がその命令違反を敢えて行ったのは――」

「そりゃ、署長の命令を誤解したからだろう。

署長は、『八千万の現金の梱包方法』を訊かれたと思ったから、初期状態どおり、縦横クロスの帯封をして梱包しろと命じたんだ――成程《なるほど》、会計課長によくよく訊いてみりゃあ、初期状態の帯封は一千万ずつ縦横クロスの十字型だったそうだから、辻褄《つじつま》は合う。

他方で、会計課長は『八千万全体を入れた段ボール箱の梱包方法』を訊いたつもりだったから、初期状態とは違うが、下命どおり、H貼りの上に、縦横クロスの十字貼りを施したと、まあこういう一幕劇だな」

「それが、H貼りの上に十字貼りがなされた段ボール箱の物語」

「そうなる」

「ところで鳥居巡査部長、あなたは昨日、こちらの熊川副署長の随行で、『県下副署長・次席会議』に出張していたようね？　運転手兼鞄持《かばんも》ちをやっていたとか」

「ああ、よく命ぜられる得意分野だ」

「そしてあなたも熊川副署長も、今朝の今朝までこの〈安芸中央警察署八、五七二万三、一一〇円消失事件〉のことも知らなければ、そもそも当該現金が拾得され署内にあることすら知らなかった」

「ああ」

「念の為だけど、昨夜、運転手兼鞄持ちの任務が解除されてから、ここ安芸中央警察署に立ち入ったなどということは？」

「無《ね》えよ」

「だとすると。

あなたには既にこの〈安芸中央警察署八、五七二万三、一一〇円窃盗事件〉の被疑者が分かっている」

「……な、何故そんな突拍子《とっぴょうし》もないことをしれっと断言する？」

「あなたがまさに知らない者であったからこそ見抜ける悪手《あくしゅ》があるからよ――

鳥居巡査部長。

私には無数の欠点があるけれど、ヒトを見るその審人眼には自信がある。

だから。

あなたが正直に今のことを認めてくれないのなら、懲罰《ちょうばつ》人事で警視に昇任させるわよ。

無論、私には余裕綽々《よゆうしゃくしゃく》でその権限がある」

「……何てえ脅迫だ。この三〇万人の警察一家で、した奴もされた奴も前代未聞《ぜんだいみもん》だろうな」

「返事は？」

「……ああ知ってる。分かってる。誰が被疑者かは分かってる。

　一〇〇％確実とは言わねえが、もし昭和スタイルの肉弾的取調べに持ち込めたなら、どうにか落とせるだろうよ。少なくとも、俺はそれだけの嫌疑を感じている」

（やはりか）安藤は思わず嘆息《ためいき》を吐《つ》いた。（ならひょっとして御嬢様は、この男を――）

「オイ鳥居部長!!」熊川副署長が叫んだ。「今のは本当か!?　冗談にしては洒落《しゃれ》にならんぞ!!　しかも……しかも当該被疑者とはいったい誰だ!?」

「お待ちください、熊川副署長」メアリはいきりたつ熊川警視を制した。そしていった。

「なら鳥居巡査部長。何故、当該《とうがい》被疑者を告発しないの？」

「よしとくれよ。巡査部長なんざ下から二番目の階級だぜ。実働員も実働員、地べた這《は》い回っている下《した》っ端《ぱ》だ。八、五七二万円だか何だか知らねえが、そういうハイソな警察不祥事は署長副署長《オヤジオフクロ》、あと精々警視クラスでどうとでも処理してくれよ。俺は気に入った若い奴を仕込むのと、気に入った事件に首突っ込むので手一杯なんでな」

「それだけ？」

「……それだけ、とは」

「あなたがこの〈安芸中央警察署八、五七二万三、一一〇円窃盗事件〉に首を突っ込まないのは、これが実働員には無関係で、しかもあなたの食指を動かす事件ではないから――それだけ？」

「……そうだな。俺はあんたじゃねえからな。この警察不祥事を解決する義務も責任もありゃしねえよ。ただ」

「ただ」

「あんたのことは、まあ、気の毒に思うぜ。

あんたは本庁の偉い人だ。この県にもこの署にも全く御縁《ごえん》が無え。それが、仮に被疑者が分かっているにしろ、その被疑者をフェアな捜査で王手詰めにするには――物的証拠がまるで期待できねえ以上――優に一年二年を必要とする。いや、俺の刑事の勘が正しけりゃあ、それだけの月日を費やしても被疑者は詰まねえ。言い換えりゃあ、あんたの負けは決まっちまってる。

だから、俺には何の責任も義務もありゃしねえが、あんたが捜査員だっていうんなら、同じ捜査員として同情はするぜ――飛んでもねえババ引かされたってな。

ただ、それだけだ。それ以上でもそれ以下でもねえ」

「ところがどうして。私は明後日の勤務開始時間までには、被疑者を王手詰めにするわ」

「なんじゃとて⁉」

「そういうお約束でしたわね、熊川副署長？」

「……小職にも到底信じられんことだが、まあ、はいそのとおりです警視正」

「俺からすれば小娘のあんたが？　俺でも二年は掛かろうかって事件を？　あと二回、太陽が昇ってくるそれまでに？」

「そう」

「……あんたは嘘もハッタリも言ってねえ。それくらいは俺にも分かる。刑事ってなあ、そういうもんだ。ただ、俺にはその手段も方法もサッパリ解らねえ。

これは、矛盾だぜ？」

「あなたの食指、少し動いた？」

「……そこまで大口を叩いた嬢ちゃんの出す、その結果には興味がある。刑事は結果がすべてだからな――ま、刑事にゃ大口も大いに必要なんだが」

「結構。じゃあ本日只今《ただいま》から、鳥居鉄也巡査部長の当署におけるあらゆる勤務を免除します。そして、そこ――ウチの安藤警視の隣に椅子を用意するから、どうぞ座って頂戴《ちょうだい》。これ以降、私の捜査に加わってもらうから。よろしいですわね熊川副署長？」

「もうこうなったら何でもアリですわ。署長の御許可はありましたし……」

「お、俺があんたの部下になって、この窃盗事件の捜査に加わるのか!?」

「まだそこまではお願いしていないけど――

あなただって結果は見たいでしょう？

そして私とて、大口を叩いたその結果を見せたい。要はこれは勝負よ、刑事としての。

――あなたは正解を知っているという。でも王手詰みまでの指し筋が分からないという。

なら私の指し筋をその瞳《め》で見ていって頂戴。お代は見てのお帰りでよい」

「ちなみにあんたが勝負に勝ったとき、俺はどんなお代を支払わなきゃならねえんだ？」

「そうね、あなたが気に入りそうな若い奴を、ひとり立派な刑事に仕込んでもらいたい。

それだけよ」

「へえ、若い奴を一匹、真っ当な刑事にする。それが賭《か》け代《しろ》だっていうんかい？」

「あら難しい？」

「……あんた、言うこと為《な》すこと万事が嫌らしいが、まあ面白えな、嬢ちゃん」

「じゃあ勝負は成立？」

「ただ悪いが、あんたなり警察庁なり内閣総理大臣なり、まあ誰でもいいんだが、『八、五七二万三、一一〇円』同額を用意してちゃんちゃん——なんてイカサマは無しだぜ？」

「それは当然よ。そもそもそれってイカサマどころか負けだもの。

他のあらゆる警察官はいざ知らず、私と安藤だけは絶対に『盗まれた』現金を、だから『遺失者の指紋なり微物なりにあふれた』ホンモノの現金を発見しなければならない——むろん、何億何兆あろうと当該盗まれた現金に代わることはできないし、当該盗まれた現金を、そして被疑者を確保することこそ私と安藤の目的。

私には明後日の午前八時三〇分までにそれができる。あなたにはそれができない。

飽くまで確認に過ぎないけれど、これこそが勝負の内容よ。刑事さん、乗ってみる？」

「ああ乗った。こいつぁおもしれえや。お手並み拝見とゆこうじゃねえか」

「では安藤、鳥居巡査部長に椅子を用意して。

それから熊川副署長、いよいよ『署員各人の健康状態に関する個々面談』を開始しましょう」

「えっ、今の……鳥居のはそれと違ったんですか？」

「鳥居巡査部長のは、純然たる確認よ。私が望む個々面談とはちょっと違うわ。

本番は、残り三五八名×三分――それではひとりずつ呼び込んでください」

VI

安芸中央署警務《けいむ》課長・平田《ひらた》将之《まさゆき》警部は、著しく怪訝《けげん》な思いを胸に抱きつつ、同署五階・旧食堂のドアをノックした。

（……どうにもおかしい）

俄《にわか》に『署員各人の健康状態に関する個々面談』などと。いや警察は個々面談が大好きではあるのだが。しかし朝方から会計課や刑事第一課がバタバタしている様子を見るに、どう考えても、本来の目的は別にある……

「どうぞ」

ノックを受け、聴き慣れない女の声が典雅に響く。平田警部は『入ります!!』と入室礼《レイ》式《シキ》どおりの作法で声を出し、カクカクとドアを開きまた閉じた。ドアの開け閉めやそのときの脚捌《さば》きにいたるまで、厄介《やっかい》なルールを用意しているのが警察礼式である。

ゆえに、平田警部がそのちょっとした儀式を終え、いよいよ室内の長机《チョウキ》に座る人物を見ると――

「安芸中央警察署・平田警務課長、どうぞこちらに」

「はい、平田警部座ります!!」

――不思議かつ無意味なかたちで衝立《ついたて》を背にしたその人物から、着席の許可があった。平田は彼女の許可を受け、警察学校の席のように設《しつら》えられた、ひとり分の机を備えた椅子におどおどと腰掛ける。そして、ちらちらと旧食堂内を見る。

（なんと、鬼の熊川副署長が列外員《レッガイイン》として下座に並んでいる……なら少なくとも、この女は上級の警視だ。しかし……年の頃まだ四十歳弱か？

……とすると、あの噂《うわさ》はやはり真実だったのかも知れない）

もちろん平田警部が思い浮かべたあの噂とは、『署内で八千万強の拾得現金が行方不明となり、いきなり警察庁の偉い人が捜査と監察に入った』というその噂である。

（ただ……なんだろう、この女は。

濡れるような黒髪に、月光のような白い肌。ロングロングストレートと切り揃えた前髪。もしこの女が警察官だというのなら、顔採用組かよほどの物好きに違いない。そして、顔採用組という確率は著しく低い……）

何故ならば――平田警部はその女から、署内一の巨漢である鬼の熊川副署長よりも、そして当県警察における最上位警察官のひとりである日野署長よりも、遥《はる》かに強烈な圧《アツ》を感じたからである。しかもただの圧《アツ》ではない。蜘蛛《くも》が蠍《さそり》に躍《おど》りかかるような、蠍が蜘蛛を捕食しようとするような、そんな無垢《むく》で残酷なプレッシャーだ。

「私は警察庁人事課の監察特殊事案対策官・西有栖綾子警視正です。ああ、どうぞ楽に」

（け、警察庁……人事課……警視正……

　誰が楽にできるかよ!!）

　――すると、熊川副署長のさらに下座に並んでいた、あきらかに吊《つる》しではない細身のスーツを凛々《りり》しく着こなした男が、ぎらりと超スクエアな眼鏡を光らせつつ付言した。

「西有栖警視正は、皇族・西有栖宮有子女王殿下《にしありすのみやありこ》の御息女《ごそくじょ》であり、自身、女王殿下でいらっしゃる。また西有栖警視正は、英国貴族・ビーコンズフィールド公爵閣下の御令嬢でもあり、自身、英国ビーコンズフィールド伯爵のお名乗りを許されておられる」

「は、はあ……」

「シンプルに言い換えれば、西有栖警視正は帝陛下《みかどへいか》の御近親であり、英国ウィリアムV世陛下の御近親でもある。またシンプルに言い換えれば、我が国と英国において――ゆえにこの世界において――西有栖警視正におできにならないことはほとんど無い」

「はあ、ですが、その……」

　平田警部は更に下座に並んだ、刑事第一課名うての不良、鳥居《ゴンゾウ》鉄也巡査部長を見ながら言った。その鳥居はどこか不敵な笑いをこらえる感じで、そう、まるで下手な田舎芝居を楽しむ感じで、咥《くわ》え煙草のまま、顔を伏せては時折腹筋を痙攣《けいれん》させている。いったいこれはどういうメンツなのか。そもそも、副署長による健康状態の個々面談っていうのは何処《どこ》へ行ったんだ――

「……失礼ながら発問致します」平田は万勇《ばんゆう》を鼓《こ》していった。「その、警視正にして女王殿下にして公爵令嬢である西有栖対策官が、私にどのような御用件でしょうか？」

「よくぞ訊いてくれました平田将之警部」メアリが悠然《ゆうぜん》という。「時間が無いので単刀直入に。実は今朝方、ここ安芸中央警察署会計課の大金庫に保管されていた拾得現金八、五七二万三、一一〇円が窃盗被害に遭《あ》いました。また諸般《しょはん》の初動捜査の結果、被疑者は安芸中央警察署員でしかありえないとの結論に達しました」

（やっぱり噂は真実だったのか!!

し、しかしこの西有栖警視正とやら、いきなりそんな捜査上の秘密を暴露して……いったい何がしたいというんだ？）

「そこでまず、平田警部の御協力をたまわりたいのです」

「で、ですが警視正。小職は当該窃盗事件について何も知りません。噂にしか聴き及んでおりません。まして小職は警務課長でして、庶務や福利厚生を担当するだけ。事件捜査の権限すら持っておりません。その小職に、いったい何を……」

「カンタンなことですわ」メアリは優美に断言した。「安藤」

「はい、御嬢様」

ただただ眼前の西有栖警視正を凝視していた平田警部は、やがて、安藤と呼ばれた細身のスーツの男が、警察学校のように設えられた自分用の机の上に、何の変哲《へんてつ》もない、黒革のトランクをふたつ置くのを見た。ちょっと分厚めの、アタッシェケースのごとき大きさのトランク――それが、ふたつ。警察官が、外回りの捜査のとき捜査書類やパソコンを入れるトランクだといわれても違和感のない、極めて事務的なトランクである。

(どうやらあの衝立の裏から出してきたようだが……何かの証拠品か?)

そして安藤なる男は、無駄のない動きで列外員の席へ帰った。

またもや、西有栖警視正と平田警部はたがいを直視することになる――

……わずか一〇秒の沈黙に耐えかねて、平田警部はいった。

「に、西有栖警視正。これはその……せ、窃盗事件に関係のある証拠品ですか?でしたら、繰り返しますが、私などがお役に立てることは何も」

「いいえ、平田警部。

これらは本件〈安芸中央警察署八、五七二万三、一一〇円窃盗事件〉とはまるで無関係な品ですわ」

「ならこれらはいったい」

「トランクをお開けなさい平田警部。鍵は掛けておりません。

そして中身をその瞳《め》で確認し、私の質問に答えてください」

「ですが」

「よいから」

……階級的にも職制的にも身分的にも、平田警部に否《いな》のオプションは無い。そもそも直属上司である熊川副署長の黙認すらある。平田は意味も状況も何も解らぬまま、当該《とうがい》ふたつの黒いトランクを開けた。そして……中身を確認した。

「さて平田警部、質問に入ります」

――平田が旧食堂に入室してから、きっちり二分四五秒後。

彼は狐に、いや魔女に摘《つ》まれたような顔のまま、旧食堂を後にした。

この日、平田警部と同様の『署員各人の健康状態に関する個々面談』を受けた警察官は、全署員三六一名のうち一四〇人。メアリは面談を受ける者の入退室時間まで調節していたから、所要時間はひとり頭、きっちり三分。三分×一四〇人で、四二〇分――七時間。すなわち、午後二時過ぎに開始された『個々面談』はこの日、午後九時過ぎには終了したことになる。安芸中央警察署の定時は午後五時一五分であるから、若干の超過勤務を強いられた警察官が出たことになるが、そのことに対する苦情は一切、発生しなかった。

そして。

翌日もまた、勤務開始時間の午前八時三〇分とともに、『個々面談』が始まり――

全署員三六一名のうち、二一八人がメアリの質問を受けた。所要時間については前日と全く変わりなかったため、三分×二一八人で六五四分――一〇時間五四分。すなわち、署の朝イチで開始された『個々面談』は、午後七時二四分には終了したことになる。ゆえにこの日は、前日より超過勤務を強いられた警察官が少なく、またその時間も短く、よって苦情が出ようはずもなかった……苦情が出なかったことには、別に充分な理由もあったのだが。

――かくて、結局。

メアリは安芸中央警察署員三六一名のうち、三五八人と面談したことになる。

ここで、残り三人とはすなわち日野寛子署長、熊川大作副署長そして鳥居鉄也巡査部長なのだから、メアリとしては、もはや実施すべき捜査を……打つべき手を打ち終えた。その三人とは既に充分接触し、既に充分な証言を獲《え》ていたから。

――そして面談二日目の午後七時四五分、安藤警視はいった。

「御嬢様、予定どおりでございます」

「日野署長との約束は、守れそうね」

「よくもまあ」鳥居巡査部長は銀髪をくしゃくしゃと掻《か》いた。「こんなバカなことを」

「西有栖警視正」熊川副署長の声は震えた。「日野署長には、どのような御報告を？」

「それは私に任せて頂戴。

それじゃあ明日の勤務開始時間・午前八時三〇分に、署長室で会いましょう」

## Ⅶ

「おはようございます」

「あっ署長、おはようございます……あの!!」

「どうしたの？」

翌日、午前八時二〇分。

最上位警察官として、あえて悠然《ゆうぜん》と出勤することとしている日野寛子署長は、いつもどおり、控えの間に席がある署長秘書と署長運転手に挨拶をした。ところが、秘書嬢はどこか緊迫した口調で、すぐさま日野署長に縋《すが》りついてきたのである――いち庶務係員に過ぎない秘書嬢が警視正の行く手をはばむなど、警察一家においては既に椿事《ちんじ》だ。

「あたしは……あたしは必死にお止めしたのですが!!　もうホント必死に!!」

「……何を？」

「あの、例の、警察庁からお越しのお客様が……西有栖警視正さまが、その……署長の御出勤前に、その、勝手に署長室にお入りになられてしまって!!」

「なんですって？」

日野署長は、思わず、今いる控えの間から署長室を見た。

自分の城だ。

それをいったらここ安芸中央警察署そのものが彼女の城だが、その中でも署長室は神聖不可侵なものである。自分の許可なくここに入室できる者はいないし、すべき者もいない。

ところが、彼女がどう凝視しても、朝の掃除を終え、いよいよ彼女の出勤を待って開いているべき署長室のドアは、固く閉ざされている。署長の出勤時刻に署長の執務室のドアが閉ざされているなど、これまた警察一家においては椿事だ。

「……西有栖対策官が、既に入室しているというの、私の室に？」

「あたしは必死にお止めしたんです!!　そのようなこと、天地が引っ繰り返っても絶対に許されないって!!　ただ、西有栖警視正さまは警察庁からのお客様。署長の大事なお客様とも伺《うかが》っています。あたしには、そのお躯《からだ》に触れることもできません。まして今のあたしには、西有栖警視正に叛《さか》らうことができません。

おまけに、熊川副署長までがそれを黙認なさって……」

「そういえば、熊川副署長は何処《どこ》にいるの？」

「それが、西有栖警視正さまと一緒に、その、もう署長室の中に!!」

署長秘書嬢に何を訊いても仕方ない。日野署長はいよいよ大きな嘆息《ためいき》を吐くと、顕官《けんかん》たる自分自身で動かすことはまず無い、署長室の雄壮なドアを一気に開けた。一気に開けて、見慣れたはずの室内に一歩踏み出す——

「おはようございます、日野署長」

「……西有栖対策官」日野署長は絶句した。「これは？」

「御一緒に、朝のお茶をと思いまして」

見慣れたはずの署長室は——とりわけその応接卓は、すっかり装《よそお》いを変えていた。清冽《せいれつ》で糊《のり》のよく利いた、真白《ましろ》いテーブルクロス。折り目ひとつない。

その上には、目映《まばゆ》いばかりの銀器。ティートレイにティーポット。ティーキャディにティーメジャー。ティーストレーナーにポットウォーマー。シュガーポットにクリーマー。もちろんティースプーン、ティーナイフ、ティーフォーク、モートスプーンを始め必要なカトラリが揃《そろ》っている。いや、ナイフレストやナフキンリングまでがスターリングシルバー……要は純銀だ。それらはどう見ても一〇〇年以上の歳月を経ているが、まるで今この時から実用に供したかのごとく、あざやかに、艶《あで》やかに輝いている。

そして、銀器ばかりではない。

西有栖綾子の月光のごとき肌とはまた違う、とろけるように蠱惑的《こわくてき》な白い肌をしたカップがある。と思えば、洒脱《しゃだつ》に過ぎる金と紺とが、華やかに描かれた生花を引き立たせるカップもある。はたまた、我が国の伊万里《いまり》焼をモチーフにした、所謂《いわゆる》イマリパターンのカップまである。それらの陶磁器の、なんと芸術的な美しさ……

(銀器も陶磁器も、どう考えてもアンティーク。ひょっとしたら、ヴィクトリア朝まで遡《さかのぼ》るかも知れない。

しかも、まるで見せびらかすかの様に整合性のないデザインは、その実、確実に何らかの公約数を有している。あたかも、ひとつの家族が恐ろしい歳月をかけて収集し、あるいは自家のためだけに焼かせたかのような、そんな威風のある統一性が感じられる)

「客たる私が申し上げるのも僭越《せんえつ》ですが、どうぞ御着座ください」

「……一言おっしゃって頂ければ」署長は自ら署長室のドアを閉ざした。「当方で御準備しましたのに」

「お気遣い感謝しますわ署長。ただ安藤は、執事としても一流なのです」

「そのようですね」

紅茶の準備も万端なら、茶菓の用意もできている。応接卓に設えられた英国式ティースタンドには、焼き立てとしか思えないスコーンやブリオッシュ、そしてサンドイッチにプチフールが塔を成していた。自家製のクロテッドクリームが、何とも食欲をそそる。

「安藤。朝だからアッサムで気合いを入れましょう。何がある？」

「ブラマプトラ南岸の五月摘《つ》みが入っております、御嬢様」

「ではそれで。

署長、一緒にこのバラのジャムとプラムケーキを是非《ぜひ》。母女王の自慢の品です」

「西有栖対策官、わざわざのお心配りには感謝しますが――」

日野署長はメアリの正面に着座しながら、自分の城にいるメンツを見遣る。

メアリの左後方に、まるでテールコートを着ているかのように直立する安藤警視。

メアリと一緒のソファに、しかしメアリとも署長とも確実に距離をとって座している、刑事第一課の鳥居巡査部長。

そして女房役たる熊川副署長に至っては、最もドアに近い署長室の角で、非常に居心地の悪い感じを醸《かも》し出しながら、どうにか気を付けをしている。このマッドな茶会から、す

ぐさま逃亡したいと言わんばかりに。もはや、自分にできることは何も無いと言わんばかりに──

「──そう、お心配りには感謝しますが対策官、時刻は既に午前八時二八分です。

そして、私の記憶が正しければ。

あなたはあと一分強で、私に〈安芸中央警察署八、五七二万三、一一〇円窃盗事件〉の被疑者が誰か、それを証明してくれるはずでは？　あなたは次の瞬間にも来《きた》る今日午前八時三〇分に、その被疑者を王手詰めにし、この窃盗事件の全容を解明してくれるはずでは？」

日野署長の言葉のあいまにも、安藤がアッサムを給仕し始める。

そしてそれが終わり、いよいよ今朝最初の紅茶を一服したとき、メアリはいった。

「御記憶は正確です。そして私はお約束を違《たが》えません」

「すなわち、誰が被疑者か、その証明を終えたと？」

「はい」

「ならまず被疑者は誰なのです」

「あなたです、日野寛子・安芸中央警察署長」

「いきなり私ですか」

「さほど意外性はないと思いますが」

「――熊川副署長？」

「は、はい署長!!」

「あなたもここにいるということは、あなたも西有栖対策官の結論に賛成している――そういうことでよい？」

「そっそれはその!!　しかし!!　いえ小職は……!!」

「日野署長」メアリはいった。「階級が下の者を問い詰めるのは美しくない」

「なら西有栖対策官」署長はいった。「警視正どうしで語りましょう。そもそも何故、私が被疑者でなければならないのか。そして、如何《いか》にしてそれが証明されるのか」

「私には解っていた。

あなたが八、五七二万三、一一〇円を窃取《せっしゅ》した犯人だということは、最初にあなたとここ署長室で会話をしたときから解っていた」

「正気ですか？」

「何故ならあなたは〈三、一一〇円〉の内訳を知っていたからです、日野署長。

より正確に言えば、この事案において拾得現金そのものには一切接触していないはずのあなたが――だから拾得現金の『総額』は知っていても『紙幣の実態』『硬貨の実態』を知らなかったはずのあなたが、〈三、一一〇円〉の内訳を何故か知っていたからです」

「意味が解らない」

「日野署長、あなたは御自身で証言なさった。

三日前の午後二時二三分、施錠《せじょう》した道場で拾得現金を確認していた会計課長から報告があったと。当該報告によってあなたは拾得現金の『総額』を知ったと。このとき、そして一昨日私があなたと会話するまで、あなたは結局拾得現金の『内訳』を知らなかった。このことは、あなた自身が言葉と行動で証明しています。あなたは素直にその旨《むね》を認めたし、また、だからこそ即座に警電で会計課長に確認をした――拾得現金の『内訳』を」

「成程《なるほど》、それは私の記憶にもあります。

ですが西有栖対策官、あなたは其処《そこ》から何を証明したいのです？」

「あなたの致命的な失言を」

「すなわち？」

「当該三日前の午後二時二三分、あなたは会計課長から、拾得現金確認終了の警電を受けた。そのときあなたは会計課長にこう指示をした――『額の大きさに萎縮《いしゅく》することはない。むしろ封筒の小銭のような、極めて小額で物理的にも小さいものほど紛失しやすいので、今後とも充分注意するように』と」

「まさしくそのとおり。それが何か？」

「どうして封筒の小銭が、『極めて小額で物理的にも小さい』と分かったのです？」

「それは当然、当該小銭が〈一一〇円〉だから、百円玉と十円玉――」

「でも、おかしいわ。

そんなこと署長に分かったはずない」

「それこそ何故。

そもそも現実論として、当該小銭は今私の言ったとおりだったではありませんか」

「それは結果論。署長の言ったのは想像あるいは誤解ですわ、三日前においては。

というのも。

この世に〈三、一一〇円〉を構成する紙幣と硬貨の組合せは枚挙《まいきょ》に暇《いとま》がないからです。署長が想定された組合せは、いわば最大の紙幣と硬貨の組合せでしょう、二千円札なるものを考慮しても。しかし理論的には、最小の『一円玉三、一一〇枚』というケースだってある。そして最大と最小のあいだには、恐ろしい数の組合せパズルがある。まして、遺失《イシツ》拾得《シュウトク》事務は警察官にとって基本のキの字。巡査一年生から老練な当直刑事に至るまで、この事務がとれない警察官はいない。警視正ともなればなおのこと……

そして、この事務において最も重要なのは、ブツとしての種類及び特徴。

現金であれば、その具体的な内訳です。

ゆえに、自分の眼で拾得現金の確認をしていない警察官が、その〈三、一一〇円〉という総額を聴いただけで、硬貨は『百円玉一枚と十円玉一枚』＝『極めて小額で物理的にも小さいもの』などと断言することは絶対にありませんし、できません。何故と言って、理論的には、極めて小額でもなければ物理的にも小さくもない『五百円硬貨』が登場しても全く不思議はありませんから――ちなみに『千円硬貨』が登場する可能性すらあります。千円硬貨は一九六四年東京五輪、二〇〇二年サッカーW杯、二〇二〇年東京五輪等々で発行されていますし、なんと、四十七都道府県が十年間にわたって順次千円硬貨を発行し続けたなる事実もありますので。すなわち遺失拾得事務上、千円硬貨はレアでも何でもないと言えるでしょう」

「……それらを要するに？」

「署長のその『極めて小額』『物理的に小さい』なる断言は、署長御自身が段ボール箱の拾得現金を見たと疑わせるに足りる、充分な理由があるということです。シンプルに言い換えれば、くだんの拾得現金はあなたが仕掛けた現金だったからこそ、その内訳を断言できた――断言できてしまった。更にシンプルに言い換えれば、あなたは自分の知らなかったはずのことを、ホントは知っていたがために、失言してしまった。

なお付言すれば、当該〈三、一一〇円〉だけは使い古した三菱ＵＦＪ銀行の封筒に入っていたのですから、あなたがその内訳を知るのは、紙幣の内訳を知る以上に困難です」

「署内の誰かから別途報告を受けていたとしたら？」

「それは悪手《あくしゅ》です。

というのも、安藤警視が、当県に入ってからの会話を全て録音していますから。ちなみにその旨は、署長にも確実にお断りを入れているのですけれど、いずれにしろ――

署長が『小額』『小さい』発言をしたのは三日前の午後二時二三分。私に対し『内訳を知らない』発言をしたのは二日前の午前一一時過ぎ。会計課長にそれを確認なさったのもその直後。ゆえに、どの時点で誰から報告を受けたにしろ、①あなたの発言に嘘があるか、又は、②あなたの行動に不合理があることになる」

「取扱警察官が作成すべき『拾得物件預り書』『注意報告書』その他の行政書類によって知ったとしたら？」

「それも悪手です。

　というのも、三日前の午後二時二三分の時点で――これは二日前の正午近くでもそうでしたが――御署《おんしょ》のあらゆる書類は、熊川副署長のところでハンコ待ちの待機をしていたからです。すなわち署長の執務卓には上がりません。それは無論、三日前に『県下副署長・次席会議』があり、熊川副署長が丸一日出張されていたからですが。

　むろん、書類のことについても会議のことについても、熊川副署長の証言があります」

「それも当然、録音していると――

　ただ、私を犯人とするには余りに根拠薄弱ではないかしら？」

「あら、そうでしょうか？」

「それはそうよ。

　だって私が、そう『女の直感』『警察官の勘』で、硬貨の内訳を偶然当ててしまっただけ――というシナリオも当然想定されるから。私の適当な山勘《ヤマカン》がたまたま現実の内訳と一致したところで、私が犯人だとか、私がその拾得現金を見たとか、そのようなこと断言できはしないし、そんないい加減な捜査をされては警察の神様に申し訳が立たない」

「ならば、縦横クロスの帯封《おびふう》はどう御説明されるのですか？」

「……縦横クロスの、帯封？」

「これも〈三、一一〇円の内訳〉の変奏曲です。すなわちあなたはまたもや『知らないはずなのに』『知っているということを』『思わず漏らしてしまっている』」

「そんなことが」

「ありました。

これも三日前の午後二時二三分のこと。すなわちあなたが道場からの、会計課長からの警電を受けたときのこと。あなたは会計課長にこう指示をした——『すべての現金をできるかぎり現状どおりポリ袋と段ボール箱に入れ、そのままできるかぎり現状どおりガムテープで厳重に梱包《こんぽう》するよう』」

「そのとおり」

「それ以降の、あなたと会計課長の会話は次のようになる——

**会計課長**　ハイ、できるかぎり現状どおり、ですね？

**日野署長**　ええ、初期状態どおりに帯封《おびふう》して

**会計課長**　では、帯封された八千万全体の梱包《こんぽう》方法も……

**日野署長**　ええ、縦横クロスに梱包して

これもよろしいですか？」

「結構」

「するとまず些《さ》細《さい》な疑問として——拾得現金を一度も確認していない日野署長が、何故『帯封』しろなどと指示できたのか、何故それが『初期状態』だと断言できたのか、実に不思議ではありますが」

「ま、女の勘でしょうね」

「その物言いはともかく、『現金が一〇〇枚単位で帯封される』というのは常識的なことではありますから、この些細な疑問は取り敢えずスルーしましょう。

しかしながら。

『縦横クロスに梱包して』には著しい違和感がある。およそ些細な疑問とはいえない。

何故と言って。

これだけマネロン対策・反社《ハンシャ》対策が実施されている昨今、百万、いえ五百万ならいざ知らず、一千万円の現金を目撃したことのある者というのは——かなりの社会的地位を有する者か金融機関の者か銀行を困らせる現金フェティシストでなければ——想定し難《がた》いからです。なるほど確かに『一千万円の現金は、縦横十字に帯封をする』。それが金融機関の慣習です。しかしそのことはまさか一般常識とはいえない。女の勘で導き出せる結論でもない。まして本件拾得現金は、銀行から引き出されたものでも何でもない。なんと竹藪《たけやぶ》から発見された、いわばイレギュラー極まる現金。

よって。

その束ね方がどうなっているかは、実際にそれを目撃した者か、実際にそれを仕掛けた者か、あるいはそのいずれもである者でなければ、絶対に断言できないでしょう」

「ねえ西有栖対策官。あなたは遺留された『段ボール箱』を見分《ケンブン》しましたか？」

「はいしかるべく」

「その段ボール箱は、どのように梱包されていましたか？」

「奇妙なことに、テープでいわゆる十字貼りをされていたのに加え、いわゆるH貼りまで施されていました。二種類の別々の方法で、箱が組み立てられていたことになります」

「それですよ」

「それ、とは」

「私は『拾得現金を』縦横クロスに梱包しろとは命じていない。

それの入った『段ボール箱を』ガムテープで縦横クロスに梱包しろと命じたのです。

ゆえに、初期状態であったH貼りのガムテープの上に、私が命じた縦横クロスの十字貼りがなされた。だからガムテープはいわば二重になった。それだけのこと。それは一千万円の縦横クロスの帯封とは全く無関係なこと――

だから、私が一千万円の現金を目撃した上で、縦横クロスの帯封をしろと命じた事実はない。ゆえに、私が拾得現金を目撃していたことの証明などありはしない。こうなる」

「でも、おかしいわ」

「……何が」

「署長は何故、H貼りこそが下で、それが初期状態だと御存知なのですか？」

「それは、今あなたが自分で」

「言っておりません。敢えて言葉を調整しておりました。録音をお聴きになります？」

「──────」

「いえそれどころか、何故それがビニルテープでも養生テープでも布テープでもなく、ガムテープだと御存知なのですか？」

「──────」

「署長は拾得現金に増して、当該段ボール箱は視認《しにん》しておられません──実はその事実を確認の上、私が当該段ボール箱を独占しました、署長のお目に触れることがないようにと。ゆえに署長は、当該段ボール箱の初期状態など御存知ないはずなのですが……」

「……刑事第一課の捜査員から、口頭で報告を受けたのよ、時期は忘れたけどね」

「と、おっしゃるでしょうね。

でも、おかしいわ」

「何が」

「だってこの段ボール箱、遺失者を特定するための大事な証拠ですよね？」

「そうね」

「だから、指紋なり微物《びぶつ》なりを採取しているんですよね？」

「むろん」

「だから、署長は執拗《しつよう》に繰り返しながら、『できるかぎり現状どおり』『初期状態どおり』

と厳命《げんめい》しておられたんですよね？　初期状態がとてもお好きなんですよね？」

「──────」

「その大事な大事な段ボール箱の上に、無関係な、御署《おんしょ》のガムテープをべったりと十字貼りする──それってどんな意味があるんでしょう？　いえそれってむしろ有害ではありませんか？　だって、十字貼りの下の証拠は消えちゃうんですもの。

　そんな有害な行為を、それほど現状どおり／初期状態どおりに執拗《こだわ》る日野署長が命じられるとは、到底信じられないのですが……」

「……すると、要するに？」

「あなたは拾得現金も目撃していれば、段ボール箱も目撃している。だから拾得現金の内訳も、段ボール箱の組立て方も熟知している。にもかかわらず、そのことを、私はともかく女房役の副署長にすら黙っている……」

「とすれば」

「あなたは拾得現金等の特徴を知っており、だから、あ、あ、あなたこそが、あ、あ、あ、あ、あなたこそが遺失者あるいは仕掛け人であることを黙っている。また、あなたこそが当該〈八、五七二万三、一一〇円〉の仕掛け人なのだから、それを会計課の大金庫から窃取《せっしゅ》したのもあなたであると想定できる。少なくとも、あなたが御署のすべての署員を騙《だま》していることが立証された以上、あなたこそが窃盗犯人であると疑うに足りる充分な理由がある」

「そう信じたいならそれもよし。

ただ西有栖対策官。あなたが根拠として挙げたものはこれすべて言い間違い、記憶違い、女の勘、偶然の一致――あるいは『それらを利用した揚げ足取り』に過ぎないわ。およそ他人を窃盗犯人だと断言するのであれば、ほほ、客観証拠で勝負なさい」

「私としては――任意のガサは犯罪捜査規範《ハンソウキ》で固く禁じられておりますので――まさにこの署長室に隠匿《いんとく》されているであろう当該〈八、五七二万三、一一〇円〉を、そう客観証拠を、特段の御厚意《ごこうい》で任意提出していただきたいのですが……いけませんか？」

（成程《なるほど》、そりゃそうだ）紅茶をがぶ飲みしていた鳥居巡査部長は思わず閊《うな》った。（筆頭署長・警視正の執務室。この世にこれほど安全な隠し場所はねえ。署長室にガサを掛けようなんて命知らずはいねえし、そもそも、その為《ため》の令状請求書類を決裁するのは署長本人ときた。八千万円だかがあるとすりゃ、事ここに至っては署長室しかねえ）

（――王手詰めではないが、王手は掛かり続けている）凛然《りんぜん》と立ったままの安藤は思った。（問題の会計課大金庫。ダイヤル錠も差し込み錠も無意味だった。誰でも拾得現金にアクセスできた。そしてこの署に設置されている防カメは、一階の三箇所の出入口内外と出入口付近を撮影できるのみ。

ここで御嬢様は、ふたつのことを考えた――

ひとつは、誰が確実に無罪で味方かを識別すること。

いまひとつは、極めて嫌疑の濃い者が防カメを無力化できたかどうか捜査すること）

――誰が確実に味方かは、これはメアリの幸運であろう、すぐに識別できた。

当然ながら、熊川副署長と鳥居巡査部長だ。

ふたりは三日前、『県下副署長・次席会議』で終日、安芸中央警察署を外している。それればかりか、それに続く夜間であろうと早朝であろうと、絶対に安芸中央警察署には入れない。安芸中央警察署には三箇所の開口部しかなく――署長自身の断言――開口部にはすべて防カメの眼が光っているからだ。さらにいえば、熊川副署長はこの警察署いちの巨漢。背丈ある者が背丈ない者に偽装することはできない（そんなことを言わずとも、熊川の体躯《たいく》を一瞥《いちべつ》すれば絶対に防カメをくぐれないと分かる）。

また、鳥居巡査部長は、メアリの『副署長と離《わか》れてから、安芸中央警察署に戻ったか？』という問いに対し、アッサリと『戻っていない』旨を断言した。これだけで味方確定といえる。というのも、もし鳥居が犯人あるいは犯人側であり、メアリを欺《あざむ》く必要があったとすれば、この回答だけはあり得ないからだ。何故と言って、安芸中央警察署は筆頭署で夜間も多忙。実際、夜間に出入口を通過した警察官は延べ一〇〇人を超える。優に超える。そしてその行く先なり進路なりは防カメでもトレースできない。ましてこの事実は、安芸中央警察署に六年も勤務している鳥居にとって常識――となれば、鳥居が犯人あるいは犯人側なら、鳥居の回答は『戻ったよ』『ちょっと荷物があったんでな』等がベストでそれだけだ。『戻っていない』旨を断言できるのは、自分が絶対に防カメには撮影されておらず、よってどのように捜査をされても痛くも痒《かゆ》くもない者のみ……

だからメアリは、熊川と鳥居をいわば協力者にした。

とりわけ熊川の存在は貴重だった。なんといっても、日野警視正を除いては、安芸中央警察署で最も上位にある警察官だからだ。だからこそあのデタラメな『署員各人の健康状態に関する個々面談』などというデッチ上げも強行できた。

（そして、防カメに関するもうひとつの論点は）安藤は日野署長をそれとなく見遣《みや》った。（被疑者がそれを突破あるいは無力化できたかどうかだ。そしてそれすら、協力者の証言によって立証できた）

すなわち、熊川副署長の証言――

熊川副署長は、三日前の、例の会議が終わった午後八時五〇分頃、日野署長から警電をもらった。そのとき熊川副署長は、自分の公用スマホの発信者表示について、『勤務中に見慣れた署長の警電番号が表示されていたので吃驚《びっくり》しました――』云々《うんぬん》と証言している。なら発信元は署長室、署長卓上だろう。ところがこの警電で日野署長はといえば、『自分ももう退庁して署長公舎に帰宅しているから』副署長も直帰しなさいと命令している。これはおかしい。何故署長公舎にいる者の発信者表示が、勤務中に見慣れた署長室の警電番号になっているのか。それはどう考えても、『勤務中には見慣れない署長公舎の警電番号』か、せめて、『機械が憶《おぼ》えてくれているから見慣れる必要もない署長の私物スマホ番号』でなければおかしい。

（すなわち、少なくとも三日前の午後八時五〇分、日野署長は時間外の署長室にいた）安藤はメアリと整理した結論を顧《ふりかえ》る。（しかも、自分は既に退庁し、署長公舎に帰宅していると嘘を吐いた。なら――①日野署長が実は帰宅などせず、②出入口以外には防カメのない安芸中央警察署の何処《いずこ》かに潜伏し、③会計課の大金庫から署長室に拾得現金を移し、④そのまま外へ出ることなく朝を迎えた――と考えるしかない。要は自発的当直だな。そしてこの署は、食堂こそ潰《つぶ》れているが、仮眠室・会議室・倉庫には困っていない上、それらに防カメなど設置されてはいない。このこともまた、既に捜査ずみ）

――かくて、日野署長が極めて不審であることは分かった。

日野署長が拾得現金を窃取《せっしゅ》できたことも、それを隠匿《いんとく》できたことも分かった。

メアリの幾つかの王手によって、日野署長は致命的な失言を暴《あば》かれてもいる。

しかし……

（さて、日野警視正、どう出るのか？）

安藤が超スクエアな眼鏡を冷厳に光らせたとき、しかし筆頭署長・警視正はいった。

「西有栖対策官」

「はい」

「この署長室に〈八、五七二万三、一一〇円〉などありません。あろうはずがない。

したがって、その任意提出などできようもない。

そして私は管轄警察署長として、この署長室のガサなど断乎《だんこ》として拒否します。

そのような捜索差押許可状の請求書類など、まさか決裁するつもりもない。

そして管轄警察署長として、また施設管理権者として、闖入者《ちんにゅうしゃ》の貴女方《あなたがた》に命じます。

直ちに此処《ここ》を立ち去りなさい。

荒唐無稽《こうとうむけい》な揚げ足取りにつきあっている暇《ひま》はない。警察庁長官にも厳重抗議します」

「――でも、おかしいわ」

「まったく!!　今度は何が!?」

「だっておかしいもの。

ここ安芸中央警察署の全署員三六一名のうち、署長以外の三六〇名にあっては、絶対に、〈八、五七二万三、一一〇円〉など盗んではいないもの。こことても大事だから繰り返しますが、署長以外の三六〇名にあっては、絶対に無実だもの。そしてこことても大事だから初めて言いますが、私はその証明を終えたもの。

となると、単純な算数で、窃盗犯人は日野署長でしかありえません」

「ほほ、あは、ふふ、あっははは!!　あっは!!　いったい何故、そのようなことが――ああおかしい、バカバカしい、そんな悪魔の証明、できようはずもないじゃない。

客観証拠が獲《え》られないことに焦燥《しょうそう》し、とうとう脳味噌が血迷ったの？」

「私としては」メアリは三杯目のアッサムを口に含んだ。「客観証拠など最初からアテにしていません。当県に下り立ったとき私に必要だったのは、それなりの協力者とそれなりの被疑者だけ――そう、それなりの被疑者だけ。客観証拠で一〇〇％の詰め将棋をする気などございません。繰り返しますわ。私に必要だったのは、獲物《ゲイム》としてのそれなりの被疑者だけ――『五一％ないし九九％の範囲で被疑者だと疑われる者』だけでした」

「私がその獲物だと？」

「そのことについては既に議論の余地がないでしょう？」

「……だからどうするというの？

そこで大事なのは、残りの一％ないし四九％を客観証拠でどう埋めるかじゃないの？

そしてそんな客観証拠は、一年二年の歳月を費やしても獲られないんじゃないの？」

「署長室のガサができないのなら、そうでしょうね。一年二年、そのとおり。それが当初からの目算で衆目《しゅうもく》の一致するところ……ここで、私は署長室のガサを打てると思うほど夢想家ではございませんし、一年二年の歳月を待てるほど篤志家《とくしか》でもございません」

「ならどうするというの!!」

「――安藤、例のものを」

## Ⅷ

「かしこまりました、御嬢様」

メアリの後方に冷然と控えていた安藤警視が、いつしか用意していた銀盆に何かの書類を載せ、日野署長の左側からそれを差し出した。既に憤激していた日野署長は、まるで挑発に乗ってしまったかのように、その銀盆から書類を――書類の束をバッと奪う。当然、まず彼女の目に入るのは一枚目の記載内容だ。

「領収書……？」

そう、それは何処《どこ》をどう見ても領収書だった。

まず標題がそうだ。そして金額の記載がある。『上記の金額を領収しました。』の一文もある。加えて『ただし、情報提供謝金として』なるただし書きがあり、次いで領収年月日、領収者住所、領収者名と続く。紙のサイズもまさかA4でなく、文具店で量販されていそうな、極めて平均的な掌《てのひら》サイズである。

ここで、無論日野署長の瞳《め》を引き付けたのは、金額と領収者だ。

「平田将之……二億六四四万六、二二〇円……」

平田将之といえば、当署の警務課長ではありませんか。そう平田警部。

それが……情報提供謝金？　二億六百万円？　これはいったい……」

しかし、今の最後の疑問文を発した刹那《せつな》。

日野署長は思わずビクンと震えた。戦慄《せんりつ》と驚愕《きょうがく》とで、躯《からだ》がほとんど飛び上がる。

そして猛烈ないきおいで、書類の束を——領収書の束をバサバサッとめくってゆく。

「隈元健司・一億九、三四四万六、二二〇円。水野武・一億七、六四四万六、二二〇円。松崎雅史・一億七、一四四万六、二二〇円。内田正英・一億八、六四四万六、二二〇円。上原直行・二億一、一四四万六、二二〇円。城坂真弓・一億七、一四四万六、二二〇円」

当然、この署の最高指揮官である日野署長には、それらの名前が識別できた。それらは平田警務課長の部下——すなわち警務課の係長・主任・係員である。それらがすべて、

『情報提供謝金』として、信じ難《がた》い巨額の金銭を受領していることになる……

　そして、そればかりではない。

　日野署長は以降、領収書の束をめくる都度《つど》、既知《きち》の名前ばかりを見出《みいだ》した。やがて彼女は規則性をも見出した。領収書は警務課課員の分から始まって、留置管理課員、会計課員、生安課員、刑事第一課員と第二課員、交通第一課員と第二課員、そして警備課員と、この警察署のすべての課員の分を網羅《もうら》している。それも御丁寧《ごていねい》に、参謀である刑事官、交通官といった警視に始まり、課長である警部から係員である巡査まで、また課内最初の係から最後の係まで、すべて建制順《ケンセイジュン》で並べられている。日野署長が焦燥《しょうそう》しながら確認するかぎり、金額の最低ラインは約一億七千万だが、約二億四千万を受領している強者《つわもの》もいた。

　まして、駄目押しとして、すべての領収書には通し番号が振ってある。

　むろん最初の一葉は『１』番。そして最後の一葉は『３５８』番であった……

「西有栖対策官」日野署長はもう理解し尽くしたことを訊いた。「これらの領収書は」

「記載のとおり」メアリはしれっといった。「御署《おんしょ》の全署員が——ここにいる三者を除き——私のあらゆる捜査に協力すること、及び、私の捜査に必要なあらゆる情報を提供してくれることを誓約した。それを証する書面です」

「ぜ、全員買収」

# IX

「美しくない言葉ですわね、うるわしき警察一家としては」

「あなたはいったい、どれだけの現金を用意したというの……!!」

「二日前、当家から一〇t・一千億円を当署に空輸しました」

「西有栖宮家……ビーコンズフィールド公爵家というのは、そこまでの」

「いえ必要ならもう一〇t空輸させる手筈《てはず》でしたが。

　父公爵からは、相続税対策もあるから、あるだけ蕩尽《とうじん》しろと言われておりますし」

「警察官が警察官を買収するなど……しかも三五八人も買収するなど、何と破廉恥《はれんち》な!!

札束で頰《ほお》を張り、ヒトの欲望を嬲《もてあそ》んで。あなたには職務倫理というものが無いの!?」

「いえ署長、むしろ私は、自分を極めて倫理的なおんなだと信じておりますわ。

　というのも、ヒトの人生とは欲望そのものであって、他に何の意味もありませんもの。

欲望こそは全生涯のテーマ。バラがバラになりたいと願い、バラとして咲きたいと祈る。

岩が岩になりたいと願い、岩として固まろうと祈る。これすべて欲望の為《な》せる業《わざ》。そして

あなたの花園のバラたちは、よりバラらしく咲こうと希望した。そのことの何処《どこ》に不道徳

がございましょう。欲望こそは、自由と自己決定の基盤ですわ」

「あなたの高尚な欲望哲学なり買収哲学なりには興味ありません!!

そ、それよりこの、領収書の金額は……バラバラのこの金額は何を意味するの!?」

「第一に、捜査に協力することへの謝金が一律〈一億七、一四四万六、二二〇円〉。私は御署のすべての署員と面談しました。そこで申し出ました。もし私の捜査に協力し、私が命ずることを何でも実行し、私が求める情報を何でも提供してくれるのならば、当該一億七、一四四万六、二二〇円を即金で支払うと。キャッシュが最善だと思うが、希望するなら銀行振込でも小切手でも金地金《きんじがね》その他でもよいと。また来たるべき確定申告における所得税等にあっては、手続そのものを含め、私が確定させ私が支払うと。その分は無論、この謝金とは別途確定申告期に支払うと」

「そ、その〈一億七、一四四万六、二二〇円〉っていう半端《はんぱ》な金額は何!?」

「あら、意外にお察しの悪い――

下《しも》四桁から自明ですが、これは倍額です。この警察署から窃取《せっしゅ》された〈八、五七二万三、一一〇円〉の倍額」

「な」日野署長は一瞬、絶句した。「被害金を取り戻すために、その倍額で総員を買収したというの……いっそのこと倍を払うから、盗んだのなら素直に返せと!?」

「正確に言えば違いますわ、日野寛子署長。

だって、最初からそんなことを言ってしまえば、恩義感も吃驚《びっくり》も薄れてしまうもの。

ゆえに私は倍額に加えて、ふたつの提案をしました。

ひとつ。これまでの人生で負った借財をすべて正直に申告すれば、私がそれを全額、即、座に肩代わりすること――要は借金すべてを言い値で買うこと。これ、警察においては比較的カンタンですよね？　既に署長自身のお口から出ていますが、警察の身上実態《しんじょう》把握では、およそ借財であればありとあらゆる借財を報告させているのですから。そして私は熊川副署長から全署員の身上書をお借りすることもできた。それでオモテの借財は分かる。ましてや未申告の、ウラの借財すら分かる――それはそうです、申告すればするだけその借財は消えて無くなるのですから。よって、住宅ローン、自動車ローン、離婚に伴う子供の養育費等々、比較的申告しやすいオモテの債務に加え、アングラカジノでかかえた五〇〇万円だの、ぱちんこ中毒でかかえた二〇〇万円だの、援助交際でかかえた五〇〇万円だの、大小様々なウラの債務をも自白していただくことができました。実際の所、ごく平均的なお取引では、三、〇〇〇万円ほど残っている住宅ローンが処理されるというケースが多かったのですが――それだけでも充分な恩義感は醸成《じょうせい》できますし、まして、ウラの借財をかかえて日夜懲戒処分と闇金さんとに脅《おび》える者とあらば、それ以上の恩義感を感じてくれることになります」

「……だから、領収書の金額はいわば基本給である〈一億七、一四四万六、二二〇円〉＋αとなった。各人の有する借財分が上乗せされ、買収金額はオーダーメイドになった」

「そしてそれだけではない。

それだけではまだ御署の警察官の魂が買えるだけです。

私が求めるのは、もし仮にあなた以外の窃盗犯人がいるのなら――そんなことは御伽噺《おとぎばなし》だと信じてはいましたが――当該犯人から〈八、五七二万三、一一〇円〉を回収すること。裏から言えば、あなた以外の誰も〈八、五七二万三、一一〇円〉を隠匿《いんとく》しておらず、よって返還することもできないと証明することです。

ゆえに私は個々面談でいまひとつ、最後の提案をしました――

もし仮に、問題の拾得現金〈八、五七二万三、一一〇円〉の現物を持参できるなら、私はそれを三億四、二八九万二、四四〇円で買うと。それもまた、既に支払った金額とは別個独立に支払うと。むろん具体的な支払い方法及び税金の処理は心配無用と」

「三億四、二八九万二、四四〇円」日野署長は下《しも》四桁から理解した。「よ、四倍額」

「もし窃盗犯人がいるとするならば、そして私のお願いを聴いてくれるというのならば、最終的には、窃取した金額の六倍＋αを獲得できることになります」

（あっは、そんなバカげたこと）鳥居はまた、火を点けていない煙草を咥《くわ》えた。（普通なら誰も信じやしねえ。ただこの嬢ちゃんは、実質無償でまず一億七千万をバラ撒《ま》いた。すぐさま受け取るかどうかにかかわらず、確実に現ナマを客の瞳《め》に灼《や》き付けた……

だから、ウチの署員は知る。確実に知る。

これから署員全員を対象とした個々面談がある以上、少なくとも、自分に見せ付けた額×三六一名分の莫大《ばくだい》なキャッシュが準備されていることを。そしてそれは実際、『借財あるだけ全額肩代わり』なる駄目押しで証明されることになる。

おまけに、金額設定も嫌らしい……

嬢ちゃんはゴチャゴチャ煙《けむ》に巻いているが、要はこの買収金額設定は、

『何度八、五七三万三、一一〇円が盗まれようと、不祥事にも何にもならない』

『何度八、五七三万三、一一〇円が盗まれようと、幾らでも同額賭《が》けができる』

『何度八、五七三万三、一一〇円が盗まれようと、幾らでも倍賭けができる』

って圧《アツ》であり脅しだからな……しかも盗んだカネをその四倍で引き取ろうっていうんだから、買収されない方がバカだ。今度はそっちが『そんなバカげたこと』だ）

「けれど、マヌケにも窃盗犯人として拾得現金を差し出したりしたのなら――」日野署長は嘲笑《ちょうしょう》した。「――即座に逮捕され、起訴され、この場合確実に実刑を食らうでしょうね。少なくともその恐怖は克服できない。なら、そんな申出《もうしで》を呑《の》む犯罪者はいない」

「あら、私はそんな申出をしてはいませんわ、日野署長。

私がお願いをしたのは、『問題の拾得現金を私に持参すること』で、それだけ。言い換えれば、『出所も経緯も犯人も問わない』。例えば帯封、例えばポリ袋、例えば三菱ＵＦＪの封筒で、それがまさに『問題の拾得現金である』と証明できさえすればよい。それが私のお願いで、それだけ。

そして。

万が一、そう、逮捕され起訴され実刑を食らうなどの恐怖があるのならば、問題の拾得現金を引き渡してくれた後、国外逃亡のお手伝いをするとも申しました」

「なんですって？」

「必要ならば真物《しんもの》の英国旅券を差し上げると。所要のビザも手配すると。永住許可証を獲《と》ってもよいと。また具体的な足についても、逃亡生活にふさわしそうな英領ヴァージン諸島までの航空券や、ジブラルタルまでの航空券、あるいはピトケアンまでの空路・海路のチケットを差し上げると。そこで日系英国人として新たな人生を送るもよし、既に獲得した潤沢《じゅんたく》な資金を活用して新たな逃亡先を開拓するもよし……

オープンの航空券等はその場でお見せしましたし、旅券にあってはもう身上書の写真を送ってあるから、御希望とあらば翌々日にはお渡しすると約束しました」

「……そこまでして」日野署長は深い嘆息《ためいき》を吐《つ》く。「問題の拾得現金を差し出してきた者は、ただのひとりもいなかったと」

「予想どおりですが、そうなりましたわ」

「けれど、西有栖対策官。

誰もがカネで買収されるとは限らない。それがどんなに巨額であろうとね。

買収されたフリをして、デタラメを言ったり、秘密を隠したままにするかも知れない」

「ところがそうでもないんです」

「何故」

「これは窃盗事件ですから。

そして窃盗の動機のほとんどは――今更署長に犯罪白書を御講義するのも僭越《せんえつ》ですが――『生活費困窮《こんきゅう》』『遊興費《ゆうきょうひ》欲しさ』『借金返済』『楽に稼げる』『節約』。要は金銭的欲求がダントツの第一位で、複数回答ならばこれだけで優に一〇〇％を超えるのです。したがって、窃盗犯が一〇〇人いれば一〇〇人とも――三六一人なら三六一人とも――統計的には金銭的欲求を動機としているんです。

　無論、統計にはその他の動機として『盗癖《とうへき》』『ストレス』『アルコールの作用』といったものも出てきます。そして今般のような事案の場合はそれに加え『怨恨《えんこん》・復讐《ふくしゅう》』『悪戯《いたずら》』といった統計にない動機も考慮すべきでしょう。警察は陰湿な組織ですものね。ですがどのみち、どのような動機を有していようと、すべて買収……じゃなかった謝金の支払いにより解決できます」

「だからそれは何故かと訊いているの!!」

「金銭的欲求にあっては、先に御説明した基本給＋αにより充分に満たされます。

　ここで、警察官のいわゆる平均生涯年収は約三億六〇〇〇万円ないし約三億二、〇〇〇万円。面倒ですから三億一、〇〇〇万円としてしまいましょう。ここからいわゆる生涯税金と生涯社会保険料（健康保険、厚生年金等々）を引いた生涯可処分《かしょぶん》所得は二億四、八〇〇万円。むろんこれは理論値であり、かつ、退職金のように一度に貰える金額ではない――これを説明したら、御署のほとんどの警察官は素直に魂を売ってくれました。

　また念の為、『盗癖』『ストレス』『アルコールの作用』によって窃盗をする者に対しても謝金の支払いは有効です。何故ならばこれらの者は、窃取《せっしゅ》された〈八、五七二万三、一〇〇円〉そのものには何の関心も執拗《こだわ》りもないのだから。金銭的価値そのものにも、ブッとしての拾得現金そのものにも興味がない。その興味がないものに、三億以上の値が付く、即金で。しかも罪に問われないことが確約されている。それが信じられなければ直ちに海外逃亡もできる。これまた、素直に魂を売ってくれるでしょう。

　あと残る動機としては、『怨恨・復讐』『悪戯』――すなわち警察組織を困らせてやろう、警察署長を困らせてやろう、会計課長を困らせてやろう等々といったタイプがありますが、このような動機を有する犯人は、右に述べたどのような動機を有する犯人と比較しても、最も魂を売ってくれやすい。それはそうです。私が個々面接で巨額の謝金を呈示してみせた結果、『どれだけ問題の拾得現金を隠し続けようと、また、どれだけ新たに警察署の現金を窃取しようと、復讐としても悪戯としてもまるで無駄だ』――ということが理解できるからです」

「……あなたというゲームの異物が、無限に現金を補充してしまうから」

「それもありますし、そもそも拾得物件の取扱いを知っていれば、まるで無駄だと痛感できますから」

「すなわち？」

「拾得現金はやがて当署の指定金融機関の当座預金に預け入れられる。署長御自身が説明してくださったとおりです。だから結局の所、問題なのは金銭的価値であってブツとしての拾得現金ではない。どのみち金融機関でバラバラになりますから――よって、怨恨だの悪戯だのを動機とする警察官にとっては、『代替金額が満額準備できた』『それは何度でも準備できる』と知った時点で負けなのです。

あとここで、重要なポイントをひとつ。

実は、どうしてもブツとしてのあの拾得現金そのものが必要なのは、署長を王手詰めにしたい私と安藤だけなのです。他のどのような警察官も、もしそれが窃盗犯人だというのなら、現物をそのまま持ちたがるどころか、一刻一秒を惜しんでそれを洗浄《ロンダリング》したがるでしょうから。ゆえに、もし署長以外に犯人がいるというのなら、私と犯人の需要と供給はぴたり一致する――

――よって、以上をまとめると。

どのような動機を有する窃盗犯人であろうと、それが窃盗犯人であるかぎり、そして必要な対価を払うかぎり、確実に買収できる。ましてそれが無実の、無辜《むこ》の警察官であればなおさらです。正直に正義を実現することによって、親を、恋人を、あるいは妻子をしあわせにできる謝金が手に入る――何も後ろ暗いところは無い。ウィン－ウィン」

「……三五八名を確実に買収できたのに、自白もなければ拾得現金の提出もなかった。

だから三五八名は被疑者ではない。

そして熊川副署長と鳥居巡査部長の無実は証明できている。

よって被疑者は私――以上を要するに、そういうこと？」

「はい」

「いいえ、そんなことになりはしない。ヒトのこころが客観的に証明できない以上はね。

どれだけあなたが三五八名を買収できた確率が高かろうと、それができたと証明することは絶対にできない。ゆえに、あなたは悪魔の証明を完成させてはいないし、まして私を王手詰めにすることなどできてはいない」

「嬢ちゃんよ――」いよいよサンドイッチを食べ尽くした鳥居がいった。「――いちばん大事なこと隠しているのは、なんか、フェアじゃねえなあ」

「それ、言わなきゃ駄目かしらね？」

「署長《オヤジ》は納得しねえだろうさ」

「……西有栖対策官。あなたはまだよからぬことを謀《たくら》んでいるの？」

「あら。私のこれまでの行為に、よからぬことは何ひとつございませんが？」

「この嬢ちゃんはですね、日野署長」鳥居は肩を竦《すく》める。「ちゃあんと借金のカタを獲《と》ったんですよ。いや、謝金のカタになるのか」

「鳥居巡査部長それはどういうことです」

「この嬢ちゃんが買収現金と引換えに頂戴《ちょうだい》したのは、その領収書の束だけじゃねえ。全員から、同居の家族を人質に獲りやがった。

また単身者にあっては、警察手帳に運転免許証、健康保険証とマイナンバーカードを取り上げやがった」

「なんですって!?」

「嬢ちゃんは署員の身上書を手にしている。家族構成は一目瞭然《いちもくりょうぜん》。なら、家族のうち誰が人質として利くかも狙《ねら》いを付けられる。

　しかもその家族と手帳とかを、どこだっけか、遠い遠い――」

「――セントヘレナ島よ。ナポレオンが幽閉された絶海の孤島。アフリカの西岸から一、九〇〇kmは離れている。この県からなら優に一万五、〇〇〇kmはあるわね。

　シンプルに言い換えれば、神聖不可侵なここ警察署長室より手の届きにくい所へ送った。ちょっとした熱帯バカンスを楽しんでもらうため。絶対安全な貸金庫に保管するため」

「そ、そんなところに、どうやって。まさか直行便があるはずもなし」

「英国航空《ブリティッシュ・エアウェイズ》のボーイング787-11を一機借り上げて、当県空港に待機させておきました。満席となりましたが、十五時間弱もあればセントヘレナ空港に直行できますわ」

「いずれにしろ、嬢ちゃんは昨日の個々面談が終わってすぐ、三五八人全員分の人質と物《もの》質《じち》を、その遠い遠いセントヘレナ島に空輸しちまった」

「午後八時には離陸させたから、あと少し――今朝の一一時くらいには到着するわね。

　そして最善の脚本が実現されるなら、どう考えても明日の勤務開始時間までには帰ってくることもできる。むろん、その積荷とともに」

「幾ら何でも、警察官が、そんなバカなことを……

　紛失すれば職にかかわる警察手帳。携帯していなければ職務執行ができない免許証。

　あと保険証にマイナンバーカードを奪えば、あらゆる行政手続も取引行為も事実上できなくなる。そんなものを他人に預ける警察官はこの国にいない。絶対にいない。

まして、大事な家族をアフリカの先の絶海の孤島へ送るだなんて」

「ところが事実なんですな、署長。しかも手帳に関してはカンタンに確認できます――これから通常点検《ツウジョウテンケン》を押《お》っ始《ぱじ》めたら傑作ですぜ？」

「どんな口車で。どんなやりとりを。どんな約束を」

「この嬢ちゃんは、三五八人のそれぞれに、こんなことを言ったんですよ。

あなたが真実、私に協力してくれたかどうかは、私が次に日野署長と懇親《こんしん》をする日の午前八時三〇分から明らかになると。日野署長が所属長としての誇りと意地に懸けて、〈八、五七二万三、一一〇円〉の在処《ありか》を解明してくれると。だからそれまで、あなたの誠実さの担保として、御家族等をお預かりすると。まさか一週間掛かりはしないと。〈八、五七二万三、一一〇円〉は必ずや部下思いでお優しい日野署長が発見してくれると――

まあだいたいこんな感じだったな、嬢ちゃん？」

「あら素敵、よく憶えているわね？」

「またえげつないことするなあ、って思ったからさ。

ま、当初の巨額買収がなけりゃあ、まさか家族を質に出すバカはいなかったろうがな」

「日野署長、そのような事情から――」メアリはスコーンをもぐもぐした。「――署長にとって何より大事な署員の何より大事な家族は――例えば新婚の奥様であったり二歳の女の子であったり七歳の男の子であったり年老いた母君であったり大学受験を控えた娘さんだったりしますが――ナポレオンをも殺した熱帯のしかも絶海の孤島で、ずっと署長の御言葉を待つことになりますわ。いえそうでなくとも、もう住民票一枚取れなかったり、お子さんの学費ひとつ銀行振込できない部下職員の方もおられます。

　私はこの朝で万事決着がつき、ゆえに、担保をお返しするのにまさか一週間は掛からないと想定しておりますが、さて何より家族を大事にする、署長の御意見は如何《いかが》でしょう？」

（なんということだ。実は私だったのだ。

　悪魔の証明を完成させる者。王手詰みを完成させる者。

　三五八名が無実であると、誰も拾得現金など盗んでも隠匿《いんとく》してもいないと証明をする者。

　それはこの娘ではなく、私だったのだ……

　私の最大の弱点をも突いて。この娘は一昨日、既にここまでの絵図が描けていたのか）

「それでは安芸中央警察署長・警視正、日野寛子さん」

　メアリは最終的に、とろけるようなオークラホワイトの白磁《はくじ》をそっと置いた。

「大切な部下職員三五八名のため、その今後の希望ある警察人生のため、またその大事な御家族のため、署員全員の家長――署長《オヤジ》たるあなたにお訊きします。

　あなたの部下職員三五八名は、〈安芸中央警察署八、五七二万三、一一〇円窃盗事件〉について、全くの無実ですね？」

「はい」

「当該拾得現金はどこにありますか？」

「この署長室にあります」

「それはあなたが搬び入れたものですか？」

「はい、私自身が搬《はこ》んだものです」

「中身を知って、搬び入れたものですね？」

「はい、間違いございません」

「それはあなたが窃取したものですね？」

「はい、私が、そして私独りが盗みました――

　共犯はおりませんし、実際に窃盗の実行行為をしたのも私です」

X

「負けました、西有栖対策官」

「王手詰みにできて、ほっとしています」

「それにしても、これほどの金額を、たったひとつの警察不祥事の処理のために……」

「私は現金を無事回収し、この事件の全容解明を果たせと警察庁長官に命ぜられています。そして私がいったんその命を引き受けた以上、その実現以外のことは全て些事《さじ》です。

　――感想戦として、幾つか質問をしても？」

「もちろん」

「動機は何なのです？　まさか金銭的困窮ではないでしょう？」

「……金銭的困窮ではありません。ただ、それについては黙秘をしなければなりません」

「この拾得現金の遺失者――本来の所有権者を御存知ですか？

要はこの警察不祥事の出資者ですが」

「知っております。しかし、それについても黙秘しなければならないのです」

「――既に証明されておりますが、あなたはこの拾得現金を見ている。ということは」

「お見込みのとおり。私は、対策官のおっしゃる出資者とともにこれを確認しました。いえ、実際に拾得物として『もっともらしい』額に調整したのも私なら、ポリ袋に入れ段ボール箱に梱包したのも私です。

その意味で、私こそがこの現金を仕掛けた――という御指摘は正確です」

「ただ、この拾得現金を発見場所たる某竹藪《ぼう》に置いたのは、当該《とうがい》出資者である可能性が高い――というのも、それはまず日野署長ではないから」

「それが私でないという点は、お見込みのとおり。

午後一時三〇分前後という発見時間から考えても、警察官が必ず視野に入れている竹藪という発見場所から考えても、私にはそれを置くことができません――私服に着換えて署を外さなければなりませんし、交番勤務員に目撃される可能性が極めて高いので」

「なら、現金を舞台に置いたのはやはり出資者なのですか？」

「……私個人のこと以外は、何を語るわけにもまいりません」

「どうしても黙秘をすると？」

「申し訳ありません。私にはその選択肢しかないのです」

「しかし、二日前の午前七時ちょっと過ぎ頃、自称遺失者として『これから当該現金を回収に行く』云々《うんぬん》と警察署に電話したのは署長ですね？　あの、結局姿を現さなかった自称遺失者の話ですが――」

「まさしく。遺失者が現れなければ、段ボール箱は開かれませんから。すなわち、遺失者が来署する状況を作出《さくしゅつ》しなければ、『段ボール箱から拾得現金が消失している』という事実がなかなか発覚しませんから」

「すると署長は、できるだけ早期に事件を認知させたかった」

「そのとおり。また指示があり次第――いえ失礼、諸準備ができ次第、事件発生をメディアにリークする予定でした」

「厳しく責任を問われるであろう署長御自身が、事件発生をリークなさろうとしたのは何故ですか？　御自身が犯人でもある以上、それはいっそう危険な行為となりますが？」

「……それは、その効果からお考えいただくしかありません」

「著しく破廉恥《はれんち》な警察不祥事を公《おおやけ》にし、警察組織に甚大《じんだい》なダメージを与えること――ですか？」

「効果からお考えいただけば、そうもなりましょう」

「まして、当該破廉恥な警察不祥事を自ら犯してもおられる」

「それは既に自白したとおり」

「重ねて、その動機は黙秘するという」

「それも既にお伝えしたとおり」

「と、すれば。

私としては、署長がどうしても黙秘したいというそのことをこそ拝聴したいのですが。

すなわち――誰がこの八、五七二万三、一一〇円を出資したのか？

言い換えれば――誰が本件犯行を署長に命じ、また、本件事件を署長にリークさせようとしたのか？

日野署長、願います。

私としては、そのことをこそ拝聴しなければなりません。さもなくば〈安芸中央警察署八、五七二万三、一一〇円窃盗事件〉は終われません。その全容解明ができません」

「……西有栖対策官。あなたならそうおっしゃる。それは解っていました。

そして、既に投了した私がそれを拒むのはただの卑怯《ひきょう》、ただの未練でありましょう」

「ならば署長」

「お待ちください、西有栖対策官。捜査を終えていない事項が、ひとつありますから。

……すなわち只今《ただいま》、くだんの拾得現金八、五七二万三、一一〇円をお出しします。

それは私の卑怯と未練の象徴にして、本件窃盗事件における唯一の客観証拠。

ゆえに。

これからそれを一緒に確認しつつ、私の卑怯と未練とに蹴《け》りを付けたいと考えますが

――敗者の最後の我《わ》が儘《まま》、お許しいただけますか？」

「解りました」

メアリの許可を受け、敗者にして犯罪者たる日野署長は、しかし威厳と気品とを取り戻しつつ、応接卓のソファを起《た》った。そのまま巨大な署長卓に向かう。署長卓の椅子に座り、あたかも鍵を採り出すかのような何気なさで、やはり巨大な引き出しを開く。

次の瞬間。

日野署長の手には自動式拳銃が握られていた。

そこからは、五秒未満の出来事――

ばん!!

「嬢ちゃん危ねえ!!」

「メアリ御嬢様!!」

茶器の載った応接卓を引っ繰り返し、鳥居巡査部長がメアリに蔽《おお》い被《かぶ》さる。

がしゃん!!　ぱりん!!

輝く銀器と由緒《ゆいしょ》ある陶磁器が乱れ飛ぶ。銀と白とが乱れ舞う。茶菓の黄と茶が弾《はじ》ける。

「うぐっ!!」

「鳥居巡査部長、あなた……」

鳥居に押し倒されたメアリは、鳥居とともに署長室の緋《ひ》の絨毯《じゅうたん》に転がる。

メアリを押し倒した鳥居は、背に灼《や》けるような激痛を感じ悶絶《もんぜつ》する。

しかし、がばと伏せた絨毯の上で、ふたりが署長卓近くに見たものは——

「あうっ!!」

「静まれ、日野!!」

たちまちのうちに日野署長の懐《ふところ》へ入り込んだ安藤が、拳銃を持った日野の腕を、そしてそのまま日野の躯《からだ》をぐるぐる、ぐるりと封圧《ふうあつ》する。

最小限の力とポイントで、あっという暇《ま》に体勢を崩されて署長卓へ固定される日野。

あらぬ方向へ突き出すことを強いられた日野の腕と拳銃。

ばん!!

二発目に発射された弾丸は、なんと不運にも、どうにか安藤に助勢しようとしていた熊川副署長の頭部を穿《うが》った。脳味噌が爆《は》ぜ、脳漿《のうしょう》が飛び、熊川副署長が絶命する。

そして——

ばん!!

最後の抵抗のごとく、三発目の鉛弾が発射されたが——

——ぱりん。

それは天井の蛍光灯を虚《むな》しく破壊したのみであった。

ぱらぱら、ぱりん……

悲しい涙のように零《こぼ》れくるガラスの欠片《かけら》。

それはむろん、筆頭署長警視正、日野寛子最後の抵抗の徒花《あだばな》となった。

「――静まれ、静まれぃ!!」

安藤は凜々《りり》しい声を朗々《ろうろう》とはりあげながら、巨大な署長卓に組み伏せた日野の拳銃を奪取すると、そのまま彼女の背を肘《ひじ》で打ち、今度は彼女を悶絶させた。安藤が躯を引くのと同時に、日野の躯も署長卓からずるずると緋の絨毯に墜《お》ちる。安藤はまたすぐさま目視《もくし》で確認した。メアリに怪我はない。メアリは介抱をしている側だ。そして介抱をされている鳥居巡査部長は、銃弾に背をかすめられたようだが、くたびれたスーツやワイシャツの生地は別論、肉を大きく裂かれるのは防げていた。大事には至っていない――

「恐れおおくもビーコンズフィールド＝西有栖宮家第一女子綾子女王殿下の御前《ごぜん》だぞ!!」安藤は極めて個人的な怒りも込めて喝破《かっぱ》した。「警察署長が逆賊に身を堕《お》としてどうする、日野!!」

「――安藤」メアリは日野署長の眼前に美しく立った。「鳥居巡査部長を頼みます。あと、署長室外の騒ぎを鎮《しず》めて。日野は私が」

「了解しました、女王殿下」

「さて、安芸中央警察署長・日野寛子。

逆賊に堕ちてまで隠しおおせようとしたその秘密、もはや黙秘しきれるものではない。

何故、このような警察不祥事を買って出たの？

誰がお前にそのような陰謀を命じたの？　やはり行子と直子か？　答えなさい、日野」

「それは」

「それは」

「……もはやこれまで!!」

日野署長はやにわに自分の右胸の署長徽章《きしょう》をもぎとった。

そしてたちまち何かを口の中に含み入れる。

カッ。

その何かが邪悪な金属音を立てて割れたとき、日野署長は既に絶命の寸前にあった。

「毒で、自決を」メアリは日野署長の口腔《こうくう》に指を突き入れる。「それほどまでの覚悟が」

「……くく、ふふふ、あっは、あっははははははは!!

殿下ごときにあの御方《おんかた》は膝《ひざ》を折りませぬぞ。

殿下ごときに我々の計画の邪魔立てはさせぬ――行子《ゆきこ》さま直子《なおこ》さま、万歳!!」

……日野署長は死んだ。

メアリは日野署長の口から、小さな金属物を採り出す。

それは、日野署長が先刻もぎとった署長徽章ではなかった。署長徽章は打ち捨てられ、緋の絨毯の上に寂《さみ》しく転がっている。ゆえに、メアリがその瞳《め》で確認したものは――

（これは……）

それは、スーツの襟章《えりしょう》――襟元に留めるバッジだった。

むろん、胸元に留める署長徽章より遥《はる》かに小さい。

日野署長は、署長徽章の下に、この秘めた襟章を留めていたのだ。

ならば、この襟章とは。この襟章を用いる組織とは。

（これは、秋霜烈日《しゅうそうれつじつ》のバッジ）

そう、それは検察官が用いる、いわゆる秋霜烈日バッジだった。

赤色の旭日《きょくじつ》を中心に、菊の真白《ましろ》い花弁と金色の葉を、鋭く組み合わせたバッジ。

その形状と色彩から、峻厳《しゅんげん》な秋の霜と夏の日に――厳正な職務と刑罰とに喩《たと》えられる、検察官のみが着装することを許されたバッジ。磔刑《たっけい》の十字架をも想起させるバッジ。

（……ただこれは、ノーマルな秋霜烈日バッジではない）

日野署長が秘かに着装していたその秋霜烈日バッジは、デザインこそまさに検察官のバッジとうりふたつであったが、色彩がまるで違う。清冽《せいれつ》な純白たるべき菊花の部位は、焼けた鉄《くろがね》を思わせる恐ろしい黒。尊貴な赤たるべき旭日の部位は、どろりとした血を思わせる恐ろしい紅《べに》だ。

血と鉄と金の織り成す、妖《あや》しくも美しいもうひとつの秋霜烈日バッジ――

（これは、〈裏《ウラ》秋霜烈日〉だわ。

すなわち、検察庁の非公然部門〈一捜会《イッソウカイ》〉が秘かに着装するバッジ……

安芸中央警察署長・日野寛子。やはり検察に魂を売っていたか）

メアリはいま一度、日野署長が署長徽章の裏に隠していた、その裏秋霜烈日を見た。

小さな襟章の背部には、薄い金属を用いたカプセル部分がある。

その薄い金属は、ためらいもなく噛《か》み砕かれている。

（失敗は、死。

それが組織の、鉄と血の掟《おきて》ということね……法円坂宮妃行子《ほうえんざかのみやゆきこ》検事総長、そして直子《なおこ》検事総長秘書官。〈一捜会〉の首魁《しゅかい》にして、明治のいにしえからの、西有栖宮家の宿敵……）

「公爵令嬢《ユア・レイディシップ》」すると安藤が報告のため帰ってくる。「残念ながら、熊川副署長は……」

「……気の毒に。御遺族が生涯、いえ御遺族の孫が生涯困らない措置をとりなさい」

「かしこまりました御嬢様。宮家の名誉に懸け、確実に措置いたします。

他方で、鳥居巡査部長にあっては極めて軽傷です――

偶然とはいえ、殊勲甲《しゅくんこう》。咄嗟《とっさ》によくあれだけの動きができたもの。念の為、救急搬送させ医師の診療を受けさせていますが、まず大丈夫でしょう」

「有難《ありがと》う安藤。ただし、あなたの発言は公正さを欠く……

あれはまさか偶然ではないわ。即座に私を守った動きも、弾道を見切った動きもね」

「そうでしょうか。奴は一介の巡査部長で、しかも不良《ゴンゾウ》警察官ですが」

「安藤、私はあなたの眼をそこまで過小評価してはいない」

「た、確かに、あれはただの不良《ゴンゾウ》ではないようです。いや、素行や態度を別論とすれば極めて優秀な刑事、なのかも知れません。それがああまで拗《す》ねて、僻《ひが》んでいる。これまでの刑事人生で何があったのか、若干の興味を憶えなくもありません。また正直……

あれを腐らせておくのは、警察にとって惜しいことだとも思います」

「しかも、思い出して頂戴。

鳥居巡査部長は私とおなじ思考経路で、日野署長が被疑者であることを看破していた。だから私は、彼を警視に昇任させようとすら思った――

ましして、私は鳥居巡査部長との勝負に勝っている。なら、鳥居巡査部長には賭け金を払ってもらう必要があるわ」

「……それは確か、『鳥居が気に入りそうな若い奴を、ひとり立派な刑事に仕込んでもらうこと』」

「まさしくよ。当該若い奴が私にいいいいいいにしろあなたにしろ、ちょっと素敵なプランじゃない？ましして安藤、あなたいつも言っていたでしょう。対策官補佐はもうひとり欲しいって」

「それではまさか、御嬢様はあのやさぐれ刑事を⁉」

「病院での診療が終わり次第、屋敷に連れて帰るわ。

身上書のファイルを流し読みしたところ、奥さんとは離婚しているし子供もない――まずは当家の二級従僕として鍛《きた》えて頂戴。警察実務の方は、ちょっと錆《さび》を落とすだけで充分だろうから」

「……それは御命令でしょうか、御嬢様？」

「ええ、命令よ」

「かしこまりました、御嬢様。一週間後には、晩餐《ばんさん》での給仕に出られるよう鍛えます」

「警視昇任手続と、警察庁への身分換えの手続は、私から箱﨑警察庁長官に頼んでおく」

「あっ御嬢様、最後に、その箱﨑長官のことですが――

この〈安芸中央警察署八、五七二万三、一一〇円窃盗事件〉についての長官報告は如何《いかが》なさいますか？　拾得現金は直ちに発見できるでしょうし、被疑者も解明できましたし、その自白も獲得できましたが……しかし、このとおり被疑者に死なれました。

　まして、その〈裏《ウラ》秋霜烈日〉バッジ」

「私が箱﨑長官から依頼されたのは、この警察不祥事の『極祕裡《ごくひり》の鎮圧』と『全容解明』のふたつよ。そして前者の任務は果たした。というのも、全員買収……じゃなかった、署員全員からどこまでもはてしなく自発的に任意の協力をもらえる以上、〈安芸中央警察署八、五七二万三、一一〇円窃盗事件〉が表沙汰《おもてざた》になることなど、未来永劫《えいごう》ないのだから」

「しかし御嬢様、窃盗事件については御指摘のとおりだとして、『筆頭署の署長・副署長が突如、ふたりとも変死してしまった』というのは……これを極秘裡に処理することは不可能です。Ｉ県警察としては、新たな人事措置を要する以上、それを県民とメディアに公表しないわけにはゆきませんから。むろん、公安委員会の決裁も必要となる」

「安藤。

　私達が揶揄《やゆ》されているとおりの『警察版水戸黄門』であるのなら、悪いけどそれって私達に関係の無いことだわ。私達は懲《こ》らしめるべき悪を懲らしめ、解くべき謎を解いたもの。ここでもちろん、署長・副署長の死には、懲らしめるべき悪も解くべき謎もありはしない――言い換えれば、それは箱﨑長官が粛々《しゅくしゅく》と処理すべき通常業務でしかないってことよ。

　まして、あの稀代《きたい》の陰謀屋さんのこと。『極左の卑劣な時限式飛翔弾《ひしょうだん》がふたりのいる署長室を襲った』とか、『イスラム過激派の恐るべきアンホ爆薬が以下同文』だとか、お涙頂戴かつ焼け太り可能な脚本を、もう書いているんじゃないかしらね……

いずれにしろ、私があのひとに依頼された『極秘裡の鎮圧』という任務は完了している。それは、職務倫理的にも命令の内容的にも明白よ。ただ、いまひとつの任務……『全容解明』の方となると、日野に地獄へ逃亡されてしまった以上、いささかならぬ味噌《みそ》が付いてしまったわね」

「申し訳ございません御嬢様。私が日野の身体捜検《シンタイソウケン》さえ実施していれば、毒物など」

「ただ、裏秋霜烈日は確保できた。

日野の断末魔《だんまつま》の言葉から、陰謀屋が誰であるのかも確認できた。

陰謀屋の脚本をブチ壊しにできたのだから、この勝負はおあいこよ」

「……御嬢様、やはり本件は」安藤がいった。「法円坂検事総長による謀略」

「としか考えられないわね」メアリがいった。「法円坂母子《おやこ》こそ、検察における警察侵略派の首魁《しゅかい》にして、検察庁非公然部門〈一捜会〉の指揮官なんだもの」

「……現役警察官三六一名すべてを被疑者とする『警察署内窃盗事件』を演出し、それをメディアにリークし、警察の威信を失墜《しっつい》させるとともに、警察への信頼をブチ壊す。成程《なるほど》、あの下品な法円坂検事総長の考えそうなことです。趣味と後味が悪すぎる——

この安藤、今後とも、かくのごとき不逞《ふてい》不埒《ふらち》な陰謀を、ひとつ残らず叩《たた》き壊《つぶ》す覚悟でございます……御嬢様とともに。御嬢様の御下命《ごかめい》のもとに」

「私と、そう、あのロートルルーキー鳥居警視と一緒によ安藤。

私には何にも負けない自信がある――あなたたちふたりが私を支えてくれるならね」

「そ、それはもちろんです御嬢様。

私はこれまでも今もこれからも、御嬢様だけの警察官で、御嬢様の下僕です。

このような物言いが許されるのならば……どうぞ私に、御嬢様を支えさせてください」

「安藤、重ねて言い渡すけど、対策官補佐はもうひとり増えるのよ？」

「だとしたら、先任で主任は私です、御嬢様」

「それもそうか。どうぞ仲良くね」

……複雑な顔をする安藤。メアリは浮かびかけた苦笑を押し殺した。

そして、滅茶苦茶《めちゃくちゃ》になった応接卓と茶器を見つつ、警察官モードを解除していう――

「安藤、喉が渇いた、すっごく。

アッサムをもう一杯。むろん熊川副署長にも献杯《けんぱい》を」

「かしこまりました、御嬢様。

ただ〈レパルス〉に戻れば、ハルマリの三年熟成ものも御用意できるのですが……」

「私には何にも負けない自信があるわ。自分の欲望以外にならね。

お茶を一杯。今すぐに」

「了解《ヴェリ・グッド》です、御嬢様《マイ・レイディ》」

# 第2章　〝警察に不祥事なし〟

## I

駿馬《しゅんめ》は、五月の朝日の下をひたすら駆ける。

見渡すかぎり、スコットランド風の田園風景をひた駆ける。

岩屋《グロットー》を越え、神殿を越え、礼拝堂を越え。

蛇形《だけい》の湖をめぐり、古典様式の橋をわたり。

村が幾つも、あるいはその村の畑が幾つも幾つも入る緑のうねを駆けめぐる――

サッカー場だの、東京ドームだのでは計りきれないこの地は、すべて、ビーコンズフィールド公爵家の日本における所領である。このヴィクトリア朝的な風景式庭園のすべてがそうだし、更に言えば、その外周をとりまく日本本来のド田舎――奥三河《おくみかわ》の急峻《きゅうしゅん》な山岳地帯の大部分もそうだ。

――ただ、いさましく鞭《むち》を入れ駿馬を駆る彼女は、今朝は、その赤土がぎらぎら匂う山岳地帯には出なかった。彼女は既に仕事を始めている園丁《ガードナー》たちに声を掛けながら、山岳地帯にぽっかりと『移植』された、英国式の、十八世紀式田園で我慢した。とはいえ、それだけでも彼女の朝駆けは、既に二時間近くにも及んでいる。いや、彼女が望むのであれば、あと四時間いや六時間は、彼女の所領を――正確には、彼女の父公爵の所領を飽きることなく堪能《たんのう》できたであろう。英国貴族の所領、しかも公爵の所領ともなれば、市町村まるごとレベル以上である。人為的に手を入れた風景式庭園だけであっても、飽きるということはあるまい。

――しかし、この巨大な所領の後継者である彼女は、最後に門番小屋《ゲート・ロッジ》のところまでゆき、門番の爺《じい》やとかろやかな挨拶《あいさつ》をかわすと、そのまま馬車道にしたがって、乗馬をクールダウンさせつつ所領屋敷《カントリー・ハウス》へむかった。

いわゆる隠れ垣《がき》にぐるりと囲まれた、彼女の城館である〈ホーライ・ホール〉へと。

むろん、天国のように牧歌的なこの風景式庭園においては、所領屋敷《カントリー・ハウス》の直近であっても羊、山羊《やぎ》、牛、鹿といった動物に事欠かない。彼女は散歩の速度にまで馬の脚を緩めつつ、そうした牧歌的な動物と、そしてあまりに巨大な〈ホーライ・ホール〉とを瞳《ひとみ》で愛《め》でた。

そうこうしているうちに、馬は最後の馬車道を上がり、所領屋敷《カントリー・ハウス》の正面玄関に迫りつつある。彼女のお腹《なか》は淑女らしからぬ音を発しつつある。

所領屋敷《カントリー・ハウス》の正面玄関には、彼女の朝駆けの終わりを察知していた使用人たちが、彼女を迎えるべく集まっていた。厩《うまや》部門のトップである御《コーチ》者《マン》に、世話係である馬丁《グルーム》たち。

「御嬢様《マイ・レイディ》」御者が代表して挨拶する。「お帰りなさいませ」

「ありがとう、髙橋」

「〈イラストリアス〉の調子は如何《いかが》でございましたか？」

「髙橋たちのおかげで完璧よ。

それに、流石《さすが》は父公爵がウィリアムⅤ世陛下から下賜《かし》された名馬。〈イラストリアス〉に慣れてしまったら、自動車なんかに乗れない」

黒の流麗な乗馬服《ライディングハビット》に白いスカーフ。そしてやはり黒のトップハットにヴェール。そんなヴィクトリア朝の乗馬スタイルに身をつつんだ彼女――メアリ・アレクサンドラ・綾《あや》子《こ》・ディズレーリは、これまたヴィクトリア朝文化どおり横乗りをしていた横乗鞍《サイドサドル》からひらりと地に下りた。彼女自身は馬にまたがる方が余程《よほど》好みだったが、そんなふうに脚をひろげてしまっては、父公爵が慨嘆《がいたん》のあまり卒倒してしまう……

メアリは過保護な親に対して微妙な嘆息《ためいき》を吐《つ》くと、山羊《やぎ》革の黒い乗馬手袋を外した。やはり正面玄関前に並んでいた侍女《レイディズメイド》が、美しい乗馬鞭とともにそれを受け取る。乗馬鞭もまた黒だ。メアリは日英ハーフだが、外貌《がいぼう》は日本人形そのもの。編み上げた純黒の髪に、黒めのう《オニキス》を思わせる瞳、月光のような肌が異次元の美を感じさせる。唇の自然な紅がもう少し薄かったなら、不健康のそしりを免《まぬか》れなかったろうが、いずれにしろ――純黒の髪と雪のような肌には、乗馬服であろうとなかろうと、白黒モノトーンがよく似合う。

「御嬢様《マイ・レイディ》」侍女がいった。「どうぞお着換《チェインジ》えを。公爵閣下が朝食室でお待ちです」

「そうね」さすがにこのままでは礼を欠く。「ただその前に、お茶を一杯飲みたい」

メアリは乗馬服のまま、二階私室《ブドワール》には上がらず、無人の応接室《ドローイングルーム》に入った。応接室といっても、客観的には、それだけで小さな美術館が開ける規模である。事実、名のある画家による、歴史的ともいえる肖像画の群れが、絶妙な配置で飾られてもいる――

やがて、メアリが乗馬服のまま応接室のソファに座ったとき、どこか不慣れな感じで彼女に声が掛かった。

「ほい嬢ちゃん、御所望《ごしょもう》の紅茶だぜ～」

「相変わらずね、鳥居巡査部長――いいえ、鳥居二級従僕さん？」

メアリはいわば新規採用であるその使用人を見遣《みや》った。所領屋敷《カントリーハウス》の従僕《フットマン》ともなれば、制服というか、お仕着せのコスチュームが支給される。それは、執事《バトラー》といった管理職の、バリッとしたテールコートにホワイトタイとはまた別物で、よりコテコテとボタンが多く、かつては専用の鬘《かつら》や半ズボンが必要とされたほど古典的なデザインをしている。メアリは鳥居を見、思わず失笑しそうになった。仮初《かりそ》めにも三〇年近く現場刑事をやってきたベテラン警察官が、お仕着せの二級従僕のコスチュームを着、紅茶の銀盆を給仕している。鳥居をスカウトしてきたのはメアリ自身なので、そのミスマッチを笑うのは倫理的に問題があろうが……

（渋味のある銀髪も、ドスの利《き》いた銀縁眼鏡も、この衣装じゃあ形無しね）

メアリは失笑を堪《こら》える代わりに、ちょっと意地悪く訊《き》いた。

「今朝の紅茶は何？」

「何ってお前……そりゃ紅茶だよ。色見りゃ分かるだろ」

「もう、鳥居さんたら!!」

　血相すら変え、あわてて駆け寄ってきたハウスメイドがフォローに入る。

「オマエってそれ何なの。嬢ちゃんもナシ。ありえない。お呼び掛けは〈御嬢様《マイ・レイディ》〉か〈公爵令嬢《ユア・レイディシップ》〉!!　今のところ当家でいちばん下の使用人なんだから、分《ぶ》を辨《わきま》えなさいよ!!

……失礼しました御嬢様《マイ・レイディ》、今朝のお茶はカシオン・ノースバレーのダージリンでございます」

「ケッ、何処《どこ》の茶だって茶は茶だろうがよ、緑茶や昆布茶《こぶちゃ》になるもんか」

「鳥居さん、そんなこと言っていると、また安藤さんに言いつけてやるから!!」

「は～あ」鳥居は故意《わざ》とらしく大きな嘆息《ためいき》を吐いた。「何の因果で五十路《いそじ》も近くなってから、金持ちの屋敷に丁稚奉公《でっちぼうこう》せにゃならんのか……しかも上司は、三〇歳ちょっとの若僧ときた」

「俺を呼んだか、鳥居二級従僕？」

「うげっ、安藤……執事閣下」

　執事《バトラー》は、所領屋敷《カントリーハウス》の最高権力者のひとりだ。むろん最高権力者は主人であるビーコンズフィールド公爵その人だが、執事は貴族の代理人兼秘書官として、男性使用人すべてを指揮監督する権限を持つ（ちなみに、女性使用人にとっての家政婦《ハウスキーパー》に当たる職だ）。

「鳥居二級従僕、御嬢様にお出しするお茶の説明くらいはできるようにしておけ」

「へいへい」

……ビーコンズフィールド公爵家の執事、安藤隼《しゅん》は、鳥居のあからさまに無気力な返事に若者らしい渋面を作ったが――取り敢えず今は説教どころではないといった風情《ふぜい》で、ソファに座すメアリに新たな銀盆を差し出した。差し出しながら説明をした。

「公爵令嬢《ユア・レイディシップ》、お電話が入っております、警電《ケイデン》です」

「とすれば、誰からかは自明ね、安藤？」

「はい」

　メアリはもう一度今朝のダージリンで喉を潤《うるお》すと、かろやかに鳴るお腹の音をなだめつつ、銀盆の蓋《ふた》を開けた。銀盆の上には、彼女の警察電話のスマホがある。常日頃どおり、指紋のくもりひとつ無い。彼女はかるく上気したままの手でその警電スマホを取ると、受話ボタンをスライドさせつつ、警察電話機を耳に当てた――

「メアリ・ディズレーリです」

『おはようございます公爵令嬢。警察庁長官・箱崎です』

「おはようございます、長官」

『またもや、公爵令嬢のおちからをお借りしたい事案が発生しました』

「当該《とうがい》事案の概要は？」

『……規律違反行為です』

「長官にしては、迂遠《うえん》な御説明ですわね？」

『詳細に説明すると、口が汚《けが》れる類《たぐい》の行為ですので……

いえ失礼しました公爵令嬢。

直ちに鎮火して頂かなければならない事案ですので、そのようなことも言ってはいられません。そこで、恥を忍んで申し上げますが……

今般、迅速な処理をお願いする規律違反行為とは、いわゆる不適切な異性交際です。有《あ》り体《てい》に言えば不倫です』

「……警察職員の惚《ほ》れた腫《は》れたに、我々〈監察特殊事案対策官室〉が出動する余地は無いと考えますが。我々は重要特異な警察不祥事をしかるべく処理する係であって、まさか『警察の華』を揉《も》み消すための係ではございませんわ」

『御指摘は御尤《ごもっと》も……これがノーマルな不倫ならば、ですが』

「ならば何処《どこ》がアブノーマルなのです？」

『検察庁の謀略があります。

これは純然たる不倫騒動ではなく、検察庁のシナリオに沿った不倫騒動であり、やがては破廉恥《はれんち》な警察不祥事となるでしょう』

「検察庁の、謀略……

するとあの検察庁非公然機関〈一捜会《イッソウカイ》〉が動いていると？」

『我々の諜報《ちょうほう》部門はその確証を獲《え》ています』

日本警察は、とりわけその警備警察は、世界有数の諜報機関といってよい。そのことは、警備警察経験のないメアリも熟知していた。また当代の警察庁長官・箱崎は、戦後警察随一の謀略家として霞《かすみ》が関《せき》ムラで名を馳《は》せている。

そんな背景事情もあって、メアリは微妙に当該『不倫』の中身に興味を持った。

「検察庁が、警察不祥事を――『不倫』というかたちで仕掛けたと？」

『そのとおり。しかもただの不倫ではありません、公爵令嬢。

現役警察署長の不倫であり、かつ……警察署長室における不倫なのです』

「とすると、その相手方はきっと」

『警察職員です。正確に申し上げれば、部下である庶務嬢になります』

「当該《とうがい》二者が、その……警察署長室でよからぬ行為に及んでいたと？」

『まさしく』

「盗撮でもされたのですか？」

『……第一に、当該不倫相手、部下である庶務嬢は、検察庁に買収されていました。海外旅行を重ねるなど、生活も派手でしたし。ゆえに御指摘の盗撮があったやも知れません。

ただ……より重要なポイントとして第二に、彼女と署長室で不倫を重ねていた警察署長は、その……今朝方、頓死《とんし》してしまったのです』

「あらまあ」

『無論、殺害されたとか積年の持病がたたったとか、そのような物語でなく……公爵令嬢のお耳に入れるのも恐懼《きょうく》の極みですが、要は性交死』

「それはその……いわゆる腹上死？」

『まさしく』

「今朝方というと、朝も早くから励んでおられて？」

『まさしく』

「死体も事件も、どのような経緯で認知されたのでしょう？」

『不倫相手の、庶務嬢の訴出《うつたえで》により副署長が認知しました』

「署内にはひろく知られていますか？」

『残念ながら。

　というのも当該署は、実員三十一名の小規模署ですので。まして当該県の警察本部が、事案についての詳細な電話報告をやいのやいのと求めてしまってもいます。となれば、取り敢えずの現場措置等を行った警察官は、まさか二人三人では利きません――何と言っても署長《オヤジ》の変死ですし、警察本部にもあれこれ報告せねばなりませんから』

「とすれば長官。

　私ども〈監察特殊事案対策官室〉としてできることは、既に無い気もいたしますが」

『実は当該警察署は――Ｏ県警察の鹿川《しかがわ》警察署という所属ですが――近隣の市町村から隔絶した山村に所在する警察署なのです。Ｏ県警察本部からなら優に三時間、最も近い近隣警察署からも優に二時間は掛かる僻村《へきそん》にあります。むろん電車バスその他の公共交通機関はありませんので、自家用車で――となりますが。

　ゆえに現在、当該警察署長の変死体の見分《ケンブン》も開始されていなければ、当該警察署長室の見分も、当該庶務嬢の取調べも開始されておりません』

「――鹿川警察署の副署長さまが事案を認知されたのは何時《いつ》ですか？」

『今朝方の午前七時三〇分です』

「あら、わずか三〇分ちょっと前のことですね」

『はい公爵令嬢。

したがいまして、まだ近隣警察署の応援も、O県警察本部からの応援も、まったく到着してはおりません――道路事情がよければ午前九時三〇分頃に近隣警察署の捜査員が、同様の前提で午前一〇時三〇分頃にO県警察本部の捜査員が現着《ゲンチャク》するはこび』

「とすれば、少なくともあと一時間半ほどは、現場も死者も証人もノータッチ」

『公爵令嬢が事案の処理を引き受けてくださるのであれば、私の権限で、近隣警察署の捜査員の臨場等は中止させましょう。さすればあと二時間半は、何の捜査活動も開始されません』

「けれど、もし不倫相手の庶務嬢が検察庁に買収されているというのなら――

本件事案を広報する手立てをもう打っているのでは？」

『否定はできません。ですが状況も変わりません。メディアの記者がいるのはO県警察本部がある県都ですから。たとえ当該庶務嬢が記者にリークしていたとして、記者が鹿川警察署に到着するのは二時間半後となる』

「とすると、その二時間半の間に現地へ赴き、必要な活動を開始せねばなりませんね？」

『まさしく。そしてそれができるのは、我が国警察に公爵令嬢を措《お》いておられません』

「物理的に、そうでしょうね……」

『検察庁の陰謀』なる要素がなければ、直ちにお断りすべき事案と考えますが」

『それどころか公爵令嬢、その証拠となる人物が動き出しております』

「……〈一捜会〉の誰かが？」

『〈銀鷲《ぎんわし》の鬼池《おにいけ》〉が現地に急行しているのです』

「えっあの陰謀屋が」

『そう、法務省刑事局参事官・鬼池検事。

今は霞が関における法律のセンセイ顔《づら》をしていますが、御案内のとおり――』

「――〈一捜会〉の非公然幹部にして、警察侵略の指揮官・法円坂宮《ほうえんざかのみや》母子の懐刀《ふところがたな》」

『これまでこの鬼池が薬・金・女その他の手段によって廃人にした警察上級幹部は、まさか一〇人や二〇人では利きません。私の直轄《ちょっかつ》部隊ですら汚染されたことがあります。また、鬼池はとりわけ女性警察官の籠絡《ろうらく》に長《た》けており……警視級・警部級の前途ある女警が数多《あまた》、逆ハニトラによってスパイにさせられた挙げ句、利用価値が無くなり次第、性風俗に沈められてもおります』

「……そろそろお仕置きの時間のようね、お茶目が過ぎる」

『その鬼池検事が、先程の新幹線でO県に出発しました。さすがに検察庁には機動力がないので、ヘリとはゆかなかったようですが……とはいえ、本日午後三時過ぎには現地入りするでしょう』

「鬼池がO県を、いえ鹿川警察署を目指したというのは確かなのですか？」

『検察庁内の協力者からの情報です。疑いありません。またこのことによって――』

「――不倫相手の庶務嬢が検察庁と、あるいは少なくとも〈一捜会〉と内通していることが証明される」

『そして両者の目的は』

「破廉恥《はれんち》な不倫・性交死を、おもしろおかしく国民に喧伝《けんでん》すること――

そのようなシナリオを前提とすれば、我々が動かない訳にはゆきませんわね」

『成程《なるほど》、署長の重職にありながら、あさましくも署長室で不埒《ふらち》な行為に及ぶなど、その規律違反は看過できるものではありません。しかしながら、懲戒処分をしようにも当の署長は死んでいる。まして、その死を政治的に利用しようとする輩《やから》がいるとなれば』

「……了解しました、箱崎長官。

直ちにO県警察鹿川警察署に赴き、しかるべき措置を講じましょう」

『有難《ありがと》うございます、公爵令嬢。そして、できることならば』

「〈銀鷺の鬼池〉は、警察に数多《あまた》の苦杯を舐《な》めさせている……あれは私を含め、我々を愚《ぐ》弄《ろう》しすぎた。なら。

五月の虫が飛んで火に入るようであれば、この際、ウェルダンに仕上げましょうか」

『御明察に感謝いたします、公爵令嬢』

「それでは」

Ⅱ

同日、午前八時三〇分。

乗馬後のお着換え《チェインジ》もそこそこに（いつものとおり侍女《レイディズメイド》が嘆いたが……）、父ビーコンズフィールド公爵、母有子女王そして使用人のずらりとした列に見送られ、〈警察庁監察特殊事案対策官〉メアリ・アレクサンドラ・綾子・ディズレーリは所領屋敷《カントリーハウス》を飛び立った。これは文字どおり『飛び立った』。というのも、メアリの脚は公爵家の自家用機、ティルト機のEV‐22オスプレイ英国海軍仕様機だからである。名を〈レパルス〉という。

随行は、部下警察官二名。

すなわち、執事転じて対策官補佐・安藤隼警視と、二級従僕転じて対策官室主任・鳥居鉄也巡査部長である。実は〈監察特殊事案対策官〉たるメアリには部下がふたりしかいない。といって、つい先日まで安藤ひとりがその任に当たっていたから、いきなり部下が純増、しかも倍増になったこととなる。だがそもそも、この『警察版水戸黄門』と秘《ひそ》かに揶揄《や ゆ》される非公然部隊に人数は必要ない。だからメアリは、少なからぬ事件を安藤とペアで解決してきたし、もし鳥居が彼女の眼鏡に適《かな》う逸材《いつざい》でなかったら、純増も倍増も自分から断ったであろう。

――ティルト機は驀進《ばくしん》する。

奥三河の壺中《こちゆう》のスコットランド風《ふう》天地から、海なしO県の鹿川村目指して驀進する。

直線距離にして、ほぼ二〇〇㎞。

〈レパルス〉の巡航速度をもってすれば、実に二〇分前後の空の旅である。もっとも、箱崎警察庁長官は当然そのことを念頭に置き、メアリを動かしたのだろうが。

「嬢ちゃん、ほれ、これ警察庁《サッチョウ》からの電送《デンソウ》。いま入電したての関係書類」

「ありがとう、鳥居主任」

メアリは鳥居巡査部長から書類を受け取ると、お召し列車すら――あるいはいにしえのオリエント急行や青列車《ル・トラン・ブル》すら思わせる華麗な居室のソファに、ゆったりと躯《からだ》を預けた。すっかり下ろしっぱなしのロングロングストレートと、シンプルなパンツスーツが、また乗馬服とは異次元の美を醸《かも》し出している。そんなメアリはそのまま電送書類を読み始めようとし――しかし、ふと思い出したようにいった。

「というか、『鳥居主任』『鳥居主任』っていうのもやりづらいわね。私はあなたを警視に任じたつもりだけど？　だからあなたも『対策官補佐』のはずだけど？」

「堪忍《かんにん》してくれよ嬢ちゃん」鳥居巡査部長はあからさまな嘆息《ためいき》を吐いた。「俺はもう一生、昇任なんかしねえって決めてたの。それが不良巡査部長の誇りだったの。だのに突然、警視だの補佐だの……そりゃもう署長クラスじゃねえか、冗談じゃねえ。階級章の星の数ってのは、サボれる時間とネグれる仕事に反比例するんだぜ？」

「といって、実は最低でも警部でないと、警察庁の実働警察官にはなれないんだけどね。――そこは仕方ない、巡査部長のままで妥協してあげるから、そのぶん、これまで三〇年近くサボってきたツケを着実に返済していって頂戴《ちょうだい》」

「へいへい、西有栖警視正ドノ。

しっかし、今度は腹上死の揉《も》み消しとはなあ……

まだまだ短いつきあいだが、嬢ちゃんの主義とはかなり違うと俺は思うがね？」

「そうね鳥居主任、あなた、なんだかんだ言って正義感が強いものね？」

「そ、そんなんじゃねえが……

ただその電送の内容を見るかぎり、極めてしょーもない、極めてしみじみする、ショッボい事案だぜ？　不倫ならせめて庁外でやれって意味でも、四〇歳近く年の離れたガキンチョに手ぇ出すなって意味でもな」

「私もそう思う。だから、検察庁の仕込みがなければ即座に断っていた」

「それはアレか、ホーエンザカ検事総長ってのが、警察を解体して手下にしようとしている――って陰謀の一環なのか？」

「まさしく。

あの〈厄災《やくさい》〉以降、再び全国で激増し始めた犯罪、そして警察不祥事。法円坂宮妃行子《ほうえんざかのみやゆきこ》・現検事総長としては格別の好機よ。治安機関を一元化して、わずか二、八〇〇人の検察官が三〇万警察職員を手足として動かす……法令用語を用いて言えば、警察から第一次捜査権を再奪取する。これぞ第二次世界大戦以降、ずっと検察庁が夢見ていた野望。そしてこのペースで警察不祥事が爆《は》ぜてゆくのであれば、国民もそして上原英子内閣総理大臣も、法円坂検事総長の野心を是《ぜ》とせざるをえないでしょうね」

「……けれどそうやって警察不祥事を爆ぜさせているのは、検事総長自身なんだろ？」

「そこは箱﨑警察庁長官に比肩《ひけん》する謀略家だもの。皇族であるという強みもあるしね。もっとも実働部隊は非公然組織の〈一捜会〉。これを指揮しているのが検事総長令嬢にして現・検事総長秘書官の、法円坂直子《なおこ》検事」

「嬢ちゃんとも浅からぬ因縁がある、っていっていたな？」

「ウチの母方の西有栖宮家と法円坂宮家は、あっは、『宿命のライバル』らしいしね。ま、そこまで大袈裟《おおげさ》な物言いをしなくとも、明治の昔から派手な政敵ではあった……」

「要は私怨《しえん》かい？」

「否定しないわ。

けれど私は薄汚い陰謀があれば叩《たた》き潰《つぶ》したいタイプだし、二、八〇〇人のエリートが三〇万人の現場警察官を顎《あご》で使うような制度には賛成しがたい。それは民主主義の理念にも地方分権の理念にも反する。まして」

「まして？」

「今日の午後に鹿川村へ――だから現場たる鹿川警察署へ『捜査指揮』のため臨場するのは、〈一捜会〉の内でも法円坂母子《おやこ》の忠臣たる〈銀鷺の鬼池〉。この鬼池検事の陰謀で、薄汚い警察不祥事の濡れ衣を着せられ懲戒処分にされた警察官は数知れない。それこそ死屍《しし》累々《るいるい》――

この私とて、ドイツの滝壺《たきつぼ》に墜《お》とされかけたことがある。

ゆえにそろそろ警察としても、キツいお灸《きゅう》を据える必要がある」

「そしてあわよくば、その〈イッソウカイ〉とやらの情報も獲《と》りたいと」

「あら、解ってきたわね鳥居主任？」

「そりゃあもう。嬢ちゃんのえげつない遣《や》り口《くち》は、最初の事件で嫌ってほど見たからな」

「オイコラ鳥居」

そのとき、〈レパルス〉の優美なキャビンに、安藤執事――安藤対策官補佐が入ってきた。燻《いぶ》し銀《ぎん》の渋味が特徴的な鳥居巡査部長とは、ある意味対極にある存在だ。鞭《むち》を思わせる躯は、逆三角形のシルエットが美しい。あきらかに吊《つる》しでない細身のスーツを凜々《りり》しく着こなし、超スクエアな眼鏡をぎらりと光らせている。年齢的にも、結婚適齢期もそろそろ晩年かといえるメアリよりわずかに若かった。その若さと主君への献身とで、これまで主君とともに、四十八人の非違《ヒイ》警察官を『身内斬《ぎ》り』してきた強者《つわもの》である――

「オイコラ鳥居、何度言わせる気だ。御嬢様のことはせめて『対策官』とお呼びしろ」

「ヘイヘイ、安藤対策官補佐ドノ」

「まだ屋敷の銀器ひとつまともに磨けない半人前が――」

「――オイちょっと安藤よ、そりゃ警察の仕事と関係ねえだろうが!!」

「屋敷では衣食住＋給与まで賄《まかな》っているんだ。そろそろ晩餐会《ばんさんかい》の給仕デビューも近いしな」

「そりゃ俺が頼んでしてもらってることじゃねえよ!!　確かに老後を考えりゃ、貯金がわんさかできるから、共済年金なんぞより遥《はる》かに魅力的だが……」

「俺は御嬢様のように甘くはない。この調子なら首席従僕《ファーストフットマン》への昇任どころか、紹介状なしで奥三河の炭鉱に売り飛ばすからな」

「何時《いつ》の時代の話だよ……ていうかここでも昇任制度かよ……」

「さて安藤、鳥居主任。恒例の三河万歳《まんざい》はそのくらいでいいわ」

「は、御嬢様」

「それで今、事案の続報についての電送を読んだのだけど――」メアリはその書類を鳥居に回した。「――事案そのものは単純極まるわね。いわゆる腹上死をしたのが鹿川警察署長・泉兼之《いずみかねゆき》六〇歳。警視。鹿川村に単身赴任中。妻帯者。既に独立している子が二名。六〇歳警視だからここで退職ね。最後に、小規模署長をやらせてもらったと。

　他方で、腹上死をさせたそのパートナーが、鹿川警察署警務課庶務係員・川端結愛《かわばたゆあ》二三歳。一般職員。独身者で、鹿川村に赴任中。現在は恋人等なし。高卒職員で、この鹿川警察署が二箇所目の所属になる」

「それで、ええっと……」漫才モードから切り換わった鳥居が、存外鋭い瞳で書類を繰ってゆく。「……この警察庁《サッチョウ》からの電送が正しいなら、この泉って署長、警察でいうところの相当なスケベビッチ・オンナスキーだったらしいな。ま、主たる経歴が交通警察官っていうから無理もねえが……で、その千人斬りっぷりがO県警察本部の知る所となり、表立って処分を受けちゃあいねえが、警部時代から人事的には冷遇され始めた、と」

「あと、この相手方の川端結愛なる庶務嬢」メアリが紅茶を含みながらいった。「こっちは不倫の前科が――実態把握できているかぎりにおいては――ないけれど、最初の配属先がO県の筆頭警察署だったってのは興味深い。何故と言って、筆頭警察署は県都にあるから。そして県都には必ず地方検察庁があるから。箱崎警察庁長官の諜報網が信頼できるのならば、この庶務嬢が検察の協力者として獲得されたのはこの県都時代ね」

「するてえと、スケベビッチ署長の署に配置された時点から、『いつかはこうした警察不祥事を起こしてやろう』って感じで、要はやる気満々だった訳だな？」

「まさか検察が警察の人事を左右できたとは思わないけれど、この庶務嬢さんの方で、僻《へき》村《そん》での勤務希望を出したのかも知れないわ。県都まで車で二時間半、近隣署でさえ車で一時間半のド田舎ともなれば、わざわざ異動希望を出してくれる職員が出たとき、その希望は通りやすいでしょうし……」

実際、実現したいことは実現できている。

すなわち警察庁からの電送によれば――署長と庶務嬢が、その、規律違反行為を開始したのがおおむね今朝の午前六時過ぎ。一般論として当直員総員が仮眠から出揃《でそろ》うのは午前七時だから、タイミングとしては頷《うなず》けるわね。どのみち署長室は密室だし。といって、まさか今朝の午前七時前、制服も脱ぎ捨てたままの全裸で死んでしまうなんてのは、タイミングとしても運勢としても倫理としても全く頷けないけれど……」

「まさか殺《199》しって筋はねえよな……？」

「それは無い。あなたも解って言っているのだと思うけど。

そもそも検察庁の協力者になっているのだから、検察庁に迷惑が掛かる真似《まね》はしない。殺人捜査なら警察の十八番《おはこ》。犯行は必ずバレる。そんな危険な橋を渡らなくても、六〇歳の御老人の心臓を変調させるなんて、二三歳の阿婆擦《あばず》れさんには児戯《じぎ》でしょう。何も今日死んでもらわなくともよかったのだから。署長が卒業する来年三月までには、まだまだ時間はあった」

「……ま、時間を掛ければ掛けるほど御老人にはヤバいしな。

で、話を電送文書に戻すと、錯乱して思い余ったフリをした庶務嬢が、態度はともかく内心はしれっと、副署長に訴え出たのが午前七時三〇分だと。当人は副署長が書類倉庫で保護中、っていうか軟禁中。スケベビッチ署長は全裸のままO県警察本部の死体見分待ち。署長室は施錠《せじょう》して立入禁止――

事案はドロドロだが、現場周りはまあ、キレイだな」

「でないと困る。

――それで安藤、当該《とうがい》鹿川警察署及び鹿川村の実態把握はできた？」

「はい御嬢様、御下命《ごかめい》どおり基礎調査を終えました。

既出《きしゅつ》ですが、当該鹿川警察署は署員数三十一名のミニマム署。警務課と刑事生安課と交通課しかありません。この三課三十一名で、東京二十三区より大きい管轄区域を担当しています。といって、最重要課題は鹿や猪との交通事故のようですが……

また、その東京二十三区より大きい鹿川村は、急峻《きゅうしゅん》な山脈によって周辺市町村と隔絶された海無し村です。O県の、何と言いますか最深部に位置し、僻村というよりは既に秘境。人口は、最新の統計だと一、二三八人・五一五世帯」

「微妙におもしろい」メアリが濡れるような黒髪を掻《か》き上げる。「そもそも、ちょっとした高校の生徒程度しか人がいない――安藤、鹿川村への交通ルートは？」

「再び既出ですが、公共交通機関はなく、車両で往来ができるのみ。

また鹿川村は秘境ですので、渓流や渓谷に事欠きません。そのうち大きなものが村境となっています。したがいまして、鹿川村への往来は――この地図のとおり――五つの橋のいずれかを使用する必要があります、が……

うち、これら三本にあっては実際上徒歩専用となっておりますので、村外から車両で鹿川村に入ろうと言うのなら、村の北端にあるこの一本か、村の南端にあるこの一本を使用するしかありません」

「安藤、その車両が使用できる二橋《にきょう》だけれど、それぞれ何処《どこ》に通じているの？」

「村の北端にあるものが――二時間半の旅程にはなりますが――やがては県都に通じております。他方で、村の南端にあるものは、極めて急峻な山越えルートを経て――これは三時間以上の旅程になるでしょう――海のある反対側の村に通じています」

「日本って実は広いのよね……その、山越えした反対側の村は開けた村？」

「いえ、かなり閉ざされた村ですね。鄙《ひな》びた漁港の村で、県都への直通ルートもありません。こちらは三、〇〇〇人以上の人口を擁するので、そこだけで自己完結しています」

「微妙におもしろい。

すなわち、わずか一本の橋を封じれば、O県県都への物理的な連絡を断てる。まして二本の橋を封じれば、鹿川村をいわば密室にできる」

「御指摘のとおりです、御嬢様」

「そして今現在、午前八時四〇分――ちなみに鳥居主任、これどういう数字？」

「ちゃっかり試験してくれちゃって……」

「オイ鳥居」

「いやだから年寄りの悪意ない愚痴《ぐち》だろうがよ!!　敬老精神はねえのか!!

安藤……補佐が睨《にら》んでいるから信義誠実をもって答えると、俺達のオスプレイが鹿川警察署あたりに着陸するまであと一〇分、O県警察本部からの捜査員が現地入りするまで一時間五〇分、O県県都にいる記者《ブンヤ》連中が殺到するまで同じく一時間五〇分――って時間だよな!?」

「御明察よ、鳥居主任。

そしてそれだけの時間があれば、私好みの、細工は流々《りゅうりゅう》な感じにできる」

（この嬢ちゃん）鳥居は内心、舌を出しながら舌を巻いた。（この短時間のフライトで、またよからぬことを謀《たくら》んだか？）

「安藤、まず屋敷に連絡を。

ハウスメイドとキッチンメイドを現地に招集。予備機の〈レナウン〉と〈フッド〉で四十八人搬送して。特に必要な装備は、レベルＡ及びレベルＢのＮＢＣ防護服」

「了解しました、御嬢様」

「は、ハウスメイド？」鳥居は素直に唖然《あぜん》とした。「防護服？」

「当家の使用人はな……」安藤が注釈しかけて止《や》める。「……まあいい、直《じき》に解る」

「それから防衛大臣に連絡。

宇治《うじ》の大久保《おおくぼ》駐屯地がいちばん近い。悪いけど第四施設団を災害派遣のノリで貸して、ってお強請《ねだ》りして。あのひと、父公爵の金銭的なオトモダチだから聴き分けるわ」

「了解しました。どのような想定で依頼しましょう？」

「そうね……新型インフルエンザ対策、みたいな感じで。詳細は追って示達《じたつ》」

「了解しました」

「さらに我が国の国立感染症研究所、あと合衆国のＣＤＣそしてＵＳＡＭＲＩＩＤに連絡。

先日一緒に訓練をした、部長級と佐官級の医官をごっそり現地に空輸」

「合衆国からは、チャーター便を手配しても、最低十四時間以上を要しますが……」

「かまわない。本日中に現地入りできれば問題ない。ただできるだけ早く。

他方で感染研の方は中京都郊外にあるから、予備機ですぐピストン空輸して頂戴」

「了解しました」

「あと、そうね……『天気の名は。』の新海幸喜《しんかいこうき》監督に連絡。新作映画の構想を練りながら、田舎デートしましょうと言って。長いお友達だから、きっと予定は空けてくれる。日程調整して、やはり現地に空路でお連れして頂戴」

「了解しました」

「最後に、私は現着し次第、村長さんに会いにゆく。防災無線を使うことになるから。――よって、私は鳥居巡査部長と鹿川村役場へ赴くわ。安藤、あなたは鹿川ＰＳへ。後続部隊を指揮しながらＰＳを防護・凍結して」

「かしこまりました、御嬢様」

安藤は警察礼式にかなった一礼をビシリとすると、そのまま優美なキャビンを離れ、コクピット方面に向かった。うるさいのがいなくなった鳥居巡査部長は、どっこいせ、と深すぎるソファに身を沈め直し、上官に訊く――

「〈銀鷲の鬼池〉って検事は、署長の破廉恥な頓死《とんし》を騒ぎ立てるために来るんだよな？」

「そうね、記者《ブンヤ》さんをここぞとばかり焚《た》きつける為《ため》にね」

「だが署長の死は隠せねえ。まさか死体も隠せねえ。

いや、不倫相手なんて御立派すぎる証人もいるから、事件そのものが隠せねえ――

そんな詰んだ局面で、嬢ちゃん、防護服だの自衛隊だのインフルエンザだの……あんたまた一体、どんな一手を指す腹積もりなんだい？」

「あなたが私と初めて仕事をしたときの指し筋は、確か〈全員買収〉だったわね——

なら今度もやっぱり〈全員〉つながりと洒落込《しゃれこ》みましょう」

Ⅲ

同日、午後三時一〇分。

法務省刑事局参事官・鬼池勝久《かつひさ》検事は、O県県都にて借りた車で鹿川警察署に乗り付けた。カーナビの地理指導にミスはなく、交通事情も非常によかった。そして乗り付けた駐車場は、そんな交通事情を見習った訳でもあるまいに、ガラ空き。僻村《へきそん》とあってか、他に誰の車もない。来訪者の車どころか、PCその他の警察車両ひとつとてない。

ただ——

鬼池はそれをさほど不思議とも思わず、いかにも検察官らしい、銘《な》のある六〇万円以上の革鞄《かわかばん》とともに、車を下りて警察署のエントランスをくぐった。

……偉丈夫《いじょうふ》である。

司法試験をパスしたインテリであるから、筋骨隆々《りゅうりゅう》という訳ではない。しかしながら充分な背丈があり、体躯《たいく》はどこか鋼《はがね》を感じさせる。顔貌《がんぼう》は貴族的だ。ビシリと撫《な》でつけた髪と丁寧に整えられた顎髭《あごひげ》は、凄味《すごみ》のある銀色。眉毛も威嚇的《いかくてき》に左右へ延びる銀色。ガッシリとした額《ひたい》と顎《あご》、そして何よりも威風堂々《いふうどうどう》たる鷲鼻《わしばな》に、およそ日本人離れしたものがある。総じて、北欧の武人か東欧の魔術師を思わせる、品格はあれども不気味な、さらにいえば怪異な男であった。検察において、そして警察の一部において〈銀鷲の鬼池〉と仇名《あだな》される所以《ゆえん》である。

――さて、その怪異にして貴族的な〈銀鷲の鬼池〉は。

二〇万円以上の革靴の音もたからかに、鹿川警察署のロビーを進む。

といって、署員数三十一名のミニマム署だ。都内の市役所などより遥かに小さいし、ひょっとしたら大手銀行のATMフロアより狭いかも知れない。エントランスをくぐれば、そこはもういきなり交通や会計の窓口である。

（……ハテ、しかし珍妙《ちんみよう》な）

警察署長の破廉恥《はれんち》な死。その現場を奪い、捜査の主導権を確保して大々的に広報してやろう――警察侵略の尖兵《せんぺい》・非公然組織〈一捜会〉の上級幹部として、いわば喜び勇んでここ鹿川警察署に進駐してきた鬼池勝久は……しかし、思わずたくましい顎を傾《かし》げた。

（窓口に誰もいない。

来訪する民間人がいないのはまだ納得できる。こんなド田舎だからな。

しかしながら……二四時間三六五日営業の警察署に、その行政窓口に警察官がいないとは。いやひとりもいないとは）

改めて見渡すまでもない。顔を左右にしなくとも、この広さならば全て視界に入る。どう確認しても、この鹿川警察署一階は無人だ。

（そういえば、あの川端から続報が入らないのも気になる。

変死事案の当事者として、行動が自由にならないというのもあっただろうが……まさか殺人の被疑者ではないのだから、スキを見てスマホを用いることもできたはずだ）

ここで『川端』とは川端結愛《ゆあ》、すなわちこの署の泉署長の不倫相手であり、詰まる所は検察庁の——具体的には鬼池の協力者である。しかし結局、事案発生後に彼女と連絡がとれたのは、今朝方《がた》午前七時強の一度だけ。『署長が死んだ』『すぐ来てほしい』との架電があったその一度だけだ。それ以降、急遽《きゅうきょ》出張を組んで霞が関を発《た》ってのち、川端結愛からの連絡はまったくない。

（警察の動きも聴いておきたかったのだが……

まあいい。あまりにも破廉恥なイベントに、署員総出で対処しているのかも知れんしな）

それに、現場たる署長室の位置は分かっている。それは川端から聴取してあるし、出先機関であるＯ地検にも確認をとってある。

——ゆえに、鬼池検事は。

不可解ともいえる静寂の内にある一階窓口エリアを無視し、狭隘《きょうあい》な木の階段をミシミシと上がりつつ二階に侵攻した。この警察署は三階建てで、署長室は二階にある。二階へ上がってすぐの位置にある。

鬼池は、また二〇万以上する革靴の音もたからかに、鹿川警察署二階へ、そして署長室へ向かった。確認するまでもなかったが、古い小学校や古い役所のような所属書《しょぞくがき》のプレートも目に入る。すなわち黒いプレートに白墨で『警察署長室』とある――

（ただ、扉が閉ざされている）

安手の、ペラペラした感じさえする木の扉は、まるで鬼池の侵入を嫌うかのように、ぴたりと閉ざされていた。そしてまた鬼池は気付く。ここまで誰の姿も目撃しなかったし、もっといえば、ここまで誰の声も聴いてはいない。

（いくら三十一名しか配置されていない警察署とはいえ、そのぶん庁舎も狭い。ただひとりの警察官とも行き合わない、などということがあるか？）

それに、警察署というなら証拠品なり現金なりの宝庫だ。いや何よりも拳銃がある。大震災が発生した訳でもあるまいに、ここまで警察署がガラガラになるとは……

（まして、一国一城の主《あるじ》である署長の室が、いわばアクセスフリーとは。やはり愚劣な組織だな、フッフフフ、フフフ）

鬼池はいよいよ二階廊下を見渡した。

まるで人の気配がない。人の動く音、人の話す音がまるで感じられない。

幾つかある小さな執務室も、やはり、安手のペラペラした木の扉で閉ざされている。

……鬼池はじわり、じわりと不審で不穏なものを感じつつあったが。

しかしながら、鬼池の主観としては、自分こそが脚本家で演出家である。まして検察官にとっては、警察官など顎《あご》で使うものだ。もっといえば、鬼池は法務省本省でも参事官の要職にあるベテラン検察官である。何があろうと、警察署程度の施設で鬼池がひるむようなことはない。あってはならない。

（いずれにせよ、すべきことはひとつ）

鬼池はノックもせず、警察署長室を閉ざしている木の扉のノブを握り、不機嫌な感じでそれを全開にした。そしてそのまま室内に躍《おど》り込む——

——そこで、鬼池検事が目撃したものは。

ある意味、彼の期待どおりのものであった。

すなわち、老齢の警察官の死体である。

その死体は、焦燥《あわ》てて作ったようなスペースに、仰向けで寝かされていた。すなわち、バタバタと除《の》けられた応接セットによって作られた狭いエリアに、いかにも『死体』といった感じで横たえられている。そもそも署長室自体が学校の教室の半分ほどしかないので、どれだけ調度を除けようと大した場所は作れないのだが……いずれにしろ『とにかく死体を安置する場所を作りました!!』という感じで、そう、急な宅配便の荷物をとにかく何処《どこ》かへ置いておく感じで、死体用のスペースが確保されている。

（そして、この全裸の死体……

これが鹿川警察署長・泉兼之六〇歳の死体であることに疑いはない。何故と言って）

何故と言って、その死体の傍らに、署長徽章《きしょう》つきの警察官制服が脱ぎ捨てられているから。その制服セットがどこか狼狽《ろうばい》を感じさせるのは、いかがわしいことを行っていたという事情から、何ら不思議ではない。署長たる者の制服が『何だかよく分からない染《し》み塗《まみ》れ』というのは解《げ》せないが、それもいかがわしいことと関係があるのかも知れない。まして――脚本家であり演出家である鬼池検事は、犠牲となってもらった泉署長の顔写真をも入手していた。よって、これが泉の死体であることに疑いはない。

（ということは、やはり計画に成功したのだ）鬼池はまず満足した。（検察官たる私がこの死体を確保できた以上、警察のどんな言い訳も通用しない。現役署長のみだらで破廉恥な死。これでまた警察の威信なるものは大いに毀《き》損《そん》される……フフ、フフフフ……）

しかしながら。

ここで鬼池はハタと冷静さを回復した。そして思った。

（変死体の見分は終わったのだろうか？）

……時間的には終わっているはずだ。事件性がない以上、まさか三時間コースとはならない。三〇分コースでも面妖《おか》しくはない。

ここで、協力者川端からの唯一の電話連絡も勘案すれば――どう考えても本日午前七時三〇分には、この警察不祥事は認知されている。副署長にも、O県警察本部にも。そしてO県警察本部に応援を頼んだとしても、午前一〇時三〇分には変死体の見分を開始できているはずだ。なら、午前中に署長の死体をめぐる事務は全て終わっているはずだ。

（……だのに、現場がまるで発見時そのままの様相を呈しているのは何故か？）

死体見分が終わったのであれば、服くらいは着せてやるのが――せめて裸体を蔽《おお》ってやるのが常ではないか？　むろん念の為に言えば、現時刻は既に午後三時一〇分強だ。

（所属長《ショゾクチョウ》の死体を、半日近くも放置しておくというのは解せん……）

しかも、さらなる疑問がある。

（私は川端からの架電を受けた後、主要メディアにこの警察不祥事の情報をリークした。とりわけO県警察本部の記者クラブにリークした。ならば、記者連中もまた喜び勇んでこの警察署に押し掛けるはずだ。それもまた、今朝の午前一〇時三〇分前後でなければならない）

ところが、現時刻、この警察署には記者どころか猫の子一匹いない……

もう必要な取材を終え、撤収した後だというのか？

（しかし、それにしては……ネットニュースでもワイドショーでも何の扱いもない）

ここで鬼池検事は、自らのスマホを開錠して検索をした。

正確には、検索をしようと思った。しかし。

（け、圏外だと……!!

バカな、今時ヒトの居住する市町村が、携帯電波の圏外などということがあるのか⁉）

――ここで、鬼池が普段どおり冷厳といえるほど冷静沈着であれば、カーナビの電波はキチンと入っていたことを思い出したろう。そしてその矛盾に、少なくとも不審を感じたろう。しかしながら、今の鬼池は冷厳でも冷静沈着でもなかった――というのも、自分があらゆる電子機器なり情報機器から遮断され、密室ともいえる署長室で、全裸の死体とたったふたりであることを再認識してしまったからである。もっといえば、異様な静寂に閉ざされた警察署そのものに、まるでお化け屋敷のような不気味さを感じ始めてしまったからである。

　そして、さらにいえば。

　鬼池がある程度、変死体を見慣れていることも彼にとって災いした。実務上はともかく、検視の主体は検察官である。警察がすっかり御膳《おぜん》立てした後とはいえ、鬼池もその職務経験を通じて、殺人事件の死体をそれなりに見てきた。だから彼は感じてしまった。

（この死体は……泉署長の死体はあきらかに異常だ）

　自分の陰謀の成功に、したり顔をしていたときは気付かなかった。

　しかし、応接セットの狭間《はざま》に寝かされている署長の死体をいま一度観察すると……

（肥満体？　何だ、この膨張は？

　躯《からだ》全体が……ぶくぶくと膨《ふく》れ上がっている）

　事前情報では、泉署長には別段、肥満の傾向はなかったはずだ。それがどうだ。まるで内側から何かが迫《せ》り出してくる様に、いや弾《はじ》け出してくる様に、躯全体が膨満《ぼうまん》している。躯の中から、何かの圧力が働いている。それがじんわり分かる。

　……いよいよ、鬼池検事が感じた不審は警戒へと変わった。

　しかし、人は触れてはならないものにこそ触れてしまうものだし、じくじくした瘡蓋《かさぶた》があればぺりぺりとめくってしまいたがるものである。まして鬼池は検察官。法令上、検視の主宰者だという誇りもある。

ゆえに、鬼池は。

そこは捜査官らしく常備している白手袋を着装すると、狭隘な応接セットの狭間にしゃがみこみ、異様な膨満を示している泉署長の死体に触れた。とりわけ膨満している、その腹部に触れてみた。

——その刹那《せつな》。

鬼池が触れた死体の腹部が炸裂する。舞台的といえるほどよいタイミング。

まるで躯の内側から爆弾が爆発するように、恐ろしい量の血液と体液が、そして肌と臓器の名残りのようなものが弾け飛ぶ。言葉を選ばなければ、まるで噴水のように。鬼池からすれば、それはあまりに突然な血飛沫《ちしぶき》の濁流、血飛沫の放水であった……

「う、うおおお!!　なんじゃあごりゃあぁ!!　あああああ!!　うわあああああ!!」

どろどろした血液とも体液ともつかないものは、八〇万以上はする鬼池のスーツを容赦《ようしゃ》なく襲った。要は鬼池の全身を襲った。とりわけ最も露出していた顔面を襲った。鬼池の顔面は、あるいはあざやかすぎる紅《べに》の、あるいは怪しすぎる黒の、どうしようもないどろどろした液体の好餌《こうじ》になる。

無論、鬼池は何が何やら分からずにしゃがみこむ。反射的に六万以上はするハンカチを顔に当てごしごしと動かす。いや、あまりに怪異な出来事に我を忘れ、取るものも取り敢えず死体から離れ署長室を脱出しようとする。だが謎《なぞ》の液体によって目を塞《ふさ》がれている。

そして署長室は狭い。執務卓に当たっては引っ繰り返り、応接セットに当たっては引っ繰り返り――

するとそのとき。

「誰かいるぞー!!」

「まだ誰か残っているぞー!!」

鬼池検事は動転する意識の中、この地を踏んで初めてヒトの声を聴いた。

そして彼がようやく署長室のドア近くまで到《たど》り着いたとき、やはり、この地を踏んで初めてヒトの姿を見た。しかしそれは。

（じ、自衛隊……!?）

軍事用の迷彩服にガスマスク。なんと自動小銃まで携行している。それがふたり。

今、署長室に駆け込んでくる。そして鬼池の身柄を確保する――有無を言わさず。

「ま、待て、待ってくれ……これはいったい!?」

「大丈夫です、何も心配はありませんよ」

「だ、だから……何が起きているのかと訊いている!!」

「感染症予防法の規定によりあなたを保護しますよ。恐ろしいことはありませんよ」

「か、感染症、予防法……!?」

突然の意味不明な単語。有無を言わさぬ拘束。

鬼池は混乱と誇りから思わず自衛官たちの手を払い、署長室の奥へと逃げた。六〇万円以上はする革鞄を無闇矢鱈《むやみやたら》とふりまわし、駄々っ子のような抵抗をする。しかし——

「仕方ないな小川、鎮静剤だ」

「了解です大庭曹長《そうちょう》、鎮静剤を投与します!!」

「待てッ、まず説明を、合理的な説明を——私は検事——」

——三分後。

とうとう屈強な自衛官によって羽交い締めにされ、何らかの薬剤を注射されてしまった鬼池は、たちまちのうちに意識を失った。

Ⅳ

同日、午後八時一五分。

法務省刑事局参事官・鬼池勝久検事は、見知らぬベッドの上で意識を回復した。

(ここは……何処《どこ》だ?)

意識が朦朧《もうろう》とする。高熱が出ているのを実感できる。悪寒《おかん》どころでない、躯《からだ》を蝕《むしば》むようなガタガタガクブルする寒さ。躯のあらゆる箇所が滝のような汗でべとべとになっている。

そして何よりも、激しい頭痛。

(自分は、寝かされている)

かつては清潔だったであろうベッドシーツは、汗でぐしょぐしょになっている。いやそればかりか、微《かす》かに頭を傾ければ、枕にも枕元にもなんと吐血の痕跡《こんせき》がある。ベッドは一人用だから、この吐血はどう考えても自分のものだ。

理解を超越した状況に、鬼池は戦慄《せんりつ》した。

……もう少し、頭をもたげて周囲を見遣《みや》る。頭を動かすだけでも頭痛がするが。

（な、なんと……これはいったい。ここはいったい）

周囲にはベッドの群れがあった。彼の右側にもずらり。彼の左側にもずらり。顎《あご》を引いて視線を動かせば、彼のいわば対岸にもまたベッドがずらり。

（病院、なのか？

しかしそれにしては……あの黒板といい、木のロッカーといい、田舎の学校の教室そのもののようではあるが……）

鬼池は微妙に躯を起こしてみた。

ベッドサイドの点滴やモニターが観察できる。それはもちろん鬼池用だ。実際、改めて自分の躯を見てみれば――まるで手術を受ける患者のような病衣に着換えさせられている上、自分が医療機器に接続されているのも分かる。しかも、ベッド周りはビニールカーテンというか、最早《もはや》ビニールテントのようなもので防護されていることも分かる。

すると、そのとき。

白い防護服にマスクを着装した、女性と思《おぼ》しき者と目線が合った。その女性は焦燥《しょうそう》した感じで室内をバタバタと駆け回っていたのだが――そしてそのような女性は何人もいたのだが、鬼池が微妙に躯を起こしたことで、ふたりの視線が交わったのだ。

「あっ、東有田医師《ひがしありたせんせい》っ!!」その女性が絶叫する。改めて意識すれば、ここは喧騒《けんそう》の巷《ちまた》だ。

まるで戦場のような。「二十五番さん、意識を回復されました!!」

「ありがとう――なら三十二番さんラインキープして採血。ポータブルもお願い」

「あと十一番さん血圧68の40、サチュレーション90切っています!!」

「すぐAライン。ＤＯＡ開始」

「かしこまりました御嬢さ……いえ医師《せんせい》!!」

どうやら、白い防護服姿の女性は看護師のようだ。

そして彼女が声を掛けたのは医師。

鬼池検事はその医師の方を見遣った。意識も視界も朦朧としているから、普段のような観察力が発揮できない。ましてその医師は、まるで宇宙服のような、剛毅《ごうき》なヘルメット付きの防護服を着装している。透明なフェイスシールドが、いっそう顔立ちの識別を困難にする――

「こんばんは」直近の声で、鬼池は医師が女医だと知った。「私の声が聴こえますか？」

「あ、ああ聴こえる」

「私は国立感染症研究所ウイルス第一部第一室長、医学博士・生物学博士の東有田清子《さやこ》といいます」

「国立、感染症研究所……う、ウイルスだと!?

それではこの状況は、まさか」

「落ち着いて。まずあなたのことを教えてください。

あなたはここ鹿川村の住民ではないはずですが、何故この村にいるのですか？」

「……私は検事だ。現在は法務省本省で勤務をしている課長級の役人で、鬼池という」

鬼池はこの東有田なる女医に何故か警戒感を憶《おぼ》えたが、彼の意識は尋常ではないし、現在の状況を確認したくもあった。だから重要事項はボカしつつ彼女の質問に答えた。

「実は重要な事件捜査があって、今日の午後、鹿川警察署に赴いたのだが……」

「今日の、午後？」女医はフェイスシールド越しに首を傾げた。「鬼池さん、鬼池さんが鹿川警察署で保護されたのは、三日前の午後ですよ」

「なんじゃとて!?」

「鬼池さんは、三日前の午後三時過ぎくらいから、たった今まで――この午後八時過ぎまでずっと昏睡《こんすい》状態だったのですよ」

「バカな、私は確かに今日の午後に」鬼池は八〇〇万円以上はする腕時計を見ようとした。しかしそれは当然、彼からは奪われている。「きょ、今日の午後に、東京から」

「見当識《けんとうしき》障害ですね。すなわち病気の所為《せい》です。時間感覚が正常ではないのですよ」

「ならこれは何の病気なんだ!?」

「……鬼池さんは政府機関の方ですので、きっと御協力が得られると思い、率直に申し上げます」女医は不気味なタメを置いた。不謹慎に劇的でもある。「これは出血熱ですよ」

「しゅ、出血熱だと!!」

出血熱といえば、あのエボラのようなものか。そういえば——それが三日前のこととは絶対に信じ難《がた》いが——泉署長のあの異様な膨満と炸裂《さくれつ》は、まさに映画でよく観る症状ではないか。

「え、え、エボラかっ？」

「これも鬼池さんの理性を信じて打ち明けますが——実は更に凶悪なものですよ。ええと、何だったかしら、そう〈ハーキュール・ポイロットブルク出血熱〉という、人類にとってほとんど未知のウィルスによる恐るべき感染症なのですよ」

「し、しかして、その症状は？」

そのとき、さほど遠からぬ病床で騒ぎが起こった。

「発作だ!!　押さえろ!!」

「ち、鎮静剤用意!!」

「駄目だ、離れてすぐ!!　患者さんから離れてぇ——!!」

鬼池は思わず上半身を起こしてその病床を見た。見てしまった。

ベッド周りの防護服たちがわっと蜘蛛《くも》の子を散らすように逃げたその刹那《せつな》、鬼池の視界に入った若い女性患者が、口から猛烈な勢いで大量の血を噴き上げた。それはまさに噴火だった。

（た、確か泉署長も……しかし人間から、こうも、こうも血が噴き上がるものか……？）

ほとんど同時に女性患者のささやかな病衣が裂け、彼女の全身からまたもや大量の血が弾け飛ぶ。いや、躯の中のものが全てどろどろになって、それが血とともに炸裂した感じだ。そしていよいよ鬼池がベッド周りのビニールを開けもっと様子を見ようとすると――なんだかそれを遮《さえぎ》るように防護服の人垣ができた上、もう生きてはいないであろう若い女性患者は、彼ら彼女らによって、ベッドごとたちまち室外へと搬送されてしまった。

「すみません、鬼池さん」東有田なる女医が詫《わ》びた。「いきなりショッキングなものをお見せしてしまって――ただあれがいわば症状ですよ。躯中からの、炸裂ともいえる出血。無論ただの出血ではありませんよ。コラーゲンが分解されますから、生体組織そのものが溶け崩れます。皮膚、内臓、血管、筋肉すべて。それらが最終的には破《は》ち切れんばかりになって」

「さ、さっきのように炸裂する!!」

「それればかりか、脳も溶け崩れますので、意識が混濁しやがて消失しますよ。これは、御自分の体温と合わせ、既に御理解いただけるものと思いますが――」

東有田女医はベッドサイドのモニターを見遣った。鬼池もまた自分の状態を無慈悲に示すモニターを見遣った。霞《かす》む瞳《ひとみ》にも異様にハッキリ見えたのは……体温三九・九度。

「そ、それほどか!? 実際には、風邪を引き込んだくらいの実感しかないというのに!?」

「計器は正直ですよ」

「さ、さもあろうが……だ、だがしかし、私も既に吐血しているのか?」

「あまり希望なさる患者さんはいませんが、お望みとあらば録画を再生できますよ」

「で、ではこの枕周りの血は間違いなく」

「鬼池さんの出血の跡ですよ。

また、躯を幾許《いくばく》か動かしていただければ、他の出血の跡も御確認できますよ」

……鬼池は恐る恐る躯をねじり、シーツの、背と脚とが隠していた部分を見た。結果は言うまでもなかった。

(信じざるを得ん。映画の撮影ではあるまいし、これだけの芝居があろうはずもない)

そのとき、防護服姿の看護師がひとり東有田女医に近づき、小声で何かをいう。小声の割りには、また鬼池の意識レベルの割りには、それはまるで芝居のようにクッキリと鬼池の鼓膜を叩く――

「今の川端結愛《ゆあ》さんですが、八時三二分、死亡が確認されました」

「なんてこと。最初の感染者として、まだ訊《き》きたいことが無数にあったのに……」

「ちょ、ちょっと待ってくれ」無論、鬼池はその名前に反応する。「そのカワバタさんというのは、まさか、ひょっとして……今し方あそこで死んでしまった若い女性か？」

「患者さんの個人情報はみだりに開示できませんよ」

「いやこれは重大事なのだ。というのも、もしあの若い女性が川端結愛という人ならば、彼女は検察庁が極めて重視しているひときわ重要な参考人で……」

「そういうことなら仕方ありません」東有田女医は看護師をさがらせた。「鬼池さんのおっしゃるとおり、今し方お亡くなりになったあの若い女性は、川端結愛さんですよ。確か、ここ鹿川村の鹿川警察署に勤務されている、二十三歳ＯＬの方ですよ」

「なんということだ」

鬼池検事は思わず頭をかかえた。川端結愛に死なれてしまっては、せっかく仕込んだ警察不祥事も台無しになる。いや、そもそもメノンの獲物《えもの》だった泉署長すら……

（ん？

そもそも泉署長は死んだのか？　いや死んだことは死んだろうが……いったいどういう経緯で死んだのだ？　それこそ川端結愛から報告のあった『腹上死』というのはどうなった？）

ゆえに鬼池検事は冷静に、基本のキの字から――要は事案の実態把握から始めることにした。このあたり、まさか凶悪な出血熱に襲われている者の思考経路とは言い難《がた》いのだが、舞台設定があまりに突飛ゆえ、自分でもその矛盾に気付いてはいない。気付いていないといえば、せっかく冷静さを取り戻したにもかかわらず、さっき劇的な炸裂をとげて死亡したのが真に川端結愛だったのか、またそうであったとして真に死亡したのか、それをギリギリ詰めなかったのは、〈銀鷲の鬼池〉としてはあまりに迂闊《うかつ》であった。

「ええと、東有田医師《せんせい》。ただいまの御説明だと、この、何でしたか……〈ハーキュール・ポイロットブルク出血熱〉の最初の発症者は、どうやらその川端結愛さんのようですが」

「そのとおりですよ」

「いや、検察庁としても法務省としても、このような事態に最大限協力したいと考えます。そこで、三日前なら三日前でよろしいが、いったいこの鹿川村で何があったのか、概要を教えてはもらえまいか」

「私は中京都の国立感染症研究所に勤務する医師ですので、実際にその混乱を目撃した訳ではありませんが――我々とそして合衆国のCDC、USAMRIIDが現時点までに解明できたことをまとめれば、次のようになりますよ。

第一に、最初の感染者であり最初の発症者である川端結愛さんは、先のGWにアフリカ旅行をした。その際、ハーキュール・ポイロットブルク出血熱の好発地《こうはっち》である、中央アフリカのマンソンジュ共和国を訪れている」

（そういえば川端は、買収に用いた調査活動費を浪費しては、やたら海外に出ていたな）

「第二に、川端結愛さんは帰国後、その自覚症状があるまま――初期は風邪に似ていますが――警察署長室に出入りしていました。庶務係の仕事、例えばお茶の給仕や署長の制服の準備などがあったため、他の署員より警察署長さんとの接触は密接だったとか。そして、このウイルスは飛沫《ひまつ》感染しますので、風邪のような症状を呈していた川端さんが署長さんにウイルスをうつしてしまったとして、そこに何の疑問もありませんよ。

第三に、これは三日前の早朝のことですが、なんとその警察署長さんの方が先に昏睡《こんすい》状態に陥ってしまった。年齢的にも、体力的にも川端さんよりお弱いですから無理もありません。無論、最初の感染者である川端さんの方もかなり症状が進行していた。その意識は混濁《こんだく》し、時に錯乱すらしていた――警察署員のそのような証言があります。いずれにしろ、彼女に先んじて警察署長さんの方に強い症状が出た。症状というのは御覧のとおり。躯が膨満《ぼうまん》しますので制服も脱いだ。全身からの出血を拭《ふ》くという目的もあったでしょうね。そのために川端さんを署長室へ呼んだのかも知れません。しかし時既に遅く、警察署長さんが制服を脱いだとき警察署長さんは卒倒した。またそのとき、警察署長さんを助けるため近くにいた川端さんに大量の吐血が掛かった。いよいよこれは尋常ならぬ病だということで、警察庁を通じ、我々に第一報が入った」

「それが三日前の早朝のこと」

「まさしく」

「このウィルスは飛沫感染するとのことだが……その、言い難《にく》いことだが、川端さんと警察署長さんが、例えば性的接触を持っていたというような事実はあるかね？」

「私は警察という組織を深く存じ上げないので、そのようなことがあり得るかについては何とも……」

ただ署長室に駆けつけた鹿川署員に対し、川端さんが錯乱しながら『やってしまった』『自分が署長をやってしまった』云々《うんぬん》と供述していた旨《むね》の証言もあります。そして警察署長さんは前述のとおり丸裸。初期段階では、その……腹上死だの性交死だの、そんな噂《うわさ》が署内を駆けめぐったそうですが、そしてそれには理由があると思いますが、大量の吐血のことが明らかになるに至り、そのような不謹慎な噂はたちまち掻《か》き消えたとのこと」

（だが今朝の……いや三日前なのか？……ともかくあのときの川端の口調は、それはしっかりしたものだったが。しかしよくよく考えてみれば、川端は電話で『署長が死んだ』『すぐ来てほしい』としか喋《しゃべ》ってはいない。そのとき既に、川端も錯乱状態にあったとすれば……）

「そして鬼池さん、時系列の最後に第四、我々は上原内閣の指示で直ちにここ鹿川村に来ました。無論ヘリで。そして鹿川警察署、なかんずくその警察署長室の惨状を目撃し、直ちに感染症予防法の規定に基づき、鹿川村全域の封鎖と隔離を実施したのですよ」

「重ねて、それが三日前のこと」

「そのとおり」

「時間的には」

「三日前の午後三時をもって必要な措置を終えました」

「……私は何の検問も受けることなく鹿川村に入っているが？」

「それは何時頃でしょう？」

「午後三時過ぎのはずだ」

「なら検問の開始が若干遅れたのかも知れませんね。それだけのことですよ」

「これは国家の重大事だろう。危機管理を担《にな》う警察署がまるで無人だったのは？」

「署員さん三十一名すべてについて飛沫感染の疑いがあったからです。鹿川署が小規模署だ、というのが災いしました。そして実際、三日前の早朝署長室に駆けつけた警察署員は

――署長さんの応急処置をし、錯乱状態の川端さんを保護した署員さんたちですが――残念ながら全員、お亡くなりになっています」

「た、他の署員は？」

「この部屋にいます」

「そもそもここは何処《どこ》だ⁉」

「鹿川小学校です」

「小学校……」

「鹿川村には小さな病院しかありません。病床というなら九床しかない。そちらは三日前にたちまち溢《あふ》れ、よって現時点においてはここ鹿川小学校が徴発され、六〇〇人以上の患者さんたちをかかえています――鬼池検事さんを含めて」

……なんということだ。まさにアウトブレイク。確か鹿川村の人口は一、二〇〇人程度だったはず。なら既にその半数が、訳の解らぬ出血熱ウイルスに冒されたことになる。

「いや違う‼　わ、私は出血熱なんかに冒されてはいない‼　私は絶対……‼」

「よく御覧になってください」東有田女医は手鏡をかざした。「躯の症状は御自分がいちばんよくお分かりでしょうが――御自分のお顔がどうなっているか、見えますか」

「そ、そんな……」

この女性の、あまりにも医師らしからぬ態度を訝《いぶか》しむのを忘れ、鬼池検事は鏡の中の自分に見入った。真っ青であり真っ赤だ。どす黒くもある。まして、あちこちで内出血しているのか、まるで殴られたての様な青痣《あおあざ》が幾つも幾つも、おまけに発疹《ほっしん》が幾つも幾つも、いわば『べっとり』顔に染み着いている。いや既に、ホラー映画の特殊メイクのように恐ろしい状態である。

(そしてこの体温に頭痛、吐血……

泉署長だ。泉署長の死体に触れたとき、炸裂した血を染《あ》びたとき……私もまた!!)

「ど、どうして泉署長の死体を現場に放置したままにしておいたんだ!!」

「申し訳ありません。それは当方と自衛隊の連携ミスです。封鎖と隔離を優先するあまり、第二発症者の回収を忘れておりました。といって、既に警察署が機能不全になってしまっていたことも大きいのですが。ましてや村人は『警察署こそ危険だ』ということを知ってしまいましたので――小さな村です、噂が流通するのも早い――まさか警察署に立ち入る方がおられるとは思ってもいませんでした」

「い、いずれにせよ検察庁として厚生労働省に厳重抗議する!!」

「そのお元気が続くことを願ってやみませんよ」

「と、というと……私はこれからどうなる？」

「少なくとも、上原内閣の決定があるまで鹿川村を出ることはできませんよ」

「症状について訊いているんだ!!」

「どうぞ御安心ください。

本日は二十七人がお亡くなりになりましたが、三人が意識を回復しましたよ」

「十人に九人は死ぬということか!?」

「いえ統計的にはもっと不利ですよ」

「ち、治療薬は!?」

「ウイルスは生物ではなく物質ですから殺せませんよ。まして未知のウイルスの治療薬など、私の寿命の内に開発できるかどうかといったスパンで考えるべきものですよ」

「ワクチンは!!　ワクチンとか、ワクチンとか……あとワクチンとか!!」

「ワクチンは予防の為《ため》のものですよ。発症してからは意味がありませんよ。まして未知のウイルスのワクチンなど、私の寿命の内に開発できるかどうかといったスパンで」

「もういい!!」

興奮のせいか、あるいは、女医のイラつく態度といった別の要因のせいか。

いよいよ熱を上げ始め、意識を混濁させた鬼池検事は、このしれっとしたムカつく女医を無視し、学校へ行くのを拒否する子供のような姿勢でがばりと不貞寝《ふてね》してしまった。

V

同日、午後一一時〇〇分頃。

ハッと意識を回復させた鬼池検事は、自分の病床の隣に、三人の防護服姿が立っているのを見た。あの無礼な女医と一緒の、宇宙服のように厳重な防護服姿。

（看護師の類《たぐい》ではないな）

依然、朦朧《もうろう》とする意識を必死に集中させ、鬼池は三人を見、その会話を聴き取ろうとする。というのも、三人の顔貌《がんぼう》はフェイスシールド越しにも実に蒼白《そうはく》だったからだ。また、三人の会話は——すべて米語だったが——鬼池をハッと目覚めさせるに充分なほど物騒でもあった。ちなみに鬼池は大使館勤務を経験しているゆえ、米語には堪能《たんのう》である。

「実際、もう限界に近い……」

「我がＣＤＣとしても、各種検体を確保しつつ撤退を……」

「ＵＳＡＭＲＩＩＤは日本政府に依頼して、シカガワ村の物理的処分を……」

「陸上自衛隊《ジャパニーズアーミー》が撤収するのは明朝の……」

「まず二本の橋の空爆が先……」

「ピンポイントで、鹿川村の居住地域も……」

「合衆国《ステイツ》は空自《エアフォース》に、Mark77焼夷弾《しょういだん》の供与を決定……」

高熱にうなされている鬼池はしかし、大声を上げて起き上がりそうになった。会話している三人のうちひとりは、超スクエアな眼鏡が冷厳な印象を与える日本人だったが、残りのふたりは白人と黒人で、どう見ても日本人ではない。そして会話の内容から察するに、合衆国の研究機関の人間のようだ。ＣＤＣにしろユーサムリッドにしろ、映画で聴いたことがある。

（いや、それよりも何よりも……

『鹿川村の物理的処分』だと？　『焼夷弾』だと？）

——鬼池は、冷酷にヒトを罰することのプロフェッショナルだ。客観的に、冷静に、統計的にヒトを処理することのプロフェッショナルといってもよい。実際、彼は幾度か死刑判決を勝ち獲《と》ったこともある。

だからこそ、この程度の会話の断片で、自分の置かれている状況を理解できた。行政機関の者ほど、その遣《や》り口《くち》を熟知しているがゆえ、行政機関を信じはしない。まして、ヒトを疑うのが後天的本能である検察官ともなればなおさらだ——

（う、上原内閣は、この未曾有《みぞう》のアウトブレイクに際して、人命の放棄を決断したのだ。三日程度でヒトを殺す恐怖の出血熱。それが孤立した僻村《へきそん》で蔓延《まんえん》したことは不幸中の幸い。関係者も一、二〇〇人程度と多くはない。もし封じ込めに失敗したなら——事実失敗しているようだが——俺が上原総理でも決断をする。村ごと焼くと、村人ごと焼くと）

……しかし、その一、二〇〇人に自分が含まれるのは絶対に御免《ごめん》だ。

タイムリミットはよく解らないが、『陸自が明朝にでも撤退する』というのなら、この村に焼夷弾が墜《お》ちるのもそう遠くはない。山奥村の空爆。周囲は峻厳《しゅんげん》な山脈だから、肉眼での目撃リスクはまあ無視できる。空爆の規模とて、まさか壊滅的な大空襲が必要なわけでなし、気の早い納涼花火大会みたいなものだ。

（急がねばならん!!）

鬼池は有能な検事だ。決断は速い。すぐさま現場離脱を決意した。

（しかし、どうやって……）

火照《ほて》る頭で計画を練っていると、なんという僥倖《ぎょうこう》か、三人いた防護服姿の男は、いつしか超スクエア眼鏡の日本人ひとりになっている。鬼池は周囲を見渡した。何台も何台も並んだ病床は、意外なほど静まり返っている。時折、断末魔ともとれる苦悶《くもん》のあえぎが、それも微かに、散発的に聴こえてくるばかり――

――いきなりガバリと跳ね起きた鬼池は。

点滴チューブだのプローブだのをその勢いで引き剝《は》がしながら。

ベッドサイドモニタの脚を持つと、モニタの画面側、モニタの頭側を眼鏡の日本人の後頭部に叩《たた》き付けた。不思議と手応えがなかったが、効果は覿面《てきめん》――米語で物騒極まる会話をしていた当該日本人は、そのまま小学校の木の床に昏倒した。びくりと一度痙攣《けいれん》し、そしてもう、動かない。下向きになったヘルメットのフェイスシールドが、恐らくは後頭部からあふれる血潮でどくどくと紅くなってゆく。鬼池はその死を確信した。

（しかし、この病衣のままでは……

それに小学校を脱出できたとして、移動手段がなければ……潜伏することは容易だが、脱出しなければ意味はないのだ）

するとそのとき。

「……おい……あんた」

「だ、誰だッ」

「静かに……しろ。ここを、出たければな……」

激しく息を荒らげていた鬼池検事は、イザとなったらそっちも殴る決意で声の主を見た。

鬼池が寝かされていたベッドの隣。まさに真横。

声の主はそこに寝ていた。ビニールの帷幕《とばり》越しゆえよく分からないが、よくよく見るにそれは五十歳近くと思われる男性だ。そして必死に手招きをしている。懸命に、鬼池に対して、自分の話を聴くよう求めている。鬼池はその気圧《けお》された感じで、ビニールを掻き分け、『お隣さん』のベッドにグッと接近した。いよいよ顔が分かる。むろん知人ではない。渋味のある銀髪と、ドスの利いた銀縁眼鏡がどこか『カタギでない』『やさぐれた』印象を与える男である――

「見て、たぜ……」しかしその声はやはり病者のものだ。「……あんた、逃げる気か？」

「私は病人ではない。奇妙な感染症などに冒されてはいないのだ」

「そんな、こたあ、どうでもいい」男は青痣《あおあざ》に蝕《むしば》まれた顔でニヤリと笑う。「法務省の、オニイケ検事さん……そうだな？」

「何故それを」言い掛けて鬼池は思い当たった。「あの女医との話を聴いていたか」

「鬼池検事、そのままじゃあ……逃げられや、しねえよ。

この小学校自体、自衛隊がガッチリ包囲してやがる。この村っていうなら、大久保駐屯地の工兵どもを中心とした、一、〇〇〇人規模の部隊が占領しちまってる。蟻《あり》が這《は》い出るどころか、蟻が蠢《うごめ》くスキマも無えよ。まして、あんた知ってるかどうか知らねえが、俺達の射殺許可すら出ている……」

「そ、そこまでするのか、上原内閣は」

「……ここから、出たいか？」

「何か方法があるのか⁉」

「ひとつだけ、ある」

「どんな⁉」

「自衛隊員を……買収してある……」

「何だと⁉」

「この小学校から車で五分もゆけば……鹿川消防署がある。場所は分かるか？」

「あ、ああ。村に入るときカーナビで見た」

「その屋上へ行け。深夜零時までに行け」

「消防署の屋上に行ったらどうなる⁉」

「ヘリが待っている……山越えができる。あんたは生きながら焼夷弾で焼かれずにすむ」

「——お前は、いや君はいったい何者なんだ。自衛官を買収するなど」

「俺は……週刊明潮《みんちょう》の、記者だ」

「なんと」

「三日前にこの騒動が起きてから、上原政権は徹底して、全てを極秘裡《ごくひり》に処理しようとしている。そしてそれは成功している。村の外の世界は、ここで何が起こっているか何も知りゃしない。だが知ってのとおり、我が週刊明潮なんざ、地べたを這いずってケツの穴追い回してナンボのハイエナ週刊誌だ、品のいい記者クラブ新聞社サンと違ってな。だから、飛んでもない陰謀の臭いを嗅《か》ぎ付けた編集長が、自衛官の協力者をフル活用して――結構な現ナマをバラ撒《ま》いて――俺をここへ潜入させたと、まあこんな一幕劇さ」

「なら何故君が脱出しようとしない？」

「あっは……見りゃ分かるだろ、もう無理だ、末期だ、炸裂寸前だ。

だから、これを、どうか」

「これは……」

週刊明潮の記者がどこからか出してきたのは、一本のUSBメモリであった。

「俺の、三日間の取材の成果だ。内閣が五つ六つ吹き飛ぶ動画と画像が入っている。

このままでは自衛隊の爆撃で塵《ちり》になるだけだ。

どうにか、俺の力でスクープにしてやろうと思ったが……ぐほっ、げほっ!!　もう、俺には時間が無《ね》え……それに、わざわざ編集長が買収までして用意してくれた脱出ルートを無駄にする手も無え。いや、検事さん頼む、どうかお願いだ、俺の代わりにこの地獄から脱出してくれ。そして特定機密保護法の壁をブチ破ってくれ。後生《ごしょう》だ!!」

「解った、ありがとう……君の名は？」

「と……じゃなかった、ハイエナ記者に名前はいらねえのさ、フッ」

「……だが記者君、こんな病衣のままこの小学校を抜けられるだろうか？　また、車で五分の道程《みちのり》とはいえ、だから歩いても知れているとはいえ、自衛官が一、〇〇〇人ほども溢れるこの村で、無事に鹿川消防署へ行くことができるだろうか？」

「何言ってんだ、その手段はあんたがもう用意しているじゃねえか」

「どういうことだ？」

「あんたが殴り殺したそこの医者だよ。超スクエアな眼鏡の、目付きと態度の悪い、敬老精神のカケラも無えクソ野郎だが……其奴《そいつ》の防護服を脱がせてあんたが着りゃあいい。それらしく見えりゃあ着方なんでどうでもいいさ。それでこの野戦病院からは脱出できる。おまけに近くにはキーの付いた自家用車がゴロゴロしている……災害時だし、村人はここに治療を受けに集まって来たんだからな。これで脚の問題は無え。深夜零時にも間に合う。自衛官どもに誰何《すいか》されても、あんた元々お偉い検事さんなんだから、小役人を鼻であしらうなんざあ朝飯前だろ？」

「ただ、私は……私は……」

どう考えても信じられんのだが、私は感染者、らしい。

そんな私を、いくら御社の編集長さんが買収してくれたからといって、素直にヘリへ乗せてくれるだろうか？　それに、山越えをして脱出できたとして、感染者らしい私は治療を受けなければ死ぬ……治療を受けても生きていられるかは怪しいものだが。

まして私は……今し方無辜《むこ》の医師を殺してしまった殺人者だ。上原政権がそこまで暴虐《ぼうぎゃく》非道なら、あらゆる意味で、草の根を分けてでも私を捜し出し処分しようとするだろう。

ならばこの、君が命を懸けて取材をしたUSBとて有効活用できるかどうか……」

「そのことについても心配は無え。あんたが感染者だろうと、ちゃんと防護服を着ていさえすれば、問題なくヘリに乗れる。防護服はあんたを封じ込めている訳だからな。この事態は編集長も想定していたから、大丈夫だ、キチンと話はついている。

そして、山越えをした後だが……

潜伏場所・治療場所も手配済みだ」

「なんと。

芝居みたいに都合のよい、素晴らしい段取りだ。記者なんぞにしておくのは惜しい」

「俺もそう思う。まあともかくだ。山越えができたら――あんたの病状からいってもう意識は無えだろうが――週刊明潮の仲間があんたを回収する。そしてそのまま、ピトケアン行きの貨物船に積み換える。いや問題は無え。あんたが起きていようが寝ていようが死んでいようが、この回収と積み換えはオートマチックで実行される」

「……ピトケアンとは何処《どこ》だ？　しかも、私が死んでいてもよいだと？」

「ピトケアンはイギリス唯一の太平洋領土だ。五㎢に満たない小島で、人口も五〇人程度だが、だからこそちょうどいい。ちょうどいいってのは、イギリスが悪謀をめぐらすにはちょうどいいって意味だ。今この鹿川村を独占している、だからこの謎の感染症をも独占している、日本の主権も合衆国の主権も及びはしない――

要は、イギリスも、この謎の感染症のデータを欲しがっているんだよ……あんたみたいなサンプルもな。そう、まさに生死を問わずで。だからこそウチの編集長とも取引した。

こちらもまた、それなりの寄付が必要だったが」

「こんな恐ろしい感染症とそのウイルスが欲しいというのか!?」

「あんた意外にナイーヴだな。これほど理想的な生物兵器の研究材料が他にあるか?」

「……要は、君はそのピトケアンに搬送され、隠匿され、必要な措置を受ける手筈だったんだな?」

「そして今やそれは、感染者であり脱走者であり殺人者であるあんたの唯一の選択肢となったわけだ……あんたが公務出張で鹿川村に入り、以降三日も帰京できなくなったってことは、検察庁だか法務省だか知らんが、あんたの上司もあんたを切り捨てる決意をしたってことだからな。そりゃそうだ。そのうち自衛隊の空爆も始まる。あんたの殺処分はあんたの上司にとって既に前提。あんたは社会的にも職業的にも既に死んでいる。

そんなあんたが、仮に生き残ったとして、まさか長い病休明けに、ひょっこり役所に登庁するにゃいくまい? 極秘の特定機密を——とりわけ村人総員虐殺のことを知ってしまったあんたを、組織が生かしてまた要職に就けるとでも?

繰り返すが、あんたはもう、日本では『死んだ人』なんだよ鬼池検事さん。

となりゃあ、残るは海外逃亡しかあるまい?

そして安心しろ、あんたの身柄と生活はイギリス軍が保障してくれる——一生な」

「そのピトケアンでか?」

「他に何処《どこ》かあるのか？」

「……解った。いや違うな、ありがとう記者君。君の誇りと献身を私は忘れない」

「そうか……これで肩の荷が下ろせる。」

鬼池検事さん、た、頼み、頼みま、頼み――頼みますぐぶはっ!!」

その刹那《せつな》。

週刊明潮の記者なる男はガクガクと大きく痙攣《けいれん》するや、口から激しく血液を噴出させた。ウィルスの充満しているであろう汚染血液が、派手に壊れた噴水のようにいきおいよく噴き上がる――

「す、すまん記者君!!　さらばだ!!」

男の絶命を確信した鬼池検事は、医療スタッフが駆けつけてくる前に焦《あ》燥《わ》てて例の眼鏡の医師から防護服一式を強奪すると、たちまちのうちに自分がいた教室から逃げ出した。近くのトイレの個室に駆け込み、四苦八苦しながら防護服を身に纏《まと》う。どうにか怪しまれない程度に身形《みなり》を整えるや、駆け出したい衝動を最後の理性で抑えつつ小学校の校舎を出る――誰とも行き会わない――誰からの誰何《すいか》もない――

そして、校舎から出た鬼池が見たものは。

（な、なんということだ。外は、ここまでの事態だったのか）

――校庭に縦横何列にも並んで設置された、軍隊のものの様な野外かまぼこテント。

パッと見ただけでは数え切れない。

鬼池は時間の余裕がないこともしばし忘れ、校庭のテントのひとつに忍び入った。

(同じだ……さっきまでいた教室と、まるで同じ)

二列に並んだ幾つもの病床。血塗《ちまみ》れで蠢《うごめ》く重傷者。医師と看護師の怒号。

次に入ったテントも。その次に入ったテントも。

(一〇〇人や二〇〇人では到底利くまい)

今の鬼池には、数多《あまた》設置されたテントが大きな柩《ひつぎ》にしか見えなかった。

だから彼は駆けた。小学校の外めがけて駆けた。

学校周りには自家用車の群れがあった。これまた一〇台二〇台では利かない。

そして週刊明潮の記者が教えてくれたとおり、どの自家用車にもキーが付いている。

その一台に乗り込もうとした鬼池は……

しかし最後の理性が働いたか、大急ぎでできるかぎり車両のガサを始めた。

水。食料。衣類。頭痛薬に鎮痛薬の類《たぐい》。この際風邪薬でもいい。

あとはスマホ。

——必要な物資を掻き集めた鬼池は、いよいよ車両一台を盗むと、そのまま悪夢の権化《ごんげ》のような鹿川小学校を後にした。不自然極まる急発進に、闇の中から怒声が飛ぶ。

「アッ、脱走者だ!!」

「鹿川小から脱走者一名、感染者の模様!!」

「かまわん、射殺だ、射殺を許可する!!　撤収まで時間がない!!」

「手早く殺せ!!　最後のトラックがもう出るぞ!!」

そしてすぐさま自動小銃の連射。車体をかすめていた弾丸は、なんとリアガラスを粉々に砕いた。鬼池はいよいよハリウッド映画に出演したような気分で、ドリフトまでしながら逃走を始める――

――猛烈なスピードを出しながら、しかし鬼池はあの記者が指定した鹿川消防署へは行かなかった。というのも、既述のとおり、最後の理性が働いたからだ。といって、投与された薬剤のせいで深刻な症状が出ていることには違いない。頭痛に高熱、意識の混濁は真実のものだ――それが謎の感染症によるものであるかどうかは別論だが。いずれにしろ鬼池は、もはや合理的な思考ができる状態にはなかったが、エリート検察官の本能として、どうにも納得できない何かを感じていた。それは言語化できない警報や赤信号のようなものだった。とりわけ、『英国』というキーワードと『東有田清子』というキーワードは、鬼池自身にも上手く説明できなかったが、鬼池の脳内で深刻な化学反応を起こした。その結果鬼池は思った。

(確認せねば。

私はあの小学校に軟禁されていた。外の世界の動きを知らない。まさか、これが荒唐無稽《こうとうむけい》な、あまりにもバカげた規模の芝居だとは思えないが……英国。東有田。どうにも気になる。それに万事が万事、上手くゆきすぎる)

鬼池は引き続きスピード違反を犯しつつ、回収してきたスマホ三台を次々と手に取り、ながら運転をした。『幸運にも』、鬼池が回収できたスマホには何のロックも掛かってはいなかった。必死で法務省に、O地検に、最高検察庁に、そして検事総長秘書官に架電をしようとする鬼池。しかしその努力は徒労に終わった。そもそも電波が入っていない。思い立ってカーナビを起動させたが、こちらもあからさまな電波障害を起こしている。

（封鎖・隔離が行われているから当然だが……ジャミングということだってある）

鬼池は次に、車からどうにか見える闇の中の民家へ、片端から乗り付けた。

どの家も真っ暗だ。まるで灯火管制をしているように、玄関灯やトイレの灯りひとつありはしない。しかし鬼池は最後の執念で、民家に遭遇する都度《つど》、その玄関をガンガン叩いた。そして怒鳴った。

「法務省の鬼池検事です!!　誰かいませんか!?

　怪しい者ではありません!!　お電話を貸してください!!　お話を聴かせてください!!

　隠れているなら安心して出てきてください!!」

――無論、何度それを繰り返したところで誰も出てこない。出てくるはずが無い。

　民家六軒で一緒の経験を繰り返した鬼池は、さすがに意気消沈し、自分の荒唐無稽な妄想を自嘲《じちょう》するほどの気分にはなっていた。なってはいたが、そこは警察からも〈銀鷲《ぎんわし》の鬼池〉と恐れられる能吏《のうり》。鬼池はなお進路を消防署にはとらなかった。鬼池が向かったのは、この鹿川村から脱出できる橋――車両で脱出できる二本の橋のうち、県都方面へと通じる奴だ。それは三日前……鬼池の記憶としては『今日』だが……鬼池自身が鹿川警察署目指して通ってきた橋である。

（そこから脱出できるのならそれもよし。

そしてそこから脱出できるのなら……封鎖だの隔離だのはデタラメ。ならばこの謎の感染症というのも、きっと）

鬼池は絶望と希望とが絶妙にミックスされた昂揚感《こうようかん》を感じつつ村道を突き進む。他に走行している車はない。重ねて、鹿川村はまったき闇の中にある……闇の中にある……

（……何だ、あの炎は？）

鬼池は闇の帷幕《とばり》の中で、邪悪に燃え猛《たけ》るオレンジの劫火《ごうか》を見た。

最初、それを見たときはやり過ごした。

二度目もそうだ。

しかし、三度目にそんな炎を現認したとき……

鬼池は思わずヘッドライトを落とし、慎重に、慎重にその炎に接近していた。

道端の、どこにでもありそうな畑の真ん中で、キャンプファイアーのように猛る炎。

こっちは暗い。先方はお祭り。

車のまま、ギリギリまでそのお祭りに肉迫した鬼池が見たものは……

（――――――!!）

鬼池は車が大きく悲鳴を上げるのも、だから先方から発見されるのも気にせず、いや気にする心の余裕もなく、またもや猛スピードで『現場』を離れた。あの炎。あの祭り。

（犠牲者を、火葬しているというのか!!　これまでに見た炎すべてが!!　それも、あんなに乱暴に……あんなに無造作に。いや、私が現認していない分だってあるだろう。ましで、自治体が機能していないのだから、火葬許可など下りるはずもないのに。……ここはもう治外法権だ。カオスだ。虐殺の巷《ちまた》だ。このままではやがて私も!!）

それでも鬼池検事が消防署でなく橋へ進路を取ったのは、もはや意識的な・意図的な行動とはいえない。これまでに目撃し体験したあらゆる不合理が彼の思考をバグらせ、停止させ、判断能力をほぼ零《ゼロ》にした結果である。言い換えれば、鬼池検事はもはや、いちばん最後に決断できた合理的タスクを、ただただただトレースしていただけだ。

そして、鬼池がいよいよくだんの橋に接近したとき。

だからまたヘッドライトを落とし、村道のカーブの陰からその様子をうかがったとき。

鬼池は疲れ果てた頭と目で、撤収を始めている自衛官たちを目撃した。

「爆薬の設置を完了しました!!」

「よし、総員乗車!!　現時刻をもってこの橋を放棄する!!」

軍用のトラックに自衛官たちが乗車してゆく。

そのトラックは鬼池が目指していた橋を渡ってゆく。無論、村の外へと渡ってゆく。

橋を渡った後、かなりの距離をとってまた停車する。

「爆破!!」

「爆破します!!」

轟音《ごうおん》。劫火。猛煙。

それが晴れたとき、鬼池は、県都へ向かう橋が消滅しているのを見た。そこには。

（粉微塵《こなみじん》の『粉』すら残ってはいない……）

そしてどこにも軍用トラックの姿はない。

それはむしろ、いよいよ頭が痺《しび》れて何も考えられなくなった鬼池の選択を後押しした。


――午前零時過ぎ。

鹿川消防署の屋上から、一機の軍用ヘリが飛び立つ。

防護服姿の乗客は、襲いくる強烈な睡魔の中、軍用機が飛行する轟音と、そして――

それが投下したのであろう焼夷弾複数によって、我が国からひとつの村が消滅するのを見た。

## Ⅵ

翌日、午前九時、鹿川村公民館。

体育館のようなホールには、無数の村人が集まっている。

「いや〜、すんごい音だったね〜」

「ハリウッド映画みたいだったね〜」

「原作は、西野圭吾先生らしいね〜」

「主演は、深田翼らしいね〜」

「あの新海幸喜監督が、ウチの村を使ってくれるなんて、嬉《うれ》しいね〜」

「村興《むらおこ》しだ〜、村興しだ〜」

人の好《よ》い新海幸喜監督は、村人総出のサイン責めに遭っている。

東有田清子ことメアリはマイクを取ると、ぺこりと一礼をして『協力・鹿川村のみなさん』たちに語り掛けた。

「皆様。新作映画のプロデューサーを務めます、西有栖綾子と申します。

昨日の午後から今朝の明け方まで、不自由をお掛けしてすみませんでした。

また、撮影スケジュールの都合上、撮影当日の急なお願いになってしまったことをお詫びします。

しかしながら、皆様の熱演のお陰をもちまして、大変よい絵が撮れております。この映画はほんとうによくなります。鹿川村さんの熱演に応えるためにも、新海とともに、アカデミー賞目指して頑張ってまいります。

重ねて、昨日来、自宅からの外出厳禁をお願いしたり、自家用車の使用を控えていただいたり、自家用車を貸していただいたり、夜間完全消灯を守っていただいたり、不在を装《よそお》っていただいたり、あるいは小さいお子様が撮影現場に迷い込まないよう配慮していただいたりと、大変な不便を我慢していただきました。また、オーディションに合格なさった方には、時として執拗《しっこ》い演技指導をさせていただきました。

これすなわち、今般の撮影の成功は、この鹿川村の村民の皆様すべての御理解と御協力あってのことでございます。繰り返しになりますが、新海とともに深く御礼申し上げます。どうもありがとうございました」

「それで、西有栖プロデューサー、その……」村長が代表していった。「……小学校の清掃や橋の復旧、そして爆破箇所の今後でございますが」

「それはもうお約束どおり、私どもが責任を持って、直ちに開始させていただきます。

また、ただいま清掃・復旧とのお言葉がございましたが、あのようにショッキングな舞台となった以上、問題がないようでしたら、小学校は新たに建て換えたいと考えております。合わせて警察署、消防署、村役場、そしてこの公民館といった公共施設もまた、新たに整備させていただければさいわいです。県都への橋につきましては、自衛隊さんの御協力をえて臨時の架橋をいたしますが、これも無論、より新しくより安全なものを、私どもの責任で建設させていただきます」

「いえそれはもちろん問題ございません。いえそれはもう当村からお願いしたい内容でございます。あとその、いえつまりその、私からは若干申し上げにくいのですが……」

「もちろんお約束どおり、御協力をたまわった全村民の方に、撮影協力謝金として、年齢も役割も拘束時間も問わず、一律一〇万円をお支払いいたします。また僭越《せんえつ》ながら、今後の鹿川村の輝かしい前途を祝福させていただくべく、鹿川村役場に一、〇〇〇万円の寄付をさせていただきます」

「ありがとうございます、西有栖プロデューサー!!　今後も何かありましたら、是非《ぜひ》とも、真っ先に鹿川村を御指名くださいませ!!」

「もちろんそのつもりですわ村長。だってこれほど理想的な舞台はありませんもの」

――メアリのちょっとした演説が終わると、また新海監督がサイン責めに遭う。

それを瞳の端で確認しながら、メアリは鹿川村公民館を出た。

五月の終わりの快晴。

メアリはその美しい光を染《あ》びながら、いよいよ背後に参集してきた部下たちにいった。

「安藤。今般の〈映画〉の製作費用は？」

「概算の概算で、四十五億円弱です」

「あら、予想より一桁《ひとけた》違うわね。もう少し各種寄付を弾んでもよかった。そのぶん、鹿川警察署員二十九名へのギャラを上乗せしましょうか」

「御指示のとおり手配致します、御嬢様」

「ええと、泉署長はどうするんだったっけ？」

「映画の主演に喜び勇んで、署長室で着換え中に心臓麻痺――こんなところで」

「了解。鹿川署員の記憶違いなり誤解なりの処理は安藤、あなたに任せるわ。ま、『川端結愛』の身柄をこちらで確保できているから、さしたる問題は無いしね。あと防衛省、国立感染症研究所、在日米軍等に御礼の挨拶《あいさつ》回りをします」

「直ちにスケジュールを組みます、御嬢様」

「――で、ピトケアンへの荷は無事出航した？」

「しかるべく。十九日後に配送が完了します」

「捨て扶持《ぶち》は？」

「週刊明潮編集部の名義で、毎月三〇万円相当を送金します」

「結局『生き残る』わけだから、帰ってくる気にならないかしら？」

「脚本どおり、現地に『英国の生物兵器研究機関』を起ち上げました。身柄の確保には万全を期します。またあらゆる船舶への乗船を阻止します。あらゆる架電、またしかり」

「ま、設定上殺人者だし――殺されたのは安藤、あなただけど――国家の重大機密を知ってしまった訳だから、ノコノコと霞が関に姿を現すほどバカではないはずだけどね。

ところで安藤、どう？　傷は痛む？」

「殴られるのは脚本どおりですから、ダメージは幾らでも軽減できます。

軽減できないのは、二級従僕の身分を弁《わきま》えず上司を侮辱した某巡査部長への怒り」

「ちっ、憶《おぼ》えてやがったか……」鳥居巡査部長は嫌味たっぷりに舌を出した。「……ただの言葉の綾《あや》、アドリブの勢いってもんだろうがよ」

「お前の方が殴られる役どころでも問題なかったと思うが？」

「バカ言ってらあ。俺は英語なんざ喋れねえし、あんたは警察庁のエリートだから、記者《ブンヤ》の真似事《まねごと》なんてできねえだろ？　適材適所さ」

「確かに鳥居巡査部長のあれは熱演だったわね。モニター越しに思わず涙が零《こぼ》れたわ」

「ケッ、絶対嘘だね。あんたがそんなしおらしいタマなもんか」

「――御嬢様」

そのとき、〈ホーライ・ホール〉のメイド長《ヘッド・ハウスメイド》が声を発した。メアリよりやや背丈ある、そしてメアリのように黒髪の美しい女性である。どこか妖《あや》しく分けた前髪は、時折彼女の右眼をすらりと隠し、知的な中にも蠱惑的《こわくてき》な印象を与える――

「ハウスメイド二十三名、任務解除といたしました。料理人《コック》からも、キッチンメイド二十三名を任解とした旨《むね》連絡が入っております」

「友梨《ゆり》、あなたたちもお疲れ様。それぞれ屋敷に帰って、通常任務に復帰して頂戴《ちょうだい》。やっぱり看護師なり医師なりの役は、切った張ったのプロにかぎるわね。助かった」

「欲を申し上げれば、より実戦的な訓練の方が、練度《れんど》維持にはよいのですが。料理人《コック》の貞子《さだこ》婆《ばあ》さん……いえ失礼貞子さんも、日頃磨いた特殊技能を活《い》かせなかったと悔やんでおります」

「あの特殊技能は発揮されない方が世の為《ため》だと思うけど……でも心配は要らないわ。さっそくだけど、守秘義務違反で検挙した裏切者『川端結愛』の口を割ってもらわなければならないもの。意外に強情とのことだから、練度維持のウォーミングアップ程度にはなるでしょう――

いえそれにまして、上級幹部を失踪《しっそう》に追い込まれるだなんて、そこまでコケにされた悪の陰謀結社は、メンツに懸けて攻勢を強めてくるはず。そのときこそ貞子さんたちの職人芸を見せてもらう。もちろん、シリア帰りの友梨たちにも期待しているわ」

ここでメアリはコイントスの仕草をした。

小さな何かを思いきり指で跳ね上げ、天たかく舞ったそれをぱん、と左手の甲で受ける。すぐに悪戯《いたずら》っぽく右手で隠す。

そして彼女が再び右手の蓋《ふた》を開くと――

「おっ、秋霜烈日《しゆうそうれつじつ》バッジ」鳥居巡査部長がいった。「いや、〈裏《ウラ》秋霜烈日〉だったな」

「そう、これは鬼池検事が着装していた〈裏秋霜烈日〉」

「何度見ても」安藤が眉を吊り上げる。「不遜《ふそん》で悪趣味なバッジだ」

それは、検察庁の非公然部門〈一捜会〉の構成員が秘かに着装する徽章《きしよう》だ。デザインこそまさに検察官のバッジとうりふたつながら、色彩がまるで違う。清冽《せいれつ》な純白たるべき菊花の部位は、焼けた鉄《くろがね》を思わせる恐ろしい黒。尊貴な赤たるべき旭日《きよくじつ》の部位は、どろりとした血を思わせる恐ろしい紅《べに》だ。血と鉄と金の織り成す、妖しくも美しいもうひとつの秋霜烈日バッジ――

「四十五億円の戦利品にしちゃあ、いささか寂しくねえか？」

「鳥居巡査部長、世の中って、お金が全てじゃないのよ……」

「あんたがそれいうか」

「ただ、今般の署長頓死《とんし》事案の、なんというか……しみじみする性質を踏まえると」安藤がいう。「いささか大計を用いすぎたきらいはございます。女王殿下にして公爵令嬢たる御嬢様のお手を煩《わずら》わせるには、正直、バカバカし過ぎたというか」

「あら安藤。この世の真にバカげた行為はね、これすべて神聖な動機に根差しているものなのよ。最善のこころざし無くしてバカになんてなれないわ――」

その意味では、頓死した泉署長の心意気こそ究明したかった。画竜点睛《がりょうてんせい》を欠いた。

――では友梨、朝のお茶を。この幕この場を締めるとしましょう」

「かしこまりました、御嬢様《マイ・レイディ》」

# 第3章　あの薬物汚染を討て

## I

〈ホーライ・ホール〉正餐室《せいさんしつ》。

頭上の絢爛《けんらん》なシャンデリアと、卓上の優美な燭台《しょくだい》たちが夜の祝祭を演出する。

神話調の暖炉に数多《あまた》の絵画、荘厳《そうごん》な赤茶の壁、そして繊細な漆喰《しっくい》の装飾があでやかだ。

シャンデリアと燭台の灯に、清冽《せいれつ》で皺《しわ》ひとつないテーブルクロスがあたたかく映える。

その上に一mmの乱れなく配された、数々の銀器やグラスがまばゆく光る。

――といって、今夜の〈ホーライ・ホール〉は晩餐会を催している訳ではない。

飽くまで、家族三人の夕食だ。

夕食の給仕は男性がすると決まっているから、若干の例外を除き、優美に、しかしてきぱきと動き回っている従僕《フットマン》が六名ほど。正餐室内でそれを監督している執事《バトラー》がひとり。

それらに仕えられている主人らといえば、この所領屋敷《カントリーハウス》の主《あるじ》、ビーコンズフィールド公爵とその妻子の三人だ。

まずは、美しい暖炉と鏡とを背にした、当代ビーコンズフィールド連合王国公爵――リチャード・アレクサンダー・ディズレーリ。そしてその右手側に座す、同公爵夫人・有子《ありこ》女王。最後に、公爵の左手側に座す両者のひとり娘、メアリ・アレクサンドラ・綾子《あやこ》・ディズレーリ――綾子女王。要は、英国公爵夫妻とその令嬢が、今夜の晩餐卓を占める総員である。むろん、この晩餐卓は、この五倍の人数を迎え入れても何ら不自由ないものだから、晩餐卓はしっとりとした沈黙に支配されることが多かったし、階下も運動会のお祭り騒ぎを演ずることが無くてすんだ。

――献立も、人数に見合った簡素なもの。

コンソメ・ロワイヤルに始まり、ボルドー風ヒラメの酒煮、若鶏の冷製、羊腿《もも》肉の蒸焼、サラダそしてアイスクリームに水菓子である。ワインは白がコルトン・シャルルマーニュ二〇一一、赤がシャトー・ラトゥール二〇〇九、シャンパンがモエ・エ・シャンドン・ドン・ペリニヨン二〇〇八であった。ちなみにワインと銀器全般を管理するのは男性使用人の頂点たる執事《バトラー》であり、今宵《こよい》もビーコンズフィールド公爵家＝西有栖宮《にしありすのみや》家の執事たる安藤隼《しゅん》が自ら、主人たちに対し、絶妙なタイミングで給仕をしている――

そして、若鶏の皿が羊腿肉に代わろうとしたとき。

「駄目よ、鳥居巡査部長」令嬢たるメアリがこっそりいった。「お皿の給仕は左手で、左側から」

「何でだよ」さすがのベテラン刑事もこっそり訊《き》く。「酒は右側からってさっき言っていたじゃねえか」

「なら脳内辞書に書き足しておきなさい――お皿は左手で左側から給仕し、右手で右側から下げる。ちなみに給仕するときは取り分けない。料理の取り分けは客の領分よ」

「ちっ、いちいち面倒臭えなあ……料理だって、最初からひとり分ずつ皿に分けときゃ面倒がねえのによ」

「丸焼き《オンティエ》を切り分け《デクパージュ》するのが古典的フランス料理の醍醐味《だいごみ》だとか」

「ここ英国貴族の屋敷だよな？」

「こと料理について、フランス人に敵《かな》う者はいないものね――英国に美味いものなし」

「御嬢様」いつしかメアリの背に立った安藤がいう。「二級従僕が、何か失礼を？」

「まさか」メアリは微笑んだ。「鳥居巡査部長は立派にやっているわ。これなら来週の、英国大使とフランス大使をお招きした晩餐会でも……まあ……使えるわ……たぶん」

「それならよいのですが……」

メアリの背で鳥居は舌を出し、安藤は鳥居を睨《にら》みつけたが、晩餐の空気を乱すわけにはゆかない。そしてメアリは自他ともに認める健啖家《けんたんか》である。さっそく羊腿肉を三分未満で皿の上から消し去ると、付け合わせの茸《きのこ》の独特な香りに気付いた。

「公爵《パパ》、この茸とってもよい香りがするわ」

「ああそうだなメアリ。トリュフを使っているよ」

「貞子さんも」母女王がいった。「我が家で働いてなどいなければ、かつての銀座か麻布《あざぶ》でお店を持てた腕前ですものね」

「ならお母様、お店を出して差し上げればよいのに」

「それでは我が家が困ってしまうわ」母女王は苦笑した。「これほどの料理人《コック》を、しかもこんな草深い山奥で確保するのはとても難しいことなのですよ」

「確か、もう昭和の帝《みかど》の御代《みよ》から、我が家に仕えてくれているのよね？」

「そうよメアリ。先々代公爵のキッチン・メイドからの叩き上げ……女丈夫《じょじょうふ》ね」

やがて晩餐はサラダに、そしてアイスクリームと水菓子に移る。

「そういえばメアリ」

「はい公爵《パパ》」

「ここのところ、大事な事件を手掛けているようだね？」

「ええ、検察庁の攻勢が強まっているから」

「検察庁非公然部門〈一捜会〉の中枢《ちゆうすう》幹部を、何人か検挙したとも聴くが」

「みすみす自害されてしまった者もいるの。だから、まだ実態把握の段階ね。検察庁に痛撃を与えるなんて夢物語だわ」

「メアリ」母女王がいった。「充分知っているとは思うけれど、〈一捜会〉を束ねる検事総長・法円坂宮妃行子《ほうえんざかのみやひゆきこ》さんも、その娘である検事総長秘書官・法円坂直子《なおこ》さんも、まさかなまやさしい敵ではないわ。法円坂宮家の邪《よこしま》な謀略で、明治以来幾度、我が西有栖宮家がおとりつぶしの危機に瀕《ひん》したことか。法円坂宮家はかつて陸軍と結び、憲兵隊を意のままに動かして政敵を失脚させてきたほか、思想検事を私物化して数多《あまた》の無辜《むこ》を拷問死《ごうもんし》させてもきました。メアリ、私はあなたの身の安全が心配で心配でなりません」

「日々肝《きも》に銘じておりますわ、お母様。

ですが私には安藤と鳥居がおります。だからこそ、身を挺《てい》して陰謀の渦中《かちゅう》に飛び込んでもゆける」

ここで安藤の瞳が涙で染《にじ》み、鳥居の口はあんぐりと開いたが、使用人は飽くまで黒子《くろこ》である。ふたりはどこまでもいないものとして、公爵家の会話は続く――

「また公爵《パパ》、お母様、さいわいにして」メアリは正餐卓でぺこりと頭を下げた。「公爵《パパ》たちのお陰で、私は予算青天井《あおてんじょう》で法円坂宮家と〈一捜会〉の陰謀を叩き壊《つぶ》してゆくことができます。これまでの事件を通じて、お金の大切さを改めて思い知りました。私の捜査が私の思うとおり実施できるのも、公爵《パパ》たちの御理解と御協力あってのことですわ。

もう一度、ありがとうをいわせてください」

「おいおい、よしておくれメアリ。

金子《きんす》の意義は残高にではなく使途にある。地獄に金を持ってはゆけん。その意味で、私こそお前に感謝しておるのだ。御国《おくに》のため、正義のため、生きた金を湯水のごとく蕩尽《とうじん》してくれているのだからな。

とはいえ諸々《もろもろ》を確認すると、例えば先日の一、〇〇〇億だの二、〇〇〇億だの、まだまだ浪費が甘いと指摘せざるを得んよ。西有栖宮家はいざ知らず、ビーコンズフィールド家はまあその、ヴィクトリア女王の庇護《ひご》をよいことに、なんだ、要は悪辣《あくらつ》非道ともいえるかたちで蓄財をしてきた家だ。その罪滅ぼしのためにも、もっとじゃんじゃん、もっとドカドカ、もっとド派手に使っておくれ。この家屋敷なんぞ傾いてもかまわん」

「あ、ありがとうございます公爵《パパ》」メアリは唖然《あぜん》と頷《うなず》きつつ、この家屋敷を傾けるためには月に何億用いなければならないかを考え、微妙に戦慄《せんりつ》した。「ご、御期待にそえるよう、全力を尽くしますわ」

「ビーコンズフィールド公爵家＝西有栖宮家の令嬢が、わずかな金子の所為《せい》でその職務を果たせないとあらば、ウィリアムⅤ世陛下にも天皇陛下にも顔向けできんからな。

……さて、デザートも終わったことだし」

公爵はかるく食後酒をふくむと、安藤に命じた。

「私は恩賜《おんし》の葉巻《シガー》を楽しむとしよう」

「では近侍《ヴァレ》に命じて、お着換え《チェインジ》を」

スモーキングジャケットを手配する安藤。母女王は紅茶を求めて正餐室を離れる。メアリは席を立ちながら、近侍を呼び掛けた安藤に訊いた。

「ねえ安藤、ちょっと階下に降りてもよい？」

「……御嬢様《おじょうさま》が脚を踏み入れるべき場所ではございませんが？」

「いえ、今夜の羊腿肉の付け合わせ、とっても美味しかったから、貞子さんに御礼をと」

「御家族が階下にいらっしゃると、使用人たちが吃驚《びっくり》いたします、ほどほどに」

「了解」

　メアリは正餐室を出、巧妙に壁の狭間《はざま》へ隠されている扉を開き、地下への階段を下りていった。そこは所領屋敷《カントリーハウス》のいわば裏側だ。シャンデリアと燭台。歴史ある壁紙に漆喰《しっくい》。きらびやかな鏡に肖像画たち。芸術品とも呼べる絨毯《じゅうたん》。そうしたオモテの顔とは、まったく違う世界がそこにある。階段も通路も狭く急峻《きゅうしゅん》で、しかも実用一本槍《いっぽんやり》。陰鬱《いんうつ》ともいえる石壁が支配するそこは使用人の領土だ。執事の安藤、そして家政婦の内田女史が、オモテでいう公爵・女王の役割を務める領土。使用人用の広間なり食堂なりもあれば、洗濯室、パン焼き室、石炭庫、食品庫、醸造室、酪農室……使用人の職種に応じた、ありとあらゆる施設がある。

　そのうち最も巨大なのが、厨房《ちゅうぼう》と洗い場だ。無理もない。家族の食事は当然ながら、時に二〇人もの客人を招待しての晩餐会を、実質的に切り盛りするのが厨房だからだ。

　――そして今夜の晩餐はもう終わったが、厨房は依然、常日頃のように料理人《コック》の貞子おばさんが発する怒号に支配されていた。貞子おばさんはジブリ映画を彷彿《ほうふつ》とさせる、極めて恰幅《かっぷく》のよい、貫禄《かんろく》のあるお婆ちゃんである（ガンガンにイジめられている鳥居二級従僕にいわせれば、『タテとヨコとが入れ換わっても解りゃしねえ酒樽女《さかだる》』となる）。

「手は二本しかないんだよ!!　それともあんたにゃ悪魔がくれた三本目があるのかい!!　あんたにあるのは尻尾《しっぽ》だけだろうが!!」

「なんだいこのオーブンは!!　間男に肉汁でも舐《な》めさせるってのかい!!」

「こっちのグラスの山はどうなってるんだ!!　ベッドに入ってたら妖精さんが綺麗《きれい》さ

っぱり元通りにしてくれるってのかい‼」

「あちゃあ‼　また貴重なお皿を割ったね‼　これあんたの賃金の何倍いや何千倍すると思ってるんだい‼　あの因業《いんごう》で性悪な内田の婆さんに怒られるのはあたしなんだよ‼」

――言葉だけを聴いていればパワハラそのものだが、メアリは熟知していた。悪態《あくたい》を吐《つ》いてばかりの貞子おばさんが、見掛けからは信じ難《がた》いフレンチ・シェフとして、またその技倆《ぎりょう》を惜しみなく伝承するマイスターとして、彼女が統括するキッチン・メイドたちから全幅の信頼を勝ち獲《え》ていることを。また貞子おばさんの悪態には何とも言えない愛嬌《あいきょう》があり、ほとんど中身には意味が無い――仕事場ソングかその合いの手みたいなものだ。実際、これだけ古典的な『貴族屋敷の料理人』など、この御時世《ごじせい》、むしろ絶滅危惧種《ぜつめつきぐしゅ》であろう。実際、悪態を吐かれているキッチン・メイドたちの側からも、『はいはい』『解りましたよ』『血圧に悪いですよ』『行き遅れますよ』といった軽口が聴こえる。それがまた貞子おばさんを――ある種のお約束として――激昂《げっこう》させるのだが、いずれにしろ厨房なり洗い場なりは、実はここ〈ホーライ・ホール〉でいちばん活気とやる気にあふれたエリアのひとつであった。

メアリは苦笑しながら、その貞子おばさんに近付く――

「貞子さん、こんばんは、ちょっといい？」

「ちょっともたくさんもいいわけないだろう‼　今洗い場がどんな状況か分からないよう

な目ん玉なら刳《く》り貫《ぬ》いて明日の前菜《アミューズ》にして……

うわ、お、お、お、御嬢様!!」

「私の眼球は美味しそう？」

「い、いえその、あのその、つまり——」貞子おばさんは膨らんだお腹《なか》の処理に苦労しながら土下座しようとした。「——まさかメアリ御嬢様がこんなところにお出ましだなんて!!　そりゃ御嬢様がもう小さい頃は、この貞子めの腕に乗っかって、料理をよく御覧になっておられたものですが……ともかく申し訳ございません!!　万死に値する!!」

「もういいわよ貞子さん、躯《からだ》を上げて——うわ重い」

「あれからまた三倍ほどにはならせていただいておりますのでねえ……」

「ううん四倍ほど——ごほんごほん、いえそんなことはどうでもよくて」

「あっ、奥様と御嬢様のお茶でございますね!!

ホラ菊子、杏子《きょうこ》、桜子《さくらこ》、菫子《すみれこ》。また食後のお茶を忘れているね!!　ホラここに——」

「——いえそうでもなくて。

貞子さん、今夜の羊腿肉のロティ、とても美味しかったわ。それにガルニチュールも。あのガルニの茸《きのこ》、すごくよい香りがしたけれど、あれは」

「それはトリュフの香りでございますよ、しかも」

「白トリュフね？」

「さすがは御嬢様、お小さい頃から料理をお教えした甲斐《かい》がございますよ——」

（とすると、下世話な話をすれば、g当たり一、〇〇〇円ないし二、〇〇〇円か）

「――さいわい、まだ旬《しゅん》でございますので、今週で使い切ってしまおうと思いまして」

「あれは確か、特別に訓練された豚か犬を使って掘り出すのよね？」

「最近では、犬が多うございますね。とりわけ白トリュフの獲《と》れるイタリアでは、専門のトリュフ犬を使いますよ」

「それはやっぱり、あの独特の匂いを捜させる為《ため》？」

「といいますか、トリュフそのものが地上に顔を出さない茸ですので。それが地下二〇cmなり三〇cmなりにあるとなると、人間の嗅覚《きゅうかく》じゃあまず捜せません――掘り出した後だの、大量にあるだの、料理に使われた後だのはそりゃべつですが、『保存先は頭の中』ってよく言われるほど、ヒトにとって匂いの分かりにくい食材でもあるんでございますよ」

「ありがとう貞子さん、また勉強になったわ」

「いつでもお越しくださいな――菊子や杏子にそうおっしゃっていただいた後で、ですが」

「そうね、ここは大切な戦場だものね。きちんと断ってからまた来るわ」

「お待ちしております、御嬢様!!」

――ってホラまた手が止まっているだろうあんたたち!!　スキを見せりゃあサボろうとするんだから。この洗い場にはサボりの守護天使さましかいないのかい!!　あたしが生きている内に今夜の洗い物を終わらせてくれるんだろうね!!　それとも魔法の小人さんが、あたしが鼻提灯《はなぢょうちん》出して居眠りするのを待っているっていうのかねえ!!」

　メアリはまた苦笑しながら洗い場、そして厨房を後にする。

　そのまま階段を上り、オモテへの扉を開けようとした刹那《せつな》――

「御嬢様《マイ・レイディ》」

「あら安藤、どうしたの？」

　一階オモテへ通じる使用人用の階段に、安藤がいる。

　安藤は、メアリがよく見慣れた銀盆を持っている。

「夜分に恐縮ですが、お電話です」

「こんな時間に――急ぎのようね。とすれば先様《さきさま》は」

「まさしく。箱﨑警察庁長官でいらっしゃいます」

「了解。いちばん近いのは……図書室《ライブラリ》ね。悪いけどそこで取るから、一緒に来て」

「かしこまりました、公爵令嬢《ユア・レイディシップ》」

II

　茶と赤と金とが支配する、静謐《せいひつ》な図書室。

　雄壮な書架、典雅な書架、繊細な書架が、威厳ある革表紙の書籍をいっそう趣《おもむきぶか》深くする。数多《あまた》のシェードランプに優しく浮かぶのは、しっとりした絨毯《じゅうたん》と肖像画たち、複数ある筆記机《ライティングデスク》、そして雑貨や収集品を納める陳列机《コレクションテーブル》だ。この図書室だけで、四〇人、五〇人を招き入れてなお余裕がある。

　メアリはそんな図書室に幾つか設《しつら》えてあるソファセットに座った。

　安藤が彼女の左側から例の銀盆を差し出す。

　メアリは微妙に肩を竦《すく》めると、銀盆の蓋《ふた》を取り、銀盆にただひとつ置かれている彼女の警電《ケイデン》スマホを取り上げた。いつもどおり、指紋のくもりひとつ無い。そこは安藤のやることだ――

　メアリは保留中のボタンをスライドさせる。そしていう。

「今晩は箱崎長官。メアリ・ディズレーリです」

『非常識な時間に恐れ入ります、公爵令嬢《ユア・レイディシップ》。

またもや、そして急遽《きゅうきょ》、公爵令嬢のおちからをお借りしたい事案が発生しました』

「該《ガイ》事案の概略は」

『警察本部長殺人未遂……暗殺未遂です。そう、今の所はまだ未遂』

「……すると御重体？」

『はい。即死でなかったのがむしろ不思議なほど。ゆえに容態《ようだい》は予断を許しません』

「……私は〈警察庁監察特殊事案対策官〉です。端的《たんてき》には重要特異な警察不祥事を担当しております。如何《いか》に重要特異とはいえ、テロリズム一般を所掌《しょしょう》してはおりませんわ」

『もとより記憶し、承知しております。

またそれゆえに、公爵令嬢に対し臨場と捜査をお求めするものであります』

「とすると、該《ガイ》事案はテロリズムであるのみならず、警察不祥事だと」

『その虞《おそれ》、大です。私自身はこれが警察不祥事だと確信していますし、また――』

「――その陰には検察庁、なかんずく〈一捜会〉の暗躍がある」

『我々の諜報《ちょうほう》部門はそう分析しております』

「了解しました。それでは事案の内容を御教示ください」

『詳細にわたる部分にあっては、公爵家の自家用機に電送させていただきますが――

　まず発生地ですが、L県です』

「関西の古都ですね」

『はい、御所《ごしょ》も擁するあのL県。

　ゆえにテロの対象となったのは、L県警察本部長・御子柴《みこしば》警視監となります』

「発生現場は？」

『まさにL県警察本部本館の車寄せ。御子柴本部長が公用車に乗った時点で、その鞄《かばん》に仕掛けられていた爆弾が爆発したもの』

「このお電話の時間からして、御退庁というか、御退勤なさるタイミングでしょうか？」

『爆破時刻は午後五時二〇分ゆえ、通常であれば御指摘のとおりなのですが――御子柴本部長にあってはそれ以降、県都L市にある大規模署を視察・督励《とくれい》するところでした』

「成程《なるほど》――これからお膝元《ひざもと》の大規模署を訪れようとし、いざ公用車に乗り込んだところを爆破されたと」

『まさしく』

「爆発物が御子柴本部長御自身の鞄に仕掛けられていた――ということには誤りありませんね？」

『ございません、公爵令嬢。それは検証の結果、客観的に立証されております』

「爆発の規模は？」

『警察本部長公用車をあざやかに吹き飛ばしました。大火傷《おおやけど》と大怪我を負った御子柴本部長が爆破された車から救助されたのは、むしろ奇跡の類《たぐい》と申し上げてよいでしょう』

「警察本部庁舎などへの物理的被害は？」

『ございません。敢《あ》えて言えば車寄せが大破しましたが、警察本部庁舎には被害が及んでおりません。したがって、例えば検証といった捜査も、車寄せ付近で完結しております。警察本部庁舎はそのまま、現時点現時刻においても営業しております』

「他に被害者は？」

『同乗者として、本部長公用車の運転手である警部補が一名、警察本部長秘書官が一名』

「その、同乗していたお二方の御容態は」

『即死です』

「まずはお悔やみを。

そして――御子柴本部長はまず何処《どこ》を訪れようとしておられたのですか？」

『Ｌ県筆頭署である、五条警察署です。その後、七条警察署、九条警察署、下鴨《しもがも》警察署の三署を訪れる予定でした――もっとも、L県の警察署すべてを訪れるその第一弾であったと、そう聴いております。いよいよとなれば、事件化を含む措置をとるために』
「……今宵《こよい》、公用車にお乗りになるまでは何を？」
『警察本部長室で、複数の所属長《ショゾクチョウ》と、極《ごく》内密の検討会を実施しておりました』
「それはどのような趣旨の？」
『ここからが、公爵令嬢に臨場を願う理由となるのですが……
　近時における、L県警察組織を蝕《むしば》む薬物汚染の実態について、です』
「……検討会の御出席者は」
『議題からほぼ明白ですが、確認しましたところL県警察本部の首席監察官、監察官室長、地域課長、組織犯罪対策統括室長、組織犯罪対策第三課長の五者が、御子柴本部長の警察本部長室に呼び出されておりました。
　これら各員が御子柴本部長に呼び出されたのは、概《おおむ》ね午後三時。それから検討会は午後五時一〇分まで一時間の延長となり、取り敢えずそこで中断となり、御子柴本部長は鞄を取り上げ、予定されていた四警察署の視察・督励に、それら五者とともに赴こうとした。公用車は午後五時二〇分少し前に車寄せに入ってきた。御子柴本部長はそれに乗り、随行《ずいこう》車のメンツがそろうまで若干の待機を命じた。そしてそれを見透かしたように、御子柴本部長の鞄が爆発した。これが午後五時二〇分』
「お訊きしたい事項が閊《うな》るほど出てきましたが――

そもそも『Ｌ県警察組織を蝕む薬物汚染』とはどのような状態を指すのです？

そしてそれは、お膝元の警察庁において何ら実態把握しておられなかったのですか？」

『実は、どのような現象が起こっているか、あるいは認知できているかについては、当庁でも実態把握しておりました。

すなわち――概《おおむ》ね半年前からの現象ですが、Ｌ県警察本部であるとＬ県の各警察署であるとを問わず、薬物乱用・薬物依存の状態にある警察職員が複数、確認され始めたのです。今現在、警察庁に報告のある数値で言えば、総数で六七名。

うち警察本部の警察職員が三二名、各警察署の警察職員が三五名』

「その数値には信用が置けますか？」

『爆死しかけた御子柴本部長自ら検査に立ち会った分です。

これ以上は無い、との断言はできかねますが、この六七名にあっては確実です。また私見でよろしければ、ここ半年の拡大傾向から、時間を置けば置くほど薬物乱用・薬物依存警察官は増加してゆくものと考えます――しかるべき手段を講じなければ、ですが』

「……Ｌ県警察の定員は、どれほどでしたでしょう？」

『警察本部が二、一〇〇名強。警察署が四、六二〇名弱。総計六、七二〇名ほどです』

「すると警察本部の警察職員の一・五％、各警察署の警察職員の〇・八％が、薬物乱用・薬物依存の状態になってしまっていると」

『恐ろしい数値ではありますが、御指摘のとおりです。

そしてそれは、今この瞬間も増加している虞《おそれ》がある。重ねて、恥ずかしながら恐ろしいことです。六、七二〇名の組織の内、六七名が警察職員としてあるまじき……いえ人間としてあるまじき状態にあるのですから。六七名といえば、警察署ができるどころか、警察署が二署できますから』
「それで、当該薬物というのは」
『覚醒剤《かくせいざい》です』

Ⅲ

『ゆえに、本日も警察本部長室で深刻な検討を行っていたのが――監察をつかさどる〈首席監察官〉と〈監察官室長〉、街頭で覚醒剤の取締りに当たる地域部門の〈地域課長〉、暴力団犯罪その他の組織犯罪の指令塔たる〈組織犯罪対策統括室長〉、そして薬物犯罪の取締りを所掌する〈組織犯罪対策第三課長〉となるわけです』

「成程《なるほど》。

そしてもちろん当該五者と御子柴警察本部長による検討会というのは、L県警察における薬物汚染に対処するための検討会――ということですね？」

『そのとおり。

実は御子柴警視監はつい二週間前、この問題に対処するため警察庁からL県警察に赴任した、主として薬物対策のプロフェッショナルなのです。申し上げ難《にく》いことですが、御子柴警視監の前任者は交通部門と総務部門のエキスパートであり、優秀な官僚ではあったのですが、この問題における指揮能力と、この問題を処理する適格性にいささか欠けるきらいがあり――

ここ半年間、警察庁としても忍耐しつつL県警察の統治を委《ゆだ》ねてきたところ、いよいよ事態が悪化の一途をたどったため、やむなく人事を刷新《さっしん》することとしました』

「要は、L県警察の社長である警察本部長を更迭《こうてつ》した。その首を挿《す》げ換えた」

『端的《たんてき》にはそうです。そして警察庁の切り札として送り込んだのが御子柴警視監だった』

「ところがその御子柴警視監は、L県警察本部長に着任後、わずか二週間で爆弾テロに遭ってしまった。とすれば」

『これからドラスティックな対処を講じようとしたその矢先、敵対勢力によって排除されたと、そう考えるのが自然でしょう』

「先刻、長官がおっしゃったことから判断すれば、当該『敵対勢力』というのは――」

『――第一に、最終的には検察庁、そのうちでも〈一捜会〉だと考えております。

何故と言って、確認されているだけでも警察官六七名を薬物の奴隷《どれい》にし、すなわち廃人に仕立て上げるなど、もはや正気の沙汰《さた》ではないので。いえ正気の沙汰でないどころか、これは既に侵略です、警察組織に対する。そして例えば暴力団であったとしても、このような侵略を謀《くわだ》てるほど剛胆ではない――暴力団排除の情勢が過去最高の盛り上がりを見せている昨今、これほど大胆に警察を敵に回すとすれば、その報復がどれだけ苛烈《かれつ》となるか、彼等は熟知しておりますから。彼等は〈警察官殺し〉だけは避ける、とりわけ現職の警察官は。またいにしえのオウム真理教ですら、この規模の警察侵略は試みていなかったし試みることができなかった――要は、犯罪結社であろうと狂信者であろうと、謀略のスケールが桁違《けたちが》いなのです。

そして第二に、そのような規模の警察侵略を立案でき実施できる組織は、我が国にたったのひとつしかありません――言うまでもなく検察庁です。検察と警察は、我が国における治安機関の両雄ですから』

「例えばL地検の動静について、具体的な視察結果その他はあるのですか？」

『……前任の警察本部長の動きが鈍く、具体的な視察オペレーションが開始されたのはまさに二週間前のこと。そして二週間の行動確認程度でさほどの成果が獲《え》られないのは、公爵令嬢もよく御存知のとおり。

しかしながら、L地検の次席検事が――L地検の副社長ですが――不可解な行動パターンを示していることだけは割り出しました』

「不可解、とおっしゃるのは」

『あからさまに尾行を警戒しつつ――警察用語でいう点検消毒《テンケンショウドク》を執拗《しつよう》に行い――行動確認に従事している警察の視察班をふりきる、という行動です』

「それがここ二週間で解明できたと」

『はい、現時点でのささやかな成果です。

御案内のとおり、視察というものは対象の二四時間三六五日を丸裸にしないと意味がないのですが――これまた御案内のとおり、よほどの僥倖《ぎょうこう》に恵まれないとすれば、それにはあと二週間以上を要しますので』

「……しかしながら、ただの検察官が、敵が警察であれ誰であれ『尾行されることを警戒する』というのは、極めて不可解ですわね」

『検察官は、デスクワークが中心の官僚ですからね。とりわけ当該次席検事について言えば、血筋的にも役人一家の出です。父親も農水省の局長まで務めた大物、母親は検事、弟のひとりは国税庁職員で、弟のいまひとりは警察官。

ただこれを裏から言えば――そうした血筋にもかかわらずそんな〈尾行切り〉などをやってのけるとなると、当該L地検の次席検事は、そうした〈濡《ぬ》れ仕事〉について、まあ、それなりの訓練を受けた蓋然性《がいぜんせい》が極めて高く――』

「――よって、やはり〈濡れ仕事〉の総元締めである〈一捜会〉の非公然幹部である蓋然性も極めて高い」

『御指摘のとおりです、公爵令嬢』

「確認ですが、当該L地検の次席検事が、警察の視察班をふりきって何をしているか、それはまだ未解明なのですね？」

『まさしく。

しかしながら、仮初《かりそ》めにも検察官の職にあるものが、犯罪者のごとく尾行をふりきるなど……それはどのように考えても、そこに〈隠蔽《いんぺい》したい何某《なにがし》かの秘密の行動がある〉と判断すべきでしょう。さらに、当該〈秘密の行動〉というのは、これはまだ憶測の域を出ませんが、L県警察の現役警察官との接触と見るべきでしょう。そうとでも判断しなければ、執拗な点検消毒活動の説明は付きませんから。ただ、その実態を解明するにはもう二週間が必要で、しかも、我々にはその二週間を費やしている余裕が無い……』

「すると長官、更に憶測をたくましくすれば、『当該L地検の次席検事に籠絡《ろうらく》された警察官が、L県警察には存在する』。そして『組織やネットワークの規模は分からないが、当該籠絡された警察官を主軸に、この警察侵略は回っている』――こうなる」

『私もそう考えます。

そこで――〈監察特殊事案対策官〉たる公爵令嬢におかれては、それが検察庁によるものであろうと、L県警察によるものであろうと、このような薬物汚染を実施している組織あるいはネットワークを解明し、それを全て壊滅させていただきたいのです』

「無論、六七名の警察官が覚醒剤浸《づ》けになっている――などという超A級の警察不祥事が露見する前に、ですね？」

『最悪のケースでも、その発表は警察がすべきです。

ゆえに公爵令嬢への依頼としては〈超A級の警察不祥事が検察庁によって暴露される前に〉となります。

そもそも御子柴警察本部長に対するテロが――現在はまだ殺未《サツミ》ですが――実行されてしまった以上、それ自体が警察不祥事として、メディアのそして全国国民の興味関心を集めてしまっています。それが本丸の〈薬物汚染〉にまで行き着いてしまうのは、警察組織として絶対に阻止しなければならない――

本丸の〈薬物汚染〉は、警察のそして警察官の手で全容解明しなければならない。全容解明の暁《あかつき》にそれを広報しようとしまいと、です。また御子柴本部長には申し訳ないが、メディアと全国国民の耳目が〈本部長暗殺テロ〉に引き付けられている内に、その捜査に紛《まぎ》れ、本丸の〈薬物汚染〉の捜査を隠密裡《おんみつり》に実施することもできる――尊い犠牲は、尊い目的に奉仕してもらわなければ犠牲たる意味が無い』

「ちなみに御子柴本部長は六七名について薬物検査までさせたそうですが、当該六七名からは覚醒剤が押収《おうしゅう》されているのですか？」

『Ｌ県警察からの報告によれば、いまだ押収されてはいません。といって、ガサを掛けたわけではないので〈任意に提出した警察官はいない〉というのが正確ですが』

「成程《なるほど》、ガサを打つとなると六七名を検挙しなければならないし、ならメディアに広報せざるを得ない。現段階ではとてもそこまでしたくない。だからまだその前段階だったと。だからブツを確保していないと」

『とはいえ、当該六七名は厳しい調査の対象になっていますから、仮に覚醒剤を所持・隠《いん》匿《とく》していたとしても、現時点では却《キャク》なり捨《チャリ》なりしてしまっているでしょう。私が薬物乱用警察官であってもそうします』

「事案の内容は了解しました。これから直ちにL県警察本部に出向《シュッコウ》します」

『感謝致します。

あらゆる続報にあっては、警察庁に入電し次第、公爵令嬢の自家用機に電送します』

「事案の性質上、いささか荒っぽい捜査になりますが、御了承いただけますね？」

『……事が事です。全容解明と再発防止を実現していただけるのならば、若干の非常措置はむしろ事案の求めるところ』

「御理解を頂戴《ちょうだい》できて嬉《うれ》しいですわ。それではまた」

『しかるべき期間の内に、しかるべき結果を期待致します、公爵令嬢《ユア・レイディシップ》』

Ⅳ

同夜。

ビーコンズフィールド公爵家専用機〈レパルス〉。

無論、夜間飛行が可能だ。可能どころか、奥三河の所領屋敷《カントリーハウス》を発《た》ってから、時速五〇〇km以上で夜空を驀進《ばくしん》している。目標たるL県警察本部のヘリポートまでは、所要わずか二〇分弱――

また、この軍用ティルト機の居室は、およそそれらしからぬ優美な内装をほどこされているが――お召し列車すら、あるいはいにしえのオリエント急行や青列車《ル・トラン・ブル》すら思わせる華麗さだ――その実、さすがは軍用機とあって、電子諜報のためのあらゆる機器を装備してもいた。この〈レパルス〉だけで、通常の捜査本部が人海戦術によって収集してくるほとんどの情報が処理でき、また、通常の捜査本部が人海戦術によって分析するほとんどの情報が集約できる。いわば、〈レパルス〉は空飛ぶ捜査本部だ。

……といって、L県警察本部までの所要時間はわずか。

ゆえにメアリは、〈監察特殊事案対策官〉のたったふたりの部下である、安藤隼警視と鳥居鉄也巡査部長に、彼女としては信じられない勤勉さで指示を出し続けた。

「安藤。箱崎長官から当該《とうがい》六七名のリストは到《とど》いた？」

「はい御嬢様。こちらになります」

「鳥居巡査部長。銀行の記録《ジャーナル》はどうなっている？　関係者の口座」

「流石《さすが》に各銀行の頭取が協力者だと出前迅速だな……」およそ金融機関であって、ビーコンズフィールド公爵家＝西有栖宮家を敵に回そうとするものは無い。「……まず、警察侵略の尖兵《せんぺい》と見込まれているL地検の次席検事だが――銀行口座はふたつだ。そしていずれもキレイなもんだ。生活口座と貯蓄口座だろうな。取引内容を見ても、インフラやローンや各種保険の引き落とし、あるいは給与振込といった無難なものばかり。貯蓄口座の方は、生活口座に余裕が出た分を一〇〇万、二〇〇万と定期的に入金しているが、薬物犯罪を疑わせるような口座の動きは無《ね》え……もっともこの御時世《ごじせい》、捜査関係事項照会書一本ですぐバレるような、疑わしい取引を口座に残すバカはいねえだろうがな」

「ところで〈レパルス〉内は全面禁煙よ、鳥居巡査部長。いつもいっているけど」

「ちっ、世知辛い御時世《ごじせい》になったもんだぜ……L県警察本部に現着《ゲンチャク》するまで我慢かよ」

「ところがどうして。L県警察本部は数年前から敷地内完全禁煙。庁舎内はおろか公有地全域で煙草が吸えない。しかも、警察官の禁煙治療のための予算を確保して、ほぼ全額補助で禁煙外来を受けられるようにしたらしい。要は自己負担ゼロで病院に掛かれる――まあそこは警察のやることだから、半ば強制的に受診させられるようだけど。その積極的な取組が警察庁にも評価されて、確か警察庁長官賞まで受賞しているわ」

「……パラシュートで途中下車させてもらっていいか？」

「いいけど、引き続き基礎調査の結果を整理してからにして頂戴。ええと、話が中断しちゃったわね、次は――そうだ、銀行の記録《ジャーナル》。L県警察の上級幹部の分は？　要は、爆弾テロに遭った警察本部長の御前会議に出席していた、ええと――首席監察官、監察官室長、地域課長、組織犯罪対策統括室長そして組織犯罪対策第三課長の五者だけれど」

「それぞれ、今電送が入電している……ただこっちも期待薄だな。流石《さすが》に上級幹部、余裕のある暮らしをしていらっしゃるが、まさか覚醒剤を六七名ぶん仕入れるだの、それを定期的にやらかすだの、そんな不穏当なカネの動きは微塵《みじん》もねえ」

「御子柴警察本部長と、その前任者については？」

「御子柴なる警視監ドノにあっては、これも疑わしさ零《ゼロ》だな。

他方で、二週間前に更迭《こうてつ》されたっていう、その前任者については……」

「前任者については？」

「これはちょっとおバカだと思うんだが、振込でない入金、恐らく手ずから銀行に搬送したと思《おぼ》しき現金が幾度か入金されている。額も一、〇〇〇万単位が複数と、どんなマヌケでも出所が気になる額のカネが流入している……ちょっと防衛《ボウエイ》意識が足りねえ御方《おかた》だったのかな。いくら警察本部長ってったって、二箇月に一度あるいは三箇月に一度、こんな額のボーナスが出ようはずもなし。言い換えれば、此奴《こいつ》ぁマヌケだ」

「それが犯罪に起因するお金だとは断言できないけれど」メアリは頷《うなず》いた。「私達がたちまち解明できたってことは、あの稀代《きたい》の謀略家たる箱崎警察庁長官も見逃したはずがないってことよ。

　そして当該マヌケさんを、兎《と》にも角《かく》にもL県警察から引き剝《は》がした——更迭してL県警察の薬物汚染事案から切り離そうとした。実際、今警察庁で苛烈《かれつ》極まる査問を受けてはいるでしょうけど、臭い物に蓋《ふた》をした感は否《いな》めないわね」

「俺達の手には、渡さねえと」

「警察本部長となればキャリアよ。もっといえば警察庁長官の私兵よ。なるほど私達には〈監察特殊事案対策官室〉として警察庁長官であろうと警視総監であろうと勝手《かって》気儘《きまま》に捜査をする権限が与えられているけれど——箱崎長官としてはこの事案、飽くまでも『L県警察のスキャンダル』として収めたいでしょうね」

「するてえと、この前任の警察本部長、此奴《こいつ》が陰謀の元締めかい？」

「……あっは、鳥居巡査部長。私は部下を選ぶその審人眼《しんじんがん》には自信があるわよ？」

「可愛くねえ言い草だなあ、引き続き……

まあ、この前任の本部長は、陰謀の元締めっていうより『協力者』あるいは『黙認者』だろうな。実際に覚醒剤を準備するとか、その取引をするとかしていたにしちゃあ、口座の動きが大人しすぎる。ちょっと大雑把《おおざっぱ》な話になるが、覚醒剤の末端価格は一g六万円——一kgで六、〇〇〇万円だ。ところがL県警察には六七名からの中毒者がいるって話なんだから、しかもそれが少なくとも半年間は続いているって話なんだから、一kgを一度用意したところで何の意味もねえ。

要するに、前任の本部長の口座のカネは、お小遣いか口止め料か協力謝金だな。だからまさか、此奴《こいつ》が陰謀の元締めであるはずがねえ」

「鳥居、それを補強する事実が——」安藤が電送文書を解析しながらいった。「——もうひとつあるな」

「ああ安藤サン、確かにそうだ。すなわち『カネのベクトルがおかしい』。

此奴《こいつ》が陰謀の元締めだっていうんなら、『覚醒剤の仕入れ』をしてなきゃおかしい。仕入れをしていたっていうんなら、さかしまにカネを払わなきゃいけねえ。すなわち、口座が入金だけってのは筋が通らねえ。確かに『覚醒剤の小分け』でカネを稼ぐことは想定されるが、重ねて口座の数字は丸過ぎるし、しかも入金だけときた——

警察官六七名を薬物乱用者に仕立て上げようってタマなら、そりゃプロの組織犯罪者だ。ダミー口座の四つや五つくらいはしれっと準備するだろうし、カネの流れももっと複雑巧《こう》緻《ち》にグルグルグルグルと隠すだろうよ。

詰まる所は安藤サン、嬢ちゃん、此奴《こいつ》は囮《おとり》であからさまな釣りだ。陰謀結社に何かあったときの為《ため》の避雷針《ひらいしん》で、生贄《いけにえ》の羊だ」

「オイ鳥居巡査部長、対策官の二人称は『御嬢様《マイ・レイディ》』か『公爵令嬢《ユア・レイディシップ》』だぞ」

「そ、それ今大事なことかよ……」

「とまれ、鳥居巡査部長の意見は正しい」メアリがいった。「前任の警察本部長は陰謀結社においてさしたる役割を果たしてはいない――精々が端金《はしたがね》で籠絡《ろうらく》され買収され、恐らくは陰謀結社の動きを黙認していたに過ぎない。ゆえに、箱崎長官がどれだけ苛烈な査問をしようとも、重要な情報はなにひとつ出て来ない。もっとも、だからこそ私達にお鉢《はち》を回してきたんでしょうけど……

しかもこのことは、今般の〈L県警察本部長爆弾テロ事件〉によっても裏付けられる。何故と言って」

「新たにL県警察に――箱崎長官の肝煎《きもい》りで――二週間前に着任した御子柴警視監は」安藤がいった。「事件当日の行動からも理解できるとおり、この薬物汚染事案に本腰を入れて取り組もうとしていたからですね。

それは前任者とはまるで違う態度だった。無論、陰謀結社としては眼の上のたんこぶ。

邪魔なことこの上ない。いやそれどころか、前任者とは協力関係を維持してきたのに、いきなりガサの波状攻撃を受けたり、主要構成員を牛蒡《ごぼう》抜きで検挙されたり、犯罪収益をごっそり剝奪《はくだつ》される虞《おそれ》すら出てきた」

「更に安藤、これが検察庁〈一捜会〉の謀略であるとするのなら」メアリがいった。「せっかく種を撒《ま》いて大きく育てた警察不祥事が、警察の自浄能力によって解決されてしまう虞《おそれ》もある。無論、そのときは警察自身も激甚《げきじん》な社会的非難を免《まぬか》れないでしょうけど、警察が主導権をとって解決すれば、ある程度の情報統制は利《き》く上、検察庁の介入を一切、拒否することができる。

〈一捜会〉としては、好機を見定めてこれを検察捜査の結果として暴露し、検察の地位と名声を高めるとともに、警察の威信を地に墜《お》としたい。なら、この薬物汚染事案を警察の手で解決などされては困る。有り余る調査活動費をフル活用し、大枚を叩《はた》いて六七名もの役者を御膳立《おぜんだ》てしてきたのに、それがすべて警察に掻《か》っ攫《さら》われたとあっては、ただのマヌケになるどころか、〈一捜会〉の血の掟《おきて》によって、担当検察官は早晩東《そうばん》シナ海に沈むでしょう。

と、なれば、箱﨑長官の切り札たる御子柴警視監は邪魔者でしかないわ」

「これらを要するに」安藤がいった。「二週間前に着任した御子柴本部長の姿勢からしても、予想される〈一捜会〉の出方からしても、本日の爆弾テロ事件は、陰謀結社が自己防衛のために実行したものと考えられる」

「するってえと、やっぱり胡散臭《うさんくさ》いのは、このＬ地検の次席検事だな。なんてったって次席検事なんて大物の癖《くせ》に、尾行切り、点検消毒《テンケンショウドク》なんて技をくれてやがるからな。此奴《こいつ》の口座の動きがノーマルなのは、『いつもニコニコ現金払い』か、よっぽど知能犯捜査のテクニックを逆用して『カネの流れ隠し』に努めてやがるんだろう……

ま、公務員の手癖《てくせ》からして、いつもニコニコ現金取引の方が確率としては高いが」

「同意するわ」メアリがいった。「絶対にガサされないという自信あるいは保障があるのなら、現金取引が最も安全だものね。第三者を介在させる必要が無い。

けれど鳥居巡査部長、その尾行切りなり点検消毒《テンケンショウドク》だけど——箱崎長官のことだからこれ絶対警備部門の秘匿《ひとく》部隊を動かしているわね——これもちょっとあからさま過ぎる釣りじゃない？

確かに警備部門の秘匿部隊は戦慄すべき人狩りだけど、要は点検消毒《テンケンショウドク》って『突然ふりむいたり反転したり立ち止まったり公共交通機関をやり過ごしたりした』等々っていうことでしょう？　そんな不用心であからさまなことを、陰謀当事者がするかしら？」

「いや嬢ちゃん、そこはストレートに受け止めていいと思うぜ。言い換えれば、Ｌ地検の次席検事の点検消毒《テンケンショウドク》動向は真実のものさ。ただ、あまりにレベルが低かっただけだ」

「それはまた何故？」

「嬢ちゃん警察の常識に囚われているな。

現場警察官ならともかく、お偉い検事さんは被疑者の追及《ツイキユウ》作業だの行動確認だの、そんな泥臭い仕事はしやしない。仮にするとした所で、警察官としての訓練を受けていないし受けられない——組織としてそんな泥臭いことをするノウハウがねえからだ。

だから、〈一捜会〉とやらがどれだけ粗製濫造《らんぞう》で似非《えせ》スパイを量産したところで、そうだな、箱崎長官の秘蔵《ひぞ》っ子《こ》たちを何時《いつ》までも欺《あざむ》けやしないさ。ただ敵サンが素人でも、まあ二週間ほどはまぐれ逃れが起こりうる。てえのも、たった二週間なんて、本腰入れて追っ掛けするよりマル対の基礎調査をするための期間だからな。人を追うってのは、GPSでも使うなら別論、どうして、そうカンタンなもんじゃねえよ」

「成程《なるほど》、極めて納得——」

そうすると、このL地検の次席検事が陰謀結社の一員であり、あるいは警察不祥事を演出する〈一捜会〉の上級幹部であることも」

「ほぼ確定するだろうな。そこは箱崎警察庁長官のお見立てどおりだ」

「御子柴警察本部長を爆死させようとしたのも、この次席検事かしら」

「命令を出した、あるいは謀議に加わったという蓋然性《がいぜんせい》ならばございます」安藤がいった。

「ただ実行犯ではないでしょう。というのも地検の次席ともなればかなりの顕官《けんかん》ですから。上司というなら検事正ひとりしかいません。都道府県警察でいえば副本部長なり警務部長なりです。自らテロリストを演ずるには、いささか目立ち過ぎます。

また〈警察本部長爆弾テロ事件〉の具体的な犯行状況を考えても、これは被害者たる御子柴本部長の動静と手荷物を熟知した者のしわざ。更に言えば、御子柴本部長が何時《いつ》どのようなタイミングで公用車に乗車するのか――いえそもそも本日夕刻に公務で外出する予定があったのかどうかを熟知した者のしわざ。ここでもちろん、L地検庁舎とL県警察本部庁舎は全く異なる建物ですから、L地検の次席検事が右のようなことを熟知していたとは思えません。また、被害者の動静に突然の変更があったとき臨機に対応できたとも思えません。

これを要するに、〈警察本部長爆弾テロ事件〉の実行犯はL地検の次席検事どころか」

「L県警察本部にいる。L県警察本部の警察官である」

「加えて、警察本部長の動静を熟知する者ですから、上級幹部又は最上級幹部――ゆえに少なくとも課長級になるでしょう。都道府県警察の文化として、警察本部長室に入室できるのは、平時であれば課長級以上ですから」

「さてそうなると、L県警察本部には」メアリはいった。「俄然《がぜん》、私達の興味関心を魅《ひ》きつける課長たちがいるわね？」

「爆弾テロ事件の直前、御子柴本部長と検討会を行っていたという――」安藤がすぐに諳《そら》んじる。「――首席監察官、監察官室長、地域課長、組織犯罪対策統括室長、組織犯罪対策第三課長の五者ですね？」

「まさしく。

――鳥居巡査部長、さっき個人口座の記録《ジャーナル》を出してもらったけれど、私物の固定・携帯の記録《ジャーナル》はもう入電している？」

「ああ嬢ちゃん、取り敢えず半年分はな」

「単純な奴から片付けると――L地検の次席検事の架電記録に不審な点は？」

「もちろん無えよ。職場と家族が八割を占める。残り二割はまだ解析できねえが……ま、友人知人の類《たぐい》だろうよ。何故と言って、検察庁の秘匿《ひとく》回線がいくらでも使える以上、私物のスマホとかで陰謀を練る必要が無えからだ。ついでに言えば――

なあ安藤サン、L県に行ったことあるかい？　L県警察本部とL地検って近いのか？」

「せめて『安藤補佐』と言えとあれほど……」しかし鳥居とその才を受け容れつつある安藤には、本気の叱責《しっせき》をする気などないようだった。「……ああ鳥居、公務出張で幾度か訪れたことがある。だから分かる。L県警察本部とL地検はそれほど遠くない。というか二〇〇m離れていない」

そもそもL県警察本部というのは三棟のビルから構成されていて、警察本部長室・警務部長室・総警務部といった管理の中枢がある『本館』、そして捜査・行政のあらゆる課が入っている『別館』、また通信指令室などが入っている『新館』があるんだが――いちばんL地検に近い本館からなら、そして道路を横切ったりするなら、たかが一五〇mほどしか離れてはいないはずだ」

「ちなみにその『本館』っていうのが、ひょっとしてひょっとすると……」

「そうだ。社長室があり、公用車の車寄せがある庁舎になる。要はテロ現場だ」

「しっかし、三棟もビルがあるとなると大変だな……

いやそんなことはどうでもいい。俺が言いたかったのはだ――Ｌ県警察本部とＬ地検がそんなに近いってえなら、まあ次席検事なんて顕官がウロチョロするのは剣呑《けんのん》だろうが、他方でＬ県警察本部の警察官ならいくらでも、そうスマホも警電《ケイデン》も使わず物理的にお邪魔できちまう、ってことさ。なら架電記録もクソもねえや」

「とはいえ」メアリがジト瞳《め》で睨《にら》んだ。鳥居はブルッた。「この二〇分間でできる基礎調査は確実にやっておかないと、でしょ？」

「おおせのとおりでございます、対策官閣下」

「なら、首席監察官以下、五名の警察上級幹部の架電記録に特異動向はある？」

「いや、無え……ほとんど次席検事に同じくだ。これまた警電がいくらでも使える以上、私物のスマホで剣呑《けんのん》なお喋《しゃべ》りをする必要が無えよ」

「そうすると、警電回線の使用状況を押さえたいけど――」

「――御嬢様、それは若干面倒です。Ｌ県の通信施設課に依頼しなければなりませんが、通信施設課など我々に何の恩義も負い目もない。箱崎長官に圧力を掛けさせれば嫌々開示はするでしょうが、我々がＬ県警察官を対象にした――しかもその上級幹部を対象にした記録《ジャーナル》捜査を実施していることが、さして暇《ま》を置かず抜《ヌ》けてしまう」

「以上を要するに、口座からも架電記録からも、捜査対象を締《しぼ》り込むのは無理ね」

「疑いだけだったら、まあ、真っ黒だけどな」

「ああ、あと安藤。

先に手渡してもらった、問題の、六七名の薬物乱用警察官のリストだけれど――」

「はい御嬢様、何か御疑問が？」

「L県警察本部に三二名いる。L県に分散配置されている各警察署に三五名いる。

――そもそもL県には警察署が何署あったかしら？」

「三一署でございます、御嬢様」

「流石《さすが》は大規模県ね……」

けれど、L県内に設置されているPSが総計三一ということは、飽くまでも平均的に言えば、『問題の薬物乱用警察官は、一の警察署当たり一人強だ』ということになる」

「そのとおりでございます、御嬢様。

実際、電送のこの欄《らん》でございますが――ここに各人の所属《ショゾク》が記載してあります。小さな字で申し訳ないのですが、御確認いただければ、ほとんどのPSにひとりずつ、そして一部のPSにふたり、薬物乱用警察官の存在するのがお分かりいただけます」

「ああ成程《なるほど》、御免《ごめん》なさい、そこは見逃していた――

そして確かにそうだわ。県下二七署にひとりずつ。県下四署にふたりずつ。

……あら、その四署というのが」

「五条警察署、七条警察署、九条警察署、下鴨警察署の四PS――」安藤は唯一の部下に訊いた。「――鳥居巡査部長、これすなわち何を意味する？」

「いちいち試験を入れてくるなあ畜生!!

そりゃ御子柴本部長がこの夕刻、視察に行こうとしていた警察署だよ!!」

「そうだったわね、箱崎長官はそう説明していた」メアリは頷いた。「まして御子柴本部長は、『事件化を含む措置をとるために』県下全署を視察する予定だったとも。そして視察視察と言ってはいるけれど、要は薬物乱用警察官の取調べよね。それを、県下全署で、警察本部長自らが行う予定だった。その第一弾として――距離的な問題かしらね――五条警察署、七条警察署、九条警察署、下鴨警察署が抽出された。

ここで、箱崎長官によれば実はもう『薬物検査は実施されていた』のだから、そうした取調べは既に、佳境《かきよう》というか終盤を迎えていたものと考えられる」

「そうですね御嬢様。確かに箱崎長官によれば、六七名について『御子柴本部長自ら検査に立ち会った』そうですから」

「そして例えば右に挙げた四PSについては、薬物乱用警察官はふたりしかいない。ましてL県の大多数の署においては、薬物乱用警察官はひとりしかいない――

そこで、現場刑事歴三〇年の鳥居巡査部長。

あなただったらそうした被疑者を完落ちさせるのにどれくらい掛かる?」

「三分以上五分未満だな。それを書類に落とす方がよっぽど時間を食うぜ」

「自棄《やけ》に短いけどそれは何故?」

「検査結果があるからな、客観証拠が。あとは机蹴《け》って椅子投げりゃ終わりだ」

「また昭和ティストね。なら共犯者なり首魁《しゆかい》なりをゲロさせるのにどれくらい?」

「五分以上一〇分未満だな。いったん落ちた以上、もう隠し切れるもんじゃねえ」

「とすると、ここで――既に現場臨場以前の段階で、みっつの重要なポイントが解る。

ポイントの第一。この陰謀の共犯者なり首魁なりとしては、どうしても今宵《こよい》、御子柴本部長が各警察署に入るまでに、御子柴本部長を葬《ほうむ》り去るテロを実行する必要があった。さもなくば自分たちこそが黒幕であると露見し、いきなり検挙されかねないものね。

ポイントの第二。当該テロができたのは、L県警察本部の警察官であった――御子柴本部長の具体的動静が確実に分かる者であった。さもなくば絶好のタイミングで御子柴本部長の公用車を爆破できないものね。

最後にポイントの第三。この陰謀結社を動かしていたのは、L県警察本部の警察官である。これ第二のポイントからも明白だけど、それ以上に、この陰謀結社は『警察署の誰か』などではなく、『警察本部の誰か』によって主導されていたと分かる」

「嬢ちゃんそりゃまた何故だい？」

「ネットワークの単純さから分かる。

もう一度指摘すれば、L県警察における薬物乱用警察官は、L県警察本部に三二名、L県に分散している各警察署に三五名。

ここで前者、すなわち本部勤務の警察官の欄《らん》を見ると、所属《ショゾク》は総務課から警務課から生活安全企画課から捜査第一課から交通規制課から警備第一課から機動隊まで実によりどりみどりだけど――それもまた意味深だと思うけど――要はL県警察の『本社ビル』に、各警察署の総計に匹敵する薬物乱用警察官がいるのよ。割合にすれば、汚染された警察官の四八％は『本社ビル』に集中している。

他方で警察署の方はといえば、既に確認したように、県下三一署のそれぞれに一名又は二名の薬物乱用警察官がいるに過ぎない。もっといえば、そのほとんどはたったの一名しかいない警察署だったわね。

とすれば。

この薬物汚染がどのように進行していったか、あるいは進行させられたかを推測するのは児戯《じぎ》に等しい――

要は汚染濃度の濃い方から、汚染濃度の低い方へと進行していったのよ。またそう考えなければ、警察署における汚染濃度が一律に低いままであることの説明が付かない。仮にこの陰謀結社の本拠地がどこかの警察署にあるというのなら、その警察署ではもっと汚染が深刻化していなければ面妖《おか》しい。だって、これも箱﨑長官の説明によれば『ここ半年の拡大傾向から、時間を置けば置くほど薬物乱用・薬物依存警察官は増加してゆく』はずだもの。要は、汚染濃度は濃くなる一方なはずだもの。それが、どのＰＳを見ても薬物乱用警察官は一名又は二名に留まっている――

ならば、汚染源で震源地はＬ県警察本部――『本社ビル』よ。

そして憶測をたくましくするなら、そこが陰謀の源泉で本拠地ね」

「しかも、その憶測は」鳥居巡査部長がいった。「Ｌ地検の次席検事が、Ｌ県警察本部と二〇〇ｍも離れちゃいない場所にオフィスを構えている――って事実からも裏書きされそうだな？」

「それはそのとおりよ鳥居巡査部長。重ねて憶測の段階で、客観的証拠は皆無《かいむ》だけどね」

「いやこんな飛行機の中で客観的証拠が集まったら逆におかしいだろ……」

「だけど狙《ねら》い定めて客観的証拠を集めたくもなる位置関係よ、Ｌ県警察本部とＬ地検は。まして検察官はデスクワークが中心の官僚。弁護士じゃないから県下の警察署をあちこち訪問する仕事もない。検事は呼び出す方《ほう》であって呼び出される方じゃない。

　とすれば。

　陰謀結社の首魁のひとりが検事であるからこそ、Ｌ県警察本部の汚染濃度が異様に濃い――こう考えてもあながち恣意的《しいてき》ではないわ。棋譜《きふ》を読む、とでもいうべきかしら」

「ところで御嬢様」安藤がいった。「あと八分未満で、Ｌ県警察本部のヘリポートに着陸できます。ゆえに、現時点で他に必要なものがございましたら御下命《ごかめい》ください。また着陸後、どのように捜査を実施すべきか、概略を整理しておく必要もございますが……」

「そうね、幾つかお願いしたいこと、気になることがある。

　そこで安藤。まずは予備機の〈レナウン〉をＬ県警察本部まで回航してほしい。

　その帰途に搬《はこ》んでもらう荷がある……かも知れないけれど、それは追って示達《じたつ》する」

「了解いたしました。追って御下命あるまで〈レナウン〉を待機させるよう手配します」

「さらに、貞子おばさんに連絡――」

「――と、当家の料理人の貞子女史でよろしいですか？　お、御嬢様それはまさか」

「そのとおりよ安藤。直轄《ちょっかつ》部隊のキッチン・メイドを動員してもらうの。ひさびさに特殊技能を使ってもらう……かも知れないから。その目的、対象及びその数、手段方法にあっても追って示達する」

「了解いたしました。貞子女史に……所要の準備を怠《おこた》らぬよう連絡いたします。しかし御嬢様、貞子女史はいわば、その……いささか劇薬に過ぎるのではないかと」

「安藤。

私も〈監察特殊事案対策官〉をやって一年強になるけれど、よりにもよって警察官を薬物乱用者に貶《おとし》めるなど、これほど醜悪で汚穢《おわい》な犯罪を担当したことはない。これほど正義と警察組織をコケにした愚行を認知したこともない。

事案が薬物犯罪であり、関係者と組織の健康が懸かっているという意味においても、その汚染を食い止め毒巣《どくそう》を剔《えぐ》り出す手術をしなければならないという意味においても、事は一分一秒を争う。この際、当家随一《ずいいち》の劇薬を用いることとなっても仕方が無い」

「……了解いたしました、御嬢様」

「あと、在日米軍司令官のシュナイダー空軍中将にお強請《ねだ》り。お名前を借りたいのと、ちょっとアレンジしてほしいミーティングがある。中将は芝居っ気と稚気《ちき》のある人だし、父公爵の狐狩《きつねが》り友達だから、きっと聴いてくれる」

「当該ミーティングの中身はどのようなものでしょう？」

「それは若干機微《きび》に渡るし、タイミングも大事だから、また紙で渡すわ」

「了解いたしました、御嬢様」

「そして鳥居巡査部長。あなたマル暴刑事の経験はあったかしら？」

「まあ刑事の内でも何でも屋だったからな。ハイソな知能犯以外は一通りやってるぜ」

「なら、L県を縄張りにしている暴力団はどこ？」

「ああ、それなら烏丸新潮会《からすましんちょうかい》だ。L県は古都だからな、伝統ある一家が仕切っている。

全国規模で見たときの、諸々《もろもろ》のマル暴戦国絵巻をぜんぶ割愛《かつあい》すりゃあ、今現在は、L県全域が烏丸新潮会のショバだと考えていい」

「L県で複数の暴力団が勢力争いをしている――といったようなことは？」

「無《ね》え。嬢ちゃんの狙いはよく解らんが、ひょっとしてL県で何か話を通そうって言うんなら、烏丸新潮会を押さえておけば足りる」

「そうすると、L県警察を汚染している覚醒剤を取り扱っているのは烏丸新潮会ね？」

「だと思うぜ。さもなくば烏丸新潮会が黙ってねえし、ドンパチが起こっているはずだ」

「ありがとう鳥居巡査部長、それは理想的だわ」

「御嬢様」安藤が訊く。「暴力団対策が必要ならば、それなりの装備資器材を搬送いたしましょうか？」

「ああ忘れていた。そのとおりよ安藤。予備機の〈レナウン〉で搬《はこ》ばせて頂戴――

まず、私の衣装等一式。これはメモに記載するから、そのまま侍女の実香《みか》に電送して。

あと安藤、この〈レパルス〉には今どれくらいの実弾がある？」

「一〇億は搭載しております、御嬢様」

「末端価格が一kg六、〇〇〇万円として……そうね、卸値《おろしね》を踏まえても充分過ぎる。ちなみにそれって新札？　それとも使用済み？」

「全て使用済みでございます」

「結構。

更に恒例、防衛大臣にお願いして、プラスチック爆薬を融通《ゆうずう》してもらって。陸自の桂《かつら》駐屯地からクロネコさんの着払いか何かで、雷管《らいかん》と一緒に」

「じゅ、受領方法は私にお任せください……で、如何《いか》ほどを申し付けましょうか？」

「五〇〇ｇを三本。さしたる威力は必要ない。〈警察本部長爆弾テロ事件〉と同規模の爆発が、三箇所で再現できればそれでよい」

「了解いたしました、直ちに防衛大臣に連絡します」

「あと装備資器材の最後だけれど、白トリュフを、そうね……三〇〇ｇほど搬ばせて」

「了解いたしました、これも貞子女史に連絡し、予備機にて搬送させます」

「重畳《ちょうじょう》」

（……烏丸新潮会を使って、何か仕掛けるつもりなのかな？）鳥居は眉間《みけん》の皺《しわ》を深めながら訝《いぶか》しんだ。（それならまあ、億単位の使用済み紙幣ってのも解らんでもない……ただ〈プラスチック爆薬〉〈白トリュフ〉ってのは何だ？　それに、この泰然自若《たいぜんじじゃく》の権化《ごんげ》みたいな安藤がビビるほどの、貞子の婆《ばあ》さんってあれ実は何者なんだよ……

いずれにしろ、この嬢ちゃん、またよからぬことを謀《たくら》んだな？）

しかしメアリは鳥居の疑念をよそに言葉を継いだ。彼女は部隊指揮官である。

「安藤、事前準備としてはそのような感じでよい。どうせ空路二〇分、大抵のものは屋敷から調達できるしね。

――あとは、Ｌ県警察本部に入ってからの捜査方針だけれど」

「はい、御嬢様」

「取り敢えずくだんの上級幹部――首席監察官、監察官室長、地域課長、組織犯罪対策統括室長そして組織犯罪対策第三課長の五者からお話を伺《うかが》いたい。こう無線して頂戴」

「了解しました御嬢様。

それぞれ個別に、ひとりずつでよろしいですか？」

「ううん、そこまでする必要はないわ。

そうね――公安委員会室といった、どこの警察本部にもある大会議室をひとつ押さえてもらって。そこで、私達三人と先様《さきさま》五人とが集まって検討会をする。そういうことにする。ああ、検討会場はさっき安藤が教えてくれた『本館』にしてほしいとも無線して」

「念の為ですが、それは――

〈警察本部長爆弾テロ事件〉の現場であり、警察本部長室・警務部長室・総警務部門が入る管理部門の中枢《ちゅうすう》となりますが、その『本館』でよろしいですか？」

「まさしくそのとおり。そしてそれは私の強い意向だと伝達して頂戴」

「了解いたしました、御嬢様。

それ以外にL県警察に示達しておくべき事項はございますか？」

「無い。

ただ検討しておきたい微妙な疑問がひとつある」

「何でございましょう？」

「この、薬物乱用警察官六七名の名簿。六七名のリスト。

うち五九名が男性、八名が女性。すなわち、女性の薬物乱用警察官が極めて少ない。

また一〇歳代はおらず、二〇歳代、三〇歳代、四〇歳代、五〇歳代と年齢が重なるにしたがって人数が増える。二〇歳代が最も少なく、五〇歳代が最も多い。ちなみにそれは男女のいずれもについてもいえる。棒グラフにしてみたらさぞ綺麗《きれい》でしょうね」

「確かに……御嬢様のおっしゃるとおりですが、何かお気付きの点が？」

「あっは、安藤、私も女の勘だけで生きている訳ではない。確かにエレファントな仮説は浮かんだけれど、それを今公言するのは躊躇《ためら》られる。けれど、それをエレガントな事実に仕立て上げたい欲望もある……

——よって安藤。警察共済組合に連絡。健康保険の利用状況その他を知りたい。これら六七名について、持病の有る無し、通院歴の有る無し、医療行為の有る無しを急ぎ報告するよう伝達して頂戴」

「警察共済組合でございますね御嬢様、了解いたしました」

「以上で準備は万端。いささか夜の帷幕《とばり》が下り過ぎてしまったけれど、警察に深夜も早朝も親が死んだもヘチマもない。Ｌ県警察本部に到着したら、さっそく安藤にも鳥居巡査部長にも働いてもらいつつ、首席監察官ら問題の五名との検討会に臨みましょう」

——メアリの言葉の三分後、〈レパルス〉はＬ県警察本部のヘリポートに着陸した。

時刻は、午後一〇時三〇分。

ちなみに無論、〈御子柴警察本部長爆弾テロ事件〉当日の午後一〇時三〇分である。

## Ｖ

同夜。

Ｌ県警察本部『本館』二階、公安委員会室。

厳《おごそ》かで巨大な会議室に座しているのは、ナチュラルに上席を占めたメアリと、ゆえに下位者の席に就《つ》くことを余儀なくされた五者であった。といって、メアリは警察庁警視正であるから、五者としてもそれを不合理とは言えない。問題の五者のうち最上位階級者は首席監察官——警視正であり、他の四者すなわち監察官室長・地域課長・組織犯罪対策統括室長・組織犯罪対策第三課長はすべて警視だからである。

――ちなみにここ『本館』は、まさに御子柴本部長を襲った爆弾テロの現場であり、今もまだ正面玄関の車寄せでは懸命な捜査が行われていたが、爆弾テロ発生が午後五時二〇分すなわち五時間以上も前のこととあって、発生当初の喧騒《けんそう》はむろん収束している。車寄せ付近には立入禁止のビビッドなテープが張りめぐらされ、数多《あまた》のブルーシートが展張され、強烈な光を放つクセノン投光機も設置され、そのなかで大勢の活動服姿の警察官が採証活動なり検証なりを実施しているが――それはそうだ、社長の殺人未遂が発生した当日である――初動活動のドタバタは既に峠を越し、現在は淡々と捜査実務が行われている。よって、メアリが主催するかたちとなった検討会場にも、捜査の喧騒が響いてくることはなかった。

加うるにここ『本館』は、かつて安藤が説明したとおり、総務部門・警務部門の城である。ここに所属《ショゾク》をかまえているのは、総務課、会計課、広報室、本部長秘書室、監察官室、教養《キョウヨウ》課、厚生課といった、警察活動のささえを行うセクションのみ。要は捜査第一課、少年課、外事課、組織犯罪対策第一課といった捜査・行政の現業部門ではなく、管理部門ばかり。ゆえに、社長の殺人未遂が発生していたとはいえ――そして警察官の本能として『警察官殺しは絶対に容赦《ようしゃ》できない』という憤怒《ふんぬ》があるとはいえ――実は『本館』の警察官としてはやることが極めて少ない。よって、午後一〇時ほどまでは自主的に待機をしていた『本館』の警察官も、ワークライフバランスや働き方改革とのかねあいもあってか、三々五々《さんさんごご》、退勤を始めていた。このため『本館』の廊下は各階とも既に寂しく、具体的には、警察庁長官の名代《みょうだい》であるメアリに茶の一杯も給仕されない在り様《あさま》。といって、無論そんなことを意に介するメアリではないし、むしろ、不倫とならぶ警察名物『クソ不味《まず》い出涸《でが》らしの緑茶』を供されなくて安堵《あんど》していたのかも知れない。

――また、メアリは警察名物『A4一枚紙の会議資料』にも辟易《へきえき》していた。

警察の会議は、議題と説明内容がA4一枚紙にまとめられた会議資料、そのプレゼンによって進行するのだが、そもそも紙に落とせる内容に見るべきものはない。大事なのは行間であり、矛盾であり、あるいは意図的に紙には記されなかったものだ。よってメアリにやる気があれば、首席監察官ら五者が呈示してきた会議資料――『**警察本部長等を被害者とする爆弾テロ事件の概要について（第1報）**』『**警察職員による覚せい剤取締法違反被疑事件の捜査について（第1報）**』なる、やたら行間設定の広いスカスカの鼻紙のようなものに、しれっと嫌味の一〇や二〇を衝突《ぶつ》けたであろうが……

（どうでもいいわ。

どうせ碌《ロク》な内容を喋りはしないし、こちらとしても確認したいことは五点のみ）

ゆえにメアリは、A4一枚紙×2の空疎《くうそ》な説明を――彼女としては驚異的な忍耐をもって――聴き置いたあとで、硬軟《こうなん》織り交ぜながら、言葉の煙幕を展《は》りながら、だから彼女の確認したいことは何かを察知されないよう、しれっと質疑応答タイムに入った。

「そうしますと、御子柴本部長の御視察には、皆様も随行《ずいこう》される予定だったのですね？」

「そのとおりです」首席監察官がいった。「事が事ですので」

「御子柴本部長に対するテロですが、これまでの御説明だと、まだ被疑者像すら明らかでないとか」

「そりゃそうです。正直、まだ初動の段階ですので」

「常識的に考えれば、被疑者は『御子柴本部長による薬物汚染対策を妨害しようとする者』でしょうが、そのような存在に心当たりは？」

「予断を持って語るべき内容ではないと考えます」組織犯罪対策統括室長がいう。「無論、犯行現場の捜査と並行して、県内における暴力団の動向を急遽《きゅうきょ》捜査しております」

「するとこの爆弾テロは暴力団の所業《しょぎょう》だと？」

「このように大胆不敵な手段と覚悟を有するのは、暴力団か極左かカルトしかおりますまい？」

「ならばまた常識的に考えて、『Ｌ県警察を薬物で侵略しているのは暴力団か極左かカルトである』という結論になりませんか？」

「とはいえ、予断を持っての捜査は事案の真相解明に悪影響を及ぼしますからねえ」

「要は、爆弾テロの被疑者像も、薬物汚染の被疑者像もまったく描けてはいないと」

「それが描けていれば」組織犯罪対策第三課長がいった。「被疑者に討ち入りを掛けていますよ」

「ではこちら、私が警察庁長官から送付を受けた、貴県内における薬物乱用警察官のリストですが――

このリストは当然御覧になっておられるはず、ですよね？

そこで、記載されている警察官たちについて、共通点であるとか、特徴であるとか、特異な属性であるとか――要はこの警察官のグループについてお気付きの点はありますか？」

「サテ、気付きの点と言われても……」地域課長がいった。「……このリストには氏名、階級、所属、性別、年齢といったシンプルな個人情報しか記載されておりません。これらから共通点等を導くのは無理でしょうし、実際、我々にも何ら心当たりがありません」

「御子柴本部長は」メアリは続けた。「薬物乱用警察官六七名について既に薬物検査を行っていたほか、今般の各署視察においては、実質的にその取調べを行う予定だったと聴いております。要は検挙を当然の前提としておられた。警察でいう『事件化』ですね。ならば、部内調査を行う監察官室でも、薬物犯罪捜査を行う組織犯罪対策第三課でもよいですが、実務レベルの指揮官は監察官室長であり、組織犯罪対策第三課長となる――

すると、少なくとも御両者は、既にL地検と事件化に当たっての相談・協議を開始されていたと思うのですが、L地検では誰が担当を？　またL地検の意見は？」

「L地検とはまだ協議を開始しておりません」監察官室長がいう。「それ以前に、L地検に本件薬物事案の相談をしてはおりません」

「微妙に疑問に思うのですが、それは何故？

担当検事のスケジュールを押さえる必要もあるでしょうし、そもそも事件化となれば起訴してもらわなければ意味が無い。このような警察不祥事を剔《えぐ》り出すとき、しかも被疑者が六七名に及ぶとき、『担当検事が夏休みでした』『担当検事に不起訴にされました』では到底L県民が納得しないでしょう。納得しないどころか、L県警察本部が焼き討ちに遭うレベルで世論が沸騰《ふっとう》すると思いますが……」

「我々には我々の捜査方針がある」首席監察官がイラついた。首席監察官は唯一、メアリと同階級にある。「今夜突然乗り込んできた貴女《あなた》に、今更捜査実務のレクチャーを受けるつもりはない。むろん妙な誤解を避けるため付言すれば、御子柴本部長御自身が、各署視察を終えたタイミングで、L地検の検事正と詳細な協議をする予定だった」

「いきなり検事正さま――社長さまとですか？　例えば次席検事は何と？」

「……トップ会談で話を詰めようというのが、御子柴本部長の御意向だった」

「なら今般の爆弾テロは、警察本部長と地検検事正のトップ会談を妨害するものだった」

「それは結果論だよ」

「ならば結果論として、『検事正に話が上がらず、ホッと胸を撫《な》で下ろしている者がいる』かも知れませんね？」

「……西有栖警視正、あなたは一体何が言いたい」

「いえ特段。

いずれにしろ本件捜査は私の任務ともなりました。もし御子柴本部長が検事正さまと協議を予定しておられたというのなら、私もまた、検事正さまなり次席検事さんなりと、事件化についての相談をしなければならない——と思いまして」

「大変失礼ながら、如何《いか》に〈警察庁監察特殊事案対策官〉といえど、勝手気儘《かってきまま》な動きをされては今後の捜査に多大な支障が出ます」監察官室長がいった。「本件は極めて機微《きび》にわたり、ゆえに保秘《ホヒ》の必要も大きいもの。また当然、警察本部長指揮事件でもあります。よって、当県の監察官室長として強く申し上げますが、御子柴本部長があのようなことになられた以上、地検との協議は、協議先が検事正であろうと次席検事であろうと、御子柴本部長の新たな御判断があるまでは、厳《げん》に慎むべきと考えます」

（成程《なるほど》、どうあっても——）メアリは眠くなってきた。（——次席検事は無関係だと、次席検事との接触は必要ないと、そういう結論にしたいようね。これすなわち、当初の心証どおり、汚染は御列席の各位にも及んでいる……

ああよかった、心が痛まないでもない捜査方針を変更する必要がなくて）

——ゆえにメアリは締めに入った。

「よく解りましたわ、御多用中お時間を割いていただき有難《ありがと》うございました。

ところで、本題とは無関係なのですが——

このL県警察本部に、私が以前ある事件でお世話になった刑事さんがおられます。今、捜査一課の庶務をしておられるとのことですが、捜査一課はどちらになりますか？」

「捜査一課は、現業の課がすべて入っている『別館』になります」地域課長がいった。

「いったんこの『本館』を出ていただいて、道路を渡って南側の建物に入っていただくか、あるいはこの『本館』の地下一階から地下通路を用いて行くこともできます……

しかし時間が時間ですし、サテ、お知り合いがまだ在庁しているかどうか」

「いえ、取り敢えず今夜は旅舎《リョシャ》に撤収することとしましょう。また明日、仕事の合間を縫《ぬ》って訪ねることにします――しかし地下通路まであるんですのね」

「このメンツだと、私と首席監察官は本館を動かんのですが――」長官の名代なる女との会議が終わり、監察官室長の口もなめらかになる。「――地域課長、組織犯罪対策統括室長そして組織犯罪対策第三課長は所属のある建物が違いますから、結構地下通路を使いますね。というのも、本館に決裁書類を携行するときなど、雨が落ちてくると往生《おうじょう》しますから」

「確か貴県警察本部には本館と、別館と、新館がおありになると聴きました。

そのすべてが地下通路で結ばれているのですか？」

「そのとおりです」地域課長がいった。「といって、まさか駅の地下街みたいに広いもんじゃありませんし、警察本部以外の何処《どこ》にも通じてはいませんが」

「別館と新館には、玄関以外の、通用口といったものはあるのかしら」

「ありません。通用口があるのは本館だけですよ」

「了解しました。御親切にありがとうございます、あらそうだわ」メアリは心にも無いことを言い始める。「よろしければ御一緒にお夜食でも。爆弾テロの関係で、皆様夕食も満足にとってはおられないでしょうし。実務者会議の第二幕、ということならば不謹慎《ふきんしん》でもないでしょう――如何《いかが》です？」

「いえ私は取り敢えず課に戻り」組織犯罪対策統括室長がいった。「今夜はそのまま上がります。三課長もそうだな？」

「はい、当課が本日できることは」組織犯罪対策第三課長もいう。「もはやありませんので」

「せっかくの御厚意ですが」地域課長もいった。「私も同様です。課に戻り、着換えて本日は帰宅させていただきます」

「そうですか、実に残念ですわ」メアリは首席監察官と監察官室長の意向は確認しなかった。「それでは明日以降、またよろしくお願いします。では御機嫌よう」

メアリは見送りも求めず、単身公安委員会室を出た。

そのまま本館の雄壮な階段を下り、捜査がまだ酣《たけなわ》な正面玄関を避け、通用口からL県警察本部を出る。そして随行もなくテクテクと古都の闇に溶けてゆく――

――その三〇分後。

L県警察本部庁舎をまた爆弾テロが襲った。

本館の通用口、別館の玄関、新館の玄関が派手に吹き飛ばされる。

要は、本館車寄せでの〈御子柴本部長爆弾テロ〉に引き続き、L県警察本部庁舎のあらゆる入口が爆破されたことになる。

そしてメアリのイヤホンに、〈監察特殊事案対策官室〉専用の警察無線が入る――

「監特《カントク》1から対策官？」

「本人《ホンニン》です、どうぞ」

「処理終了ですどうぞ」

「重畳《ちょうじょう》。マル対五名の動向にあってはどうかしら、どうぞ？」

「五名とも本館一階に下りましたどうぞ」

「雁首揃《がんくびそろ》えてこの三〇分、本館の何処《どこ》にいたのかしらどうぞ？」

「詳細不明なるも、首席監察官室でも監察官室でもありません。

いずれも灯火は点《つ》いておりませんでしたどうぞ」

（本館内というのは予想の範疇《はんちゅう》だが……どこの所属《ショゾク》に居残っていたのかは気になる）

といって、五名を本館内で行確していた訳ではない。外周からの視察には限界がある。

ゆえにメアリはその重要な疑問を押し殺し、安藤との無線通話を続けた。

「マル対五名の身柄は無事確保できたどうぞ？」

「予定どおり、現場は混乱——既に監特2とともに確保済み、昏睡《こんすい》状態ですどうぞ」

「了解。直ちに搬送要員を向かわせる。予定どおり貞子さんの所へ空輸してどうぞ」

「監特1了解。以上、監特1」

——その一〇分後。

〈公爵家自家用機の予備機〈レナウン〉は、L県警察の客人五名を乗せて奥三河へと飛び去った。そして今や、警察本部は新たな爆弾テロの混乱のさなか。

その五名にも、ティルト機にも、注意を払う人間は誰ひとりとしていなかった。

## Ⅵ

日付が変わって、その真夜中。

ビーコンズフィールド公爵家の所領屋敷《カントリーハウス》〈ホーライ・ホール〉。

晩餐《ばんさん》がささやかなものだったので、既に、公爵家の家人《かじん》はおろか使用人すら就寝している時間ではあったが――

〈ホーライ・ホール〉のメイド長である友梨《ゆり》は、夜食の銀盆を両手に、彼女としては人生二度目となる地下二階へと下りていった。

……〈ホーライ・ホール〉に本来、地下二階はない。公《おおやけ》にされていないのは無論だが、図面すら破棄されている。この屋敷に存在するのは、建前上、地下一階までだ。その地下一階が使用人のエリアであることは既に述べた。そして例えば、新入りの二級従僕である鳥居鉄也巡査部長など、地下一階がこの屋敷の最下層であることを疑ってもいない。それが誤りであることは古株の使用人にとって常識だったが、敢えて説明する必要を感じないことがらであったし……更に言えば、敢えて説明などしたくない理由もあった。

――さて、メイド長の友梨は、地下一階のとある扉を開き、そこから続く螺旋《らせん》階段を下りてゆく。壁の灯は、故意《わざ》とだろうか実に幽《かそ》けく儚《はかな》い。いやむしろ陰鬱《いんうつ》だ。そして螺旋階段はやたらと長い。地下二階へ続く、ということをあらかじめ知っていなければ、まるで井戸の底だの地下洞窟だのに誘《いざな》われるかのような、そんな不気味さを感じたことだろう。実際、地下二階のことを知る使用人は、そこを〈奈落《ならく》〉と呼んでいた。

そしてその〈奈落〉は、公爵家の料理人《コック》たる貞子おばさんとその部下——キッチン・メイドたちの領土である。友梨のようなハウスメイドたちも、鳥居のような従僕《フットマン》たちも、いや公爵の代理人とでもいうべき執事《バトラー》と家政婦《ハウスキーパー》でさえ、この〈奈落〉を不用意に侵すことは許されていない。そもそも、厨房《ちゅうぼう》でさえ貞子おばさんの神聖不可侵な領土なのだが——女使用人の頂点たる家政婦《ハウスキーパー》とて自由にならない独立王国だ——ましてこの〈奈落〉となると、もはや貞子おばさんの治外法権の地といってよい。

それほどまでにここは重要で、隠微《いんび》で、禁秘《きんぴ》の、そして陰惨な地下世界であった。更に言えば、この〈奈落〉の秘密を知ってしまった使用人のすべてが、誰にどう頼まれようが、絶対に、死んでも立ち入りたくはないそんなおぞましい世界……ビーコンズフィールド公爵家＝西有栖宮家の歴史の、その裏と闇と陰とをつかさどってきた世界だっただ。

（ああ、二度目でもやっぱり慣れないわね……）友梨は嘆息《ためいき》を吐《つ》いた。（……そもそも夜食を搬《はこ》ぶだなんて、それも使用人同士でそんなことするなんて、私の仕事じゃないんだけどなあ。ちっ、菊子とカードなんかするんじゃなかった、私弱いのに）

とはいえ、友梨自身、ただのメイド長ではない。

それをいえば、この屋敷の使用人で、特殊技能を持たない者はいない。

ゆえに、友梨はある種の職人として、やはりある種の職人であるキッチン・メイドたちを認めていた。職人には職人の凄味《すごみ》が解る。だから友梨が恐れていたのは〈奈落〉ではなく、その〈奈落〉で遺憾《いかん》なく発揮されているであろう、貞子おばさんと愉快な仲間たちの特殊技能であった――

――その友梨が、とうとう、〈奈落〉に通じる鉄扉《てっぴ》を開ける。

鉄扉の先は、幸か不幸か、友梨が予想していたとおりのものだった。

友梨は職人として微妙な興味を感じつつ、しかしそれを顔には出さないまま、オモテの澄まし顔で貞子おばさんに語り掛ける――

「貞子さん、お夜食の差入れに来ました」

「おや友梨ったら、気が利くね。まさか内田の婆さんの親切心じゃあるまいし、あっは」

（どうして何処《どこ》の御屋敷でも、家政婦《ハウスキーパー》と料理人《コック》はこう険悪なのかしら？）

――友梨は夜食の設《しつら》えをしながら、体育館なりプールなり、それくらいの広さはあろうかという〈奈落〉をチラチラ見遣《みや》った。イメージとしては、まさに牢獄《ろうごく》である。それも極めて残酷で不健康な類《たぐい》の牢獄。ゴツゴツした岩壁に、コンクリ打ちっ放しのような石の床。地下二階とあってか空気もよろしくない。まして灯火はバチバチ猛《たけ》る篝火《かがりび》である。といって、ここの実態を知る友梨には解っていた。それは要は舞台装置である。ここは換気装置も万全なら、水と電気に困ることもない。望むならガスもだが。

「……今はお手空《てす》きみたいですね、貞子さん」

「たったの十五分で終わっちまったからね。やり甲斐《がい》が無いったらありゃしない……まったく、最近の警察官は根性が無いよ!! 警視だか警視正だか知らないけどさ!!」

「どうやら今夜のお客さんは五人みたいですけど、それでたったの十五分ですか?」

「菊子も杏子も、桜子も菫子もまあ使えるようになったからねえ……そりゃまあ、あたしの仕込みがいいからだけどね!! 今じゃあ、アメリケーヌの出汁《だし》を取ったり、ブールノワゼットを上手く焦《こ》がすより立派にやってのけるよ、あっは!!」

「でも、もう終わったのに」友梨は訊いた。「菊子たちまだ、その、御接待を続けているみたいですけど……」

「だから、何事も練習さね。この技術はね友梨、ギリギリのギリギリのところで止めるのがコツなんだ。その見極めをするにゃあ、生きたお客さんがいちばんなのさ」

(なるほど、練度維持だと。それでまだ悲鳴が響き渡っているわけか……)

友梨は思わず悲鳴の出所を見た。

悲鳴の出所は五箇所だ。お客さんが五人だから当然だが。

そして五人が五人とも、わざわざ種類の違う、特殊な装備資器材で歓待されている。

装備資器材のひとつは、鉄の巨大な壺《つぼ》。抱きかかえさせる奴だ。そこに一定のリズムで、熱々に熱された大きな石がひとつ、またひとつと投じられてゆく。

ひとつは、何とも恐怖心をそそられるベッド。両腕両脚を、縦方向に極限まで引っ張れる奴だ。

ひとつは、それ自体はあまり特殊ではない奴。ロープと天井の滑車《かっしゃ》と、足に垂らす錘《おもり》だ。とはいえ、腕を後ろに回した状態で吊《つる》し上げられたり急降下させられたりすれば、こんなシンプルな仕掛けでも絶大な効果を発揮する。

ひとつは、脚に装着する奇怪な鉄板。二枚の鉄板だ。これを、ネジの力で思いっきり締め上げる。要は、脛《すね》専門の万力だ。

最後のひとつは、手の先、両の親指を固定する奇怪な鉄製の機具。親指を金属板で挟み込み、やはりネジで締め上げて金属板の隙間《すきま》をどんどん狭めてゆく……

「……私達は即座に処理するのが専門だから」友梨はいった。「なかなか興味深いです」

「とはいえ、リビアでもシリアでも真似事《まねごと》くらいはやったろう⁉︎

なんなら今度特訓してあげようかい、人生、何が役に立つか解らないからねえ‼︎」

「は、はいまた今度。

――で、この練度維持はいつまで続くんですか？」

「朝餐《ちょうさん》の支度を始めるまでさね‼︎　まったく、今夜は徹夜だよ‼︎　この歳で徹夜‼︎　お肌に悪いったらありゃしない‼︎　内田の婆さんみたいに枯れたらどうするんだい⁉︎」

「それにしては生き生き……じゃなかった、ええと、そうだ御嬢様への御報告は？」

「そうだねえ……そうなんだよ……あの可愛い可愛いメアリ御嬢様のおねがいとあっちゃあ、この貞子、一肌も二肌も諸肌《もろはだ》脱ぎになるしかないのさ‼︎　友梨、あんた若いから知らないだろうけどね、あの極悪非道残忍無比冷血無情なジト瞳《め》メアリ御嬢様が小さかったときゃ、そりゃもう、あたしの命の次に大事なオーブンの中に入れても痛くなかったもんだ!!

御嬢様はこの〈奈落〉もお好き、いや大好きでさ、スキあらばキャッキャキャッキャとお遊びになって……ねえ貞子、これはどう痛いの、これはどう苦しいのってジト瞳を輝かせるんだよ!!　あたしもね、先々代公爵様の頃から『キッチンと奈落の火種だけは落とすな、頼むぞ貞子』って全幅の信頼を頂戴《ちょうだい》していたもんだから、跡継《あとつ》ぎの御嬢様があたしの持ち場でそりゃ楽しそうに遊んでくれるのが本当に嬉《うれ》しくて嬉しくて……いやさすがに鉄の処女で隠れんぼしようとなさったときは血の気がドカンと引いたけどさ」

（め、メアリ御嬢様……小さい頃から全然変わっておられないのね……）

友梨は老婆の昔話に圧倒されつつ、態勢を立て直してまた訊いた。

「で、その御嬢様への御報告はすみました？」

「また御嬢様はジビエの解体とかも玄人裸足《くろうとはだし》でねえ。あのお美しいスラッとしたお手で、まあどうしてそんなに冷静で残酷な包丁捌《さば》きナイフ捌きができるんだろうと、料理人のあたしが空恐ろしくなったもんだよ。御主人様でなけりゃ絶対に弟子にしたね絶対に。だけど結局は英国でも日本でも警察官になられたから、まあ、狩りの才能がおありになったってことかねえ……」

……え、なんだい、御嬢様への御報告？　今夜の接待の御報告のことかい？」

「はい。この接待って、御嬢様の大事なお仕事の関係でしょうからつい気になって」

「それならあんたが下りてくる前にお電話しておいたさ。

　あたしにゃよく解らないし解る必要もないけど、五人とも陰謀仲間だって、首魁《しゅかい》は次席検事とやらだって、爆弾テロの自白もしたって、ちゃあんとお伝えしておいた。薬の仕入れスケジュールだの、配達スケジュールだのもね」

「解りました、お疲れ様でした貞子さん。

　このお客さんたちですが、また安藤さんが身柄を空輸するそうですから、安藤さんの御指示で上に搬んでくださいね――じゃあ私はこれで」

「ま、あたしみたいな達人でなきゃ、骨折《こっせつ》ひとつ残さずなんて名人芸は到底無理さね、あっは」

Ⅶ

同夜。

正確には、メアリが貞子から拷問《ごうもん》結果の報告を受けたそのしばし後。

指定暴力団『烏丸新潮会《からすましんちょうかい》』若頭《わかがしら》の白池久幸は、L県内にある某《ぼう》巨大冷凍倉庫にいた。

といって、冷凍倉庫という場所そのものに大した意味はない。温度も今は常温だ。

ここを保有する冷凍倉庫会社が烏丸新潮会のフロント企業であり、かつ、その実態はいまだL県警察に解明されていないため――そのことについては確実に保証してくれる者が五人はいた——様々な禁制品《きんせいひん》の、格好の取引場所となっているに過ぎない。

——ここにまず、白池の随行《ずいこう》として、若い衆が二名いる。

むろん白池本人もいる。

この暴力団員三名が相対《あいたい》しているのは……まずは、ひとりの女だ。

そしてこの女に随行がひとり。渋味のある銀髪に、ドスの利いた銀縁眼鏡が特徴的な、どこかやさぐれた感じのする五十路《いそじ》男。

——結局、この冷凍倉庫には今、五人の人間がいることになる。

そして結局、五人が揃《そろ》ってから、先に口を開いたのは白池だった。

「遅かったな」

「女は支度に手間取るものよ」

「かもな。だが初めての客に待たされるのは、あまり気分のよいものじゃない」

「ならこれが何かの罠——だとでも？」

女は艶然《えんぜん》と微笑《ほほえ》んで、大ぶりなサングラスを上げた。

金髪碧眼《きんぱつへきがん》の白人である。しかも胸といい腰といい脚といい、極上の躯《からだ》……

白池は思わず、自分がハリウッド映画の出演者であるかのような錯覚を憶《おぼ》えた。

「烏丸新潮会の新井会長には、私の上官が、きちんと筋を通しているでしょう？」

「そうでなければこんな取引など成立せんよ。何と二億円もディスカウントしたしな。まして、注文日に即日お届けだなどと。Amazonショッピングでもあるまいに」

「あら、悪い話ではないと思うけれど……」

「悪いがそれは売り手が決める。

まずは現金を確認させてもらおうか」

「もとより結構よ」

冷凍倉庫に急遽《きゅうきょ》設置された作業卓の上へ、女の随行が――やさぐれた感じの男が搬《はこ》んできたアタッシェケースが三個、ドンと積み上がってゆく。

「まったく。日本円を集めるのに苦労したわ」

「ウチは国内派なのでな。ドルの真贋《しんがん》を見極めている余裕がないのさ」

「あら、L県ではかなりの羽振りだと聴いているけれど？」

「そんなローカルなことが在日米軍でも話題になるのか？」

「合衆国《ステイツ》が本気になれば、貴方《あなた》が最後に抱いた女の乳首の大きさまで分かるわよ」

「悪いな。俺は女が愛せない男なんだ」

「それを聴いて絶望した女が、今確実にひとり生まれたわ……誰だと思う？」

「ハッ、よく言う」

いかにも洋画的な会話の傍《かたわ》らでは、白池の随行である若い衆ふたりが、積み上がったアタッシェを順次開け、中身である日本円の札束を確認してゆく。女が用意したアタッシェ一個には、ちょうど一億円が入っていた。よって、若い衆が確認すべきは三億円。ふたりがそれを慎重に吟味《ぎんみ》している若干時《じゃっかんじ》、白池と女の会話は続く――

「正直を言えば、吃驚《びっくり》したぜ。

天下の在日米軍さんが、暴力団から覚醒剤を買おうなんてな。ウチでは前代未聞《ぜんだいみもん》だ」

「飽くまでも兵器・装備の類《たぐい》よ。それはかつての大日本帝国でもそうじゃなかった？」

「なら合衆国さんが装備の類を欠乏させるとは思えんがね？」

「下らない話よ——シンプルな伝票のミス。担当者が中東と朝鮮半島へ送りすぎたの」

「在日米軍が使うにしちゃあ、一〇kgは少ないな？」

「それこそNetflixじゃないけれど、お試し期間よ。

あなたたち烏丸新潮会の商品は、日本有数の極上物だと聴いている。もしそれが真実なら、今後とも継続的なお取引をお願いする——かも知れない。いずれにしろ、ユーザーの意見を聴いてみなければね」

ここで、三億円を確認していた若い衆が白池に報告をした。

「若頭。間違いありません。使用済み紙幣で三億ジャストです」

「結構。なら女軍人さん、これがお褒めに与《あずか》った商品だ。確認するか？」

「じゃあ念の為に——鉄二《テツジ》、お願い」

「……了解だ、少佐」

冷凍倉庫の作業卓の上に、今度は、少佐なる女が用意した三億円のアタッシュとはまた違う、大ぶりのジュラルミンケースが設置される。白池はそれを自ら開いてやった。中身は無論、幾つかの袋入りの結晶だ。まるで氷砂糖のような、いや氷砂糖をザクザクザクザクと叩き砕いたような、大きさも形状も様々な、無色透明の結晶――

――少佐なる女が『鉄二』と呼んだ、燻《いぶ》し銀《ぎん》を思わせる男が、ランダムに袋を選び、それをサッと斬《き》り裂く。斬り裂くや、無色透明の結晶を手に採り確認してゆく。

「少佐さんよ」白池はいった。「実はさっきから、ちょっと気懸かりなことがあるんだが」

「というと？」

「そちらの鉄二さんとやら……刑事《デカ》さんじゃないのか？

しかも、かなり年季の入ったマル暴刑事《けいじ》さんだ」

「あらマイハニー鉄二のこと？」

「ご、御亭主さんだったのか」異様な組合せに腰が砕けそうになった白池は、しかし態勢を立て直し言葉を継いだ。「いやそれは結構なことだが……まず質問に答えてもらおうか」

「俺のことだったら」鉄二なる男はギラリと銀縁眼鏡を光らせた。「さすがに御慧眼《ごけいがん》だな若頭、蛇《じゃ》の道は蛇《へび》……そのとおりだよ。ただし、元刑事だがな」

「L県警の出じゃないな。それだったら顔《ツラ》見りゃ一発だ」

「マイハニー鉄二はね、警視庁でもその名を馳《は》せたシャブ狩りだったのよ」少佐なる女がいう。「今は私の情人《いろ》をしてくれているけどね……もっといえば、このビジネスで私の秘書を務めてもらっているの。

警視庁時代、小悪党の上司がやらかした捜査費横領の濡《ぬ》れ衣《ぎぬ》を着せられ、路傍《ろぼう》の犬のごとく組織を追い出されたそのあとからね」

「だが、最初にそれを言わなかったのは」鉄二なる男がいった。「確かにこちらの非礼だ。あんたが罠だと警戒するのも無理はねえ……だから、俺があの腐り切った組織とはまるで無縁だということを証明しておこう」

「ほう、すなわち？」

「あんたら烏丸新潮会は、L県警察の幹部をも上客にしているな？

いや返答は要らねえ。俺の独り言だと思ってくれればそれでいい……

で、そのL県警察だが、近々大規模なガサを打つ。自分自身で、L県警察本部と、L県警察の三一警察署にガサを打つ。当然容疑は覚せい剤取締法違反だ。というのも――これまた俺の独り言だが――L県警察の警察官は、ド派手に薬物汚染されているからな。L県警察としても、いよいよ臭い物に蓋《ふた》をできなくなったと、まあそんな風の噂《うわさ》だ」

「……鉄二さんとやら、あんたその情報をどこから聴いた？」

「こんな状況でなかったら喋《しゃべ》る義理は無《ね》えが、その義理を作ったのは俺の方だ、だからこれまた独り言だが……俺が警察庁に飼っている奴から聴いた」

「そうか、警察庁と警視庁は建物も隣だったな」

「そうだ、現役時代からそれなりにアンテナを展《は》っている」

「その、L県警察が突然ガサを打つ気になったのは何故か解るか？」

「そりゃなんてったって警察本部長に対するテロだ。これで警察庁の堪忍袋《かんにんぶくろ》の緒が切れた。まして警察本部長を爆破するだけじゃ飽き足らず、いきなり第二波のテロまで実行されたからな。L県警察は身内の恥をどうにか隠そうと苦心したが、もはや警察庁の圧力には抵抗できなくなったと、まあこういう話だ」

「……ガサ先はどうなんだ。L県警察がどうなろうと知ったことじゃないが、まさか」

「ここL県全域は烏丸新潮会のシマだ。当然、供給元にも討ち入りを掛けるだろうよ。ゆえにこれは独り言な上に老婆心《ろうばしん》だが……L県警察との取引があるんならしばらくは縁を切った方がいい。ほとぼりが冷めるまでは供給を遮断して連絡を絶ち、組事務所その他のアジトを綺麗にしておいた方がいい」

「鉄二さんとやら、あんたの厚意を信用しない訳じゃないが、裏付けはあるのか。というのも、若頭の俺の一存で処理できる範囲を超えているのでな」

「もし烏丸新潮会との窓口となっている警察幹部がいるんなら、今すぐ連絡を取ってみるといい。既に今夜から所在不明になっているはずだ……そりゃそうだろう、身の危険を感じて、いちはやく逃亡生活に入ったからな。

　そして誰もいなくなったとなりゃ、俺の独り言は真実だ」

「……取り敢えず感謝する、鉄二さん。

　感謝のしるしに、俺も独り言だが――マヌケにも明日、L県警察に今月分の商品を卸しちまう所だった。ちょうど納期だったからな。最悪のタイミングになる所だったぜ。で、問題の大規模ガサだが、日程は？　いつ始まる？」

「遅くとも三日以内」

――ここで、白池若頭と剣呑《けんのん》な会話をしていた鉄二なる男は、いきなり事務的な発言をした。それがまた、この燻し銀の冷静沈着さを強調する。

「少佐、商品の確認を終えたぜ。

こりゃ、いいシャブだ。混じりっけの無え芸術品だ。結晶の顔構《ツラがま》えが違う……

烏丸新潮会さんの前評判、やっぱり伊達《だて》じゃなかったな」

「有難う鉄二、いつも助かるわ」

少佐なる女は、鉄二なる男の頬《ほお》にべっとりねっとりキスをした。もし安藤隼警視が同席していたら、憤慨《ふんがい》し激昂《げっこう》し卒倒していただろう。

「それでは若頭、これにて取引成立――いいわね？」

「無論だ」

「あと、これは鉄二でなく私の独り言だけど――

烏丸新潮会さんとのビジネスで下手《へた》を打ち、結果、烏丸新潮会さんに迷惑を掛けたＬ県警察の警察官たち。あるいは、それを動かしている親玉がいるならそれも。私ならそんなマヌケたちは、大阪湾でイイダコと一緒に泳いでもらうことにするけどね？」

「確かに落とし前は付けてもらわねばならんが、既に逃亡生活に入ったとなるとな……

まして大規模ガサ対策で、組事務所としてもやるべきことが腐るほどある」

「そこは御心配なく。在日米軍が本気になれば、たかが日本の警察幹部などを確保するのに二時間を要しない。もし親玉がいるのであれば、それも四時間以内に梱包《こんぽう》できる。アフターサービスとして、御希望の場所まで宅配もするわ」

「自棄《やけ》に親切な申出だが少佐、それは有料サービスかい？」

「いいえ」金髪碧眼の女は笑った。「いちど本場のヤクザ・ショウを観てみたいだけ」

Ⅷ

翌朝。

既にメアリが金髪碧眼の変装をすっかり解き、鳥居巡査部長が寸劇の成功に胸を撫《な》で下ろしている頃。

場所はL地検、次席検事室。

L県における検察庁の副社長室だけあって、無駄に瀟洒《しょうしゃ》で雄壮である。

この室の主《あるじ》、剣崎努《けんざきつとむ》次席検事は、朝イチで暴力係の検事が持ってきた書類の決裁を終えると、秘書嬢の淹《い》れた珈琲《コーヒー》を優雅に飲み始めた。当然、ブラックだ。剣崎が砂糖もミルクも憎悪していることは、友人知人やL地検の職員ならば誰でも知っている――

――巨大な執務卓を離れ、巨大な窓際にひとり立ち、ソーサーごとカップを持ちながら悦《えつ》に入《い》る剣崎。

ここL地検から二〇〇mほど先のL県警察本部庁舎は、昨夕から立て続けに爆弾テロに見舞われているが――だからその本館も別館も新館も蜂《はち》の巣を突《つつ》いたような大騒ぎだが、検察庁には無関係だ。現在のところ――実にいまいましいが――犯罪の第一次捜査権は警察にある。よってしばらくは『お手並み拝見』モードだ。そもそも、例の五人を使って御子柴本部長爆弾テロを実行させたのは、誰あろう剣崎本人。そして検察官に手の出せる警察官などいない。なら警察捜査が行き詰まること必定《ひつじょう》。その意味でも『お手並み拝見』モードだ。

（ただ、御子柴を処理しようとしたのは確かに私だが）剣崎は若干訝《いぶか》しんだ。（昨夜零時近くに発生した、第二波の爆弾テロは私とは無関係だ……どうやら警察本部庁舎の入口をことごとく吹き飛ばしたそうだが、私にとってそんなこと、何の意味もありはしない。なら、いったい誰が何故、御子柴事件とまったく同じ日に、同じ爆弾テロなどをしでかしたのだろうか……だがまあ、警察は敵の多い組織だからな。暴力団、極左、カルト。それらが便乗犯《びんじょうはん》として日頃の怨《うら》みを晴らしたと、そのような下らん物語だろう）

――ところで剣崎は、L県警察薬物汚染ネットワークを取り仕切る、L県警察本部の首席監察官・監察官室長・地域課長・組織犯罪対策統括室長・組織犯罪対策第三課長がメアリに拉致《らち》されたことも知らなければ、彼等がいささか常軌《じょうき》を逸《いっ》した手段によって全てをゲロってしまったことも知らなかった。剣崎のコーヒータイムの優雅さは、その無知に由来している。しかもその優雅さは、剣崎の夢想へと直結していった。

（この作戦が成功すれば、フフフ……法円坂宮妃行子《ほうえんざかのみやひゆきこ》検事総長もさぞお喜びになるであろう。この私、〈白蜥蜴《しろとかげ》の剣崎〉への論功行賞《ろんこうこうしょう》もまた異例のものとなるに違いない。なら遠からず法務省刑事局長。法務事務次官。中京高検検事長。次長検事そして……）

……悲願の検事総長。二、八〇〇人検察官のトップ。

しかしてその頃には、法円坂検事総長の政略が成功し、検察は警察から第一次捜査権を再奪取しているはずだ。これすなわち、検察は戦前まで堅持していた警察に対する無制限の指揮権を再確立しているはず。ならばそのとき、検事総長とは『二、八〇〇人検察官のトップ』というのみならず、『三〇万警察職員の最高指揮官』ということにもなる。これすなわち、自衛隊に匹敵する実力組織・暴力装置をほしいままにする独裁官ということになる……

（現在、法円坂検事総長の指揮で、日本全国において警察不祥事を引き起こす謀略が進行しているが――まさか『現役警察官六七人が薬物乱用者でした!!』なんてこと、そのうちでもトップクラス、超トップクラスのスキャンダルだ。

すなわち警察の威信を失墜させ、警察を侵略する謀略において、私こそが功一級《こういっきゅう》。

これほどの謀略を仕掛けられる検察官など他にはいまい。ウフッ、ククッ、ウフフフ、アッハハハハハハァ――――――――!!）

剣崎が手にしていたカップが大笑とともに激しく震え、珈琲《コーヒー》がソーサーにあふれる。すると剣崎は御満悦《ごまんえつ》な気分のまま、なんとカップとソーサーを思いきり絨毯《じゅうたん》へ叩き付けてしまった。そして大笑したままその破片を執拗《しつよう》に踏みにじる。唾棄《だき》すべき警察組織を踏みにじるかのように。検事は頭が良すぎるのか、かくのごとくエキセントリックな者が少なくない……

しかし、そのとき。

次席検事執務卓の上の、巨大な電話が鳴り始めた。無粋な機械音。たちまち不愉快になる剣崎。かくのごとく、検事にはマイペースな者が少なくない……

だがその不愉快さはたちまち雲散霧消《うんさんむしょう》した。というのも、剣崎は電話機のナンバーディスプレイを見たからだ。その電話番号と職名が示す、戦慄《せんりつ》すべき発信者――

（け、検事総長秘書官!!　ほ、法円坂直子《なおこ》検事!!）

剣崎は金魚すくいも吃驚《びっくり》のスピードで受話器を取った。動悸《どうき》で口が金魚のようになる。

「大変お待たせ致しました、Ｌ地検次席検事・剣崎でございます」

『剣崎次席、御苦労様――法円坂です』

――ここで、剣崎はＬ地検の第二位者だ。年齢というなら五四歳。六三歳の法円坂検事総長その人にならともかく、その娘であり秘書官でしかない直子に対し、ここまで卑屈で媚《こ》びた態度をとる必要はない……通常ならば。しかし。

（法円坂宮家は皇族……しかも検察はおろか裁判所、いや弁護士を含めた法曹界《ほうそうかい》全体に異様な影響力を有する宮家《みやけ》だ。仮にそれを措《お》いたとしても、宮家としては異様な財力と政治力を有する。

まして行子《ゆきこ》検事総長にあっては、霞が関のあらゆる有力官庁、いやあの鬼の内閣法制局でさえ恐れさせる法令実務の魔女。御嬢様の直子秘書官にあっては、なんと一七歳で司法試験を突破し最年少記録を塗りかえたバケモノ……）

現在の検察は、この皇族母子《おやこ》に支配されている。

裏から言えば、この皇族母子の不興《ふきょう》を買った検察官に明日の朝はない。

『あら、何かお取込み中だったかしら？』

「とんでもないことでございます、直子様」

『で、情報は聴いた？』

「な、何の情報でございましょう？」

『ここ三日の内にも、L県警察本部とL県警察三一警察署にガサが打たれるという情報』

「なんじゃとて⁉

そ、それはいったい誰が‼　誰がそんな莫迦《バカ》なことを‼」

『それは当然、L県警察本部自身に決まっているじゃない、私達検察でないのなら。

……まさか初耳だなんて言わないで頂戴な、仮初《かりそ》めにも〈一捜会〉の端暮《はしく》れならね』

（そ、そういえば朝イチの、そうさっきの決裁で、暴力係の検事が報告していた……

烏丸新潮会に奇妙な動きがあると。今朝方からいきなり、主要幹部がこぞって地下に潜《もぐ》った形跡があると。主立ったアジトを放棄し、だから拳銃・薬物といった禁制品を大きく移動させた可能性があると）

暴力係の検事は、それ以上の情報を入手できていないようだったが……

……しかし、『烏丸新潮会がL県警察本部等へのガサを察知した』というのなら筋は通る。何故と言って、こうなれば、供給元である烏丸新潮会にも討ち入りがあること必定《ひつじょう》だからだ。

（そうか。奴等《やつら》の奇妙な動きは、Ｌ県警察本部等へのガサと連動していたのか）

『それで剣崎次席』

「は、はい直子様」

『この情報が真実だとすれば、あなたが担当している計画はたちまち瓦解《がかい》するけど？』

「し、しかし、そんなバカな……

　日々詳細に御報告しておりますとおり、Ｌ県警察本部において薬物対策を担当する上級幹部は、すべて籠絡《ろうらく》しております。とりわけ組織犯罪対策第三課長を――薬物犯罪の取締りの指揮官を籠絡している以上、ガサ場所がＬ県警察本部であろうと警察署であろうと、そのような愚行《ぐこう》を冒すはずが……それは自分の身の破滅にもつながりますし……まして私は保険を掛け、警察不祥事の調査を指揮する首席監察官と監察官室長をも籠絡しております。そうである以上、御指摘のような身内のガサを主導する者など誰ひとりおりません、いるはずがない」

『だけど確実な情報よ。

　私が運営している、警察庁内の協力者からの提報《ティホウ》なのだから』

「な、直子様直轄《ちょっかつ》のスパイが……」

『しかもその提報によれば――警察本部長のタマを獲《と》られかけた上、その同じ日にまたもや爆弾テロを起こされて、警察庁は怒り心頭、怨《うら》み骨髄《こつずい》。
Ｌ県警察の意向がどうあろうと、またＬ県警察のスキャンダルがどう露見しようと、徹底的にＬ県警察に圧力を掛け、どうあっても三日の内に組織の膿《うみ》を出しきって、御子柴本部長の仇《あだ》を討つとともに、警察組織の正常化を図るつもりとのこと』
「薬物乱用警察官が六七人も存在することを世間に露《さら》しても、ですか？」
『警察庁としても愉快ではないでしょうけど――爆弾テロ事件を解決しない訳にはゆかないし、となると、その動機原因となった薬物汚染スキャンダルも白状しない訳にはゆかないわよ。
それに、どうせ露見するならいっそ自分の手で――という決断は理解できなくもない。事実、あの箱崎警察庁長官が私達の作戦を嗅《か》ぎ付けた可能性は低くないし。とすれば、あの小煩雑《こうるさ》い〈監察特殊事案対策官〉、あの阿婆擦《あばず》れの西有栖綾子《あやこ》が派遣される可能性もまた低くはない』
――ここで、法円坂直子は、いまだメアリのＬ県における跳梁跋扈《ちょうりょうばっこ》を認知してはいない。直子の諜報《ちょうほう》能力はメアリに匹敵するものであったが、なんといってもメアリがＬ県入りしたのは昨晩のこと。様々な捜査を実施して、なお十二時間を要してはいない。メアリが神《しん》速《そく》を尊《たっと》んだのが幸いしたといえよう。というのも、さすがに丸一日も過ぎれば、直子もメアリのＬ県入りを察知できたであろうから。ここでちなみに――言うまでもないが――直子に『Ｌ県警察本部等のガサ』情報をリークしたのはメアリであり、より正確には、その依頼を受けた箱崎警察庁長官である。稀代《きたい》の謀略家として知られる箱崎長官は、直子とメアリに立ち勝る諜報能力の持ち主であった。警察庁内のスパイを泳がせておき、直子に偽《ニセ》情報をリークするなど児戯《じぎ》に等しい。

これらを要するに、現時点では、メアリ＝箱崎組が情報戦を制しつつある――

『さて剣崎次席。そうするとね。

警察の威信は確かに失墜してくれるけど、それは私達に何の果実ももたらさないこととなる。何故と言って、私達のオペレーションの肝《キモ》は、腐敗した警察の恥と罪とを我々検察が摘発することにあるのだから。我々検察こそが正義と秩序の擁護者であると、この国の、人々という愚民どもにあまねく知らしめることにあるのだから』

「お、恐れながら直子様、それはまだ実現可能でございます!!」

『あらそうなの？』

「ま、まだ時間はございます。

警察が身内ガサを検討しているというのなら、我々検察がそれに先んじればよい。警察自身によるガサの前に、我々検察が討ち入りをしてしまえばよい――

よってこれから直ちに令状請求をし、私の指揮で、Ｌ県警察本部及び関連箇所に対するガサを実施いたします!!　さすれば我々の脚本は実現されます!!」

『そのとおり、正解よ、〈白蜥蜴の剣崎〉。確かにそれしか解は無いわ。

なら剣崎次席、お急ぎなさい……もし、警察に先んじられるような結果となれば。

その翌朝、Ｌ地検の次席検事室に座っているのは剣崎努ではなくなる。

剣崎努がそのとき座っているのは、舟の上よ』

「ふ、舟でございますか？」

『そう、運賃が六文銭《ろくもんせん》といわれる渡し舟』

「げえっ」

『我が〈一捜会〉の血の掟《おきて》、まさか忘れてはいないでしょ……じゃあね、しかるべく』

電話は一方的に切れた。

剣崎は巨大な執務卓上で頭を抱えた。

しかしどうにか片手を動かすと、片端からＬ県警察の陰謀仲間らに――剣崎の主観では部下にして奴隷であったが――警察電話を架ける。しかし、誰も出ない。首席監察官、監察官室長、地域課長、組織犯罪対策統括室長、組織犯罪対策第三課長……誰ひとり出ない。出るのは庶務嬢だの庶務係だのばかり。そして一律に連中の不在を告げる。

（何故この非常時に、揃《そろ》いも揃って!!

まさか身の危険を感じ、保身だけを考えて逃亡したのではあるまいな!?）

――仕方が無い。諦《あきら》めた剣崎は、禁じ手としていた行動をとった。

すなわち、剣崎がこの計画において最も信頼する陰謀仲間に架電した。

当該陰謀仲間はまさしく『仲間』――いや同志、いや盟友、いやそれ以上だ。

だからこそこの計画においても、くだんの五人と異なり、剣崎の代理人ともいえる権限と立場を与えて重用《ちょうよう》してきた。くだんの五人の上に立たせ、その統括と監視をさせてきた。まさか、保身を考えて逃亡する者ではない――

そしてその剣崎の信頼どおり、架電相手はすぐに出た。

『もしもし？』

「ああお前か、俺だ」

『どうしたんだい、そんなに息せき切って？』

「……非常事態だ。検事総長秘書官から御下命《ごかめい》があってな」

剣崎が法円坂直子のもたらした情報を説明する。さすがに架電相手も息を呑《の》んだ。

「というわけで、直ちに私が、警察本部と警察署のガサをせねばならんのだ。それなりの量の覚醒剤を押収《おうしゅう》し、警察不祥事として喧伝《けんでん》せねばならんのだ」

『いや……それは無理だよ』

「何故だ!?」

『忘れたのかい、烏丸新潮会が覚醒剤を引き渡してくるのはまさに今日だ。これは毎月恒例の日程だ』

「あ」

『それがどういうことか解るかい？』

「……け、警察本部には覚醒剤のストックが無い」

『そうだよ。前回引渡しを受けた分は、もう六七人に逓送《ティソウ》しちまっているからね』

「ジュラルミンケースの中の袋には、なんというか、そう欠片《カケラ》も残っていないのか？」

『一gあれば五〇回は使える。一〇万円近くもする。欠片も残すはずないだろう？』

「なら六七名から掻《か》き集めることは……」

『それも無理だよ。

　普段だってもう使い切っているタイミングだし、まして御子柴本部長による調査が始まっちゃったからね。使い切っていない奴だって、そりゃトイレにでも流すさ』

「ということは、警察本部であろうと、各警察署であろうと、六七人から返してもらうなり貸してもらうなりするのは……」

『絶望的だね。考えるだけ無駄だ』

「そうすると、警察本部にガサを掛けても、各警察署にガサを掛けても、覚醒剤なんて出てくる訳がない」

『そうなる。

　まして今は状況が最悪だ――知っているだろう、昨晩のテロ第二波』

「あれは俺じゃないぞ？」

『もちろん知っているさ。けど今大事なのはそんなことじゃない。

　今大事なのは、あのテロ第二波が、警察本部庁舎の全ての入口を爆破したってことさ。要は、受付もセキュリティゲートも見事に吹き飛ばされたってことさ』

「それがどうして最悪なんだ？」

『入退庁管理が無茶苦茶《むちゃくちゃ》厳しくなったからだよ!!

そもそも警察本部長がテロられている。まして庁舎の入口が爆破された。となれば、警察としては、何者かが警察本部庁舎を狙っていると考えるのが道理だろ？　攻め込みに来るのか、盗みに入るのか、殺しをするつもりなのかは解らないけど。

だから今、警察本部庁舎は、本館であろうと別館であろうと新館であろうと、飛行機のチェックイン以上の検査を受けないと入れないし出られない。いや職質の所持品検査レベルで身体の捜検《そうけん》をされる。これを要するに』

「成程《なるほど》、最悪だ……」

覚醒剤が入手できず、だから警察本部等に仕込めないのも最悪だが——それよりも何よりも、そもそも警察本部に覚醒剤を持ち込むことができないのだ。

もっとも剣崎は頭官《けんかん》、しかも検事の頭官だから、さほどのセキュリティチェックは受けないかも知れない。だがその場合でも、警察本部に持ち込めるのは精々《せいぜい》数パケ程度だろう。これすなわち一g未満、そう一〇回分か二〇回分か三〇回分か……どのみち『個人の犯罪』レベルにしかならない。

検察が、鉦《かね》や太鼓《たいこ》で大騒ぎして鳴り物入りでガサを打って、押収できるのは一g未満。それは既に実績どころか大恥である。国民とメディアの喝采《かっさい》を受けるというのなら、せめて『大量押収事案』と認定される一kg以上でなければ。すなわち桁《けた》が三つも違う。

『……ただ、嘆いていても始まらないよ。どうにかしなきゃ。

それこそ命が懸かっているんだろう？』
「しかし事ここに至っては……ええい、奇妙な便乗テロさえ無ければ!!」
『どうだろう、確かに今現在、警察本部に仕掛けるのは到底無理だけど
警察署の方に仕掛けるのはそんなに難しくない、はずだよ』
「……各警察署のセキュリティレベルはどうなんだ？」
『警戒強化が呼び掛けられてはいるけど、警察本部ほど厳格じゃない。ほとんど平時どおりと言っていいくらいだ。ふたりでやれば、L市内にある市内署には仕掛けられるんじゃないかな？　更に時間の余裕があるようなら、L市外の郡部《ぐんぶ》署だって無理じゃない』
「ふむ……それもそうだな」
『まして、警察本部のセキュリティチェックだって完璧じゃない。
どこかに穴があるかも知れないし、どこかにヒューマンエラーがあるかも知れない』
「それもそうだ」
『だとすれば、取り敢えず市内署に仕掛けるのを最優先にしよう。同時に、どうにか警察本部にスキが生まれるのを待つ――
いずれにせよ、覚醒剤を準備すべきだね。繰り返すけど、ストックが切れているから』
「それもまたそうだが、実は俺が入手した情報だと、烏丸新潮会は今地下に潜っているらしい。なるほど覚醒剤の納期は今日だが、無事連絡があるかどうか。あったとして、これまでのように無事卸してくれるかどうか……」

『それはいつもどおり、入荷の連絡を待つしかないよ。幸か不幸か、烏丸新潮会との取引は僕らの担当だから。保管と小分けと配送は、首席監察官たち五人の仕事だけど』

「だがその覚醒剤を準備できたとして、それを何処《どこ》に保管する？　お前のところは無理だろう？

いつものように、あの五人に保管させるのも今は無理だ、警察本部が使えんからな」

『ならもうL地検……いや、L地検次席検事室しかないだろうね』

「実に汚《けが》らわしいことではあるが、やはりそれしかないか。

こんな汚らわしいブツは、警察本部なり警察署なりに置くのが人の道なのだが」

『警察本部がこういう状態になった今、検察庁が世界でいちばん安全な隠匿《いんとく》場所だよ』

「そうだな。しかも、速やかに警察署に仕掛けて回るわけだからな。それまでの辛抱だ」

『覚醒剤を回収するときと、覚醒剤を仕掛けて回るときは協力するから、すぐ連絡して』

「有難《ありがと》う。やはり頼りになるのはお前だけだ……

あっ、ところで例のおバカ五人衆だが、全く連絡が取れん。何度電話しても、不在だと部下が告げるばかりだ。お前は何か知っているか？」

『えっ首席監察官たちが不在？　連絡が取れない？　いや全然。

そういえば今朝から首席監察官も監察官室長も顔を見ないけど……ただゴメン、地域課長なり組織犯罪対策統括室長なり組織犯罪対策第三課長なりは、動向すら分からない』

「それもそうだな。まあいい。今更あのような浅学非才《せんがくひさい》な蛆虫《うじむし》どもを頼りにはできん」

『じゃあ連絡を待っているから』

「頼む」

――盟友との電話を終え、対処方針も固まり、待つこといよいよ一時間。

望む電話がとうとう入った。

『もしもし、烏丸新潮会の白池だ』

「ああ待っていたぞ、剣崎だ……」

ん？　声の調子がおかしいが、風邪でも引いたか？」

『ま、まあそんなところだ。そんなことより、今月の取引だが――』

「いつもどおりでよいのだろうな⁉」

『何をそんなに焦《あわ》てやがるんだ。もちろんいつもどおりでいいぜ。

今更繰り返すまでもねえが、あの河原町丸太町《かわらまちまるたまち》の交差点近く、例の雑居ビルの非常階段裏にジュラルミンケースを置いておく。今月は一〇kgだ』

烏丸新潮会との取引を担当する剣崎は、無論その『例の雑居ビルの非常階段裏』を知っていた。そこは実に好都合なスポットだった。剣崎が検事としての職権を濫用《らんよう》して確認するかぎり、なんと今時防カメの死角、防カメの盲点なのだ。まして、車両の駐車位置さえ注意すれば、なんと今時防カメに捕捉《ほそく》されず、そこから車両に入り、そのまま発車することさえできてしまう。剣崎はその安全性に今一度頷《うなず》きながら、白池との会話を続ける――

「支払方法も、いつもどおりでよいな⁉」

『ああ、今月は五億ポッキリでいい。先に現ナマのアタッシェをそこへ置いといてくれ。しかし、調査活動費だったか？　五億円もの現ナマがアッサリ用意できるたあ、検察ってのも景気のいいところだなオイ』

「我々選良《エリート》にとって、カネなどどうとでもなるものだ。それより覚醒剤はいつ回収させてもらえるんだ⁉」

『一時間後だ。一時間後にはジュラルミンケースが置ける、こっちはな』

「こっちも問題はない。一〇分もあれば現金は詰められる」

『なら顔も見ねえで恐縮だが、今月も商談成立だ。

五億円に問題がなきゃ、あんたは一時間後にブツを回収できるさ。じゃあな、あばよ』

――四五分後。

通勤車両で指定場所付近に乗り付けた剣崎次席検事は、同行してくれた盟友とともに、雑居ビルの非常階段裏へ五億円を設置し終えた。そしてそのまま通勤車両に取って返し、時間が過ぎるのを待つ――

やがて、白池との電話からきっかり一時間後。

再び雑居ビルの非常階段裏に取って返したふたりは、五億円が回収されているのと、入れ換わりに剛毅《ごうき》なジュラルミンケースが放置されているのを見出《みいだ》した。ふたりはともかく手袋を着装し、ジュラルミンケースを車両に搬《はこ》び入れる。そして車両内で覚醒剤の確認を始める。総量と品質も重要だが、何より『これが覚醒剤であること』の確認が最重要だ。

そしてふたりにとって、覚醒剤試薬を用いて商品のランダムサンプリングをするのは何ら難しくはない——それはそうだ、仮初めにも治安関係職員である。無論、このようないかがわしい取引における用心として、GPS発信機だのボイスレコーダーだの秘匿《ひとく》カメラだの、足をすくわれかねないアクセサリーがないかどうかも、徹底して確認し消毒《ショウドク》を終えた。また再論だが、今車両が防カメの盲点にいることは確実である。

——そして、覚醒剤試薬の反応色はというと。

「よかった、間違いないな」剣崎は安堵《あんど》の嘆息《ためいき》を吐いた。「どの結果を見ても覚醒剤だ。ただ気のせいか、ほのかに土の匂いがしないでもないが」

「言われてみれば……」

あっ、このジュラルミンケース泥が付いているよ。どこか泥濘《ぬかるみ》にでも置いたんだろう」

「まったく暴力団という奴は。私の可愛いボルボが泥で汚れたではないか」

「まあまあ。それより急いで検察庁に搬ぼう」同行者はいった。「バカな地域警察官に、職質でもされたらつまらない」

「ハッ、それもそうだ——」

徹底拒否したあとで秋霜烈日《しゅうそうれつじつ》バッジを見せて度肝《どぎも》を抜いてやるかな、あっは」

剣崎次席検事は直ちに通勤車両をL地検に向けた。いよいよ禁制品を所持しているとあって、不審な車両が付いてきていないか、尾行切りをするのも忘れない。L地検に車を入れるときは無論顔パス。また、次席検事の同行者を誰何《すいか》する者などいはしない。そもそも同行者はＬ地検で顔が割れていない。

――そんなこんなで、ふたりは難なく次席検事室に入った。

そしてまた手袋を着装すると、もう一度ジュラルミンケースを開き、もう一度覚醒剤試薬で透明な結晶のランダムサンプリングをする。結果はむろん変わらない。あとは、各警察署なり警察本部なりにもっともらしい量を仕込むべく、総量を小分けにするだけだ。パケを適度に作っておくのもよいだろう。そんな下働きは本来、あの首席監察官ら五名のやることだが、今回ばかりは仕方が無い……

「よし、最終確認も終了だよ――で、どこに隠しておくんだい？　小分けはどこで？」

「いや、隠す必要などないだろう」剣崎はやっと早朝の余裕を取り戻していた。「自然に、私の執務卓の下へ置いておくさ。そして執務卓上で小分けする。何の危険もない。いったい誰が、地検次席検事室を捜索するというのだ？」

## Ⅸ

同日、午後一時弱。

無駄に広い、Ｌ地検次席検事室。

その応接卓で特上穴子《あなご》丼を平らげ、その脂《あぶら》を伊勢海老《いせえび》の味噌汁の脂で上塗りしていた剣崎検事は、しかしいきなり真横から声を掛けられた。

「失礼します、剣崎次席」

「なっ」思わず味噌汁を吹き出す剣崎。「誰だ、食事中にッ!!」

「警察庁監察特殊事案対策官の」警察手帳が呈示される。「西有栖《にしありす》警視正と申します」

「に、西有栖だと……!!」

法円坂宮家の政敵にして、検察庁非公然組織〈一捜会〉の怨敵《おんてき》である西有栖綾子。無論それを知らぬ剣崎ではない。知らぬどころか、検察にとって最大の脅威である。

「ぶ、無礼ではないか、よりにもよって次席検事室にノックすらせず!!」

「顕官《けんかん》らしい御昼食に没頭しておられたので、お邪魔するのも躊躇《ためら》われまして」

「あからさまに邪魔をしておいて何を言う!!」

「では更にお邪魔を。

L地検次席検事・剣崎努さん。あなたを被疑者とする覚せい剤取締法違反被疑《ひぎ》事件について、お話を伺《うかが》いたいことがございます」

「なん、だと……？」

「これから、警察庁監察特殊事案対策官室まで任意で御同行願えますか？

それともこちらでお話を続けましょうか？」

「この私が、覚醒剤事犯の被疑者だと言うのか？」

「はい」

「なら被疑事実は何だッ!!」

「剣崎次席。

剣崎次席は指定暴力団・烏丸新潮会から一〇kgの覚醒剤を譲り受け、かつ、それを現に所持しておられる」

「ハッ、莫迦《ばか》なことを……」

「では否認なさる？」

「当然だろう」

「ならこの動画を御覧《ごらん》ください」

剣崎が『出て行け!!』と一喝しようとしたその刹那《せつな》、西有栖綾子はちゃっかり応接卓のソファに座してしまう。そして有無を言わさぬ、しかし優美な所作《しょさ》で自らの警電《ケイデン》タブレットを取り出した。とん、とん。かろやかなタップとともに動画アプリが起動し、剣崎の眼前で、極めてクリアな映像が再生されてゆく――

（これは……!!）

まず剣崎が目撃したのは、無色透明の結晶の山だった。次にそれが、試薬と思《おぼ》しきものによって検査されてゆく様《さま》。そして、試薬の色があざやかに変わる様。覚醒剤試薬の種類は限られるから、この色の意味が分からなくとも、専門家がこの動画を観れば『無色透明の結晶』が覚醒剤であることはすぐに分かるだろう。

次いで剣崎が目撃したのは、その『覚醒剤』がびっしりと袋詰めされてゆく様《さま》。そして袋詰めされた覚醒剤が、ジュラルミンケースにびっしりと詰められてゆく様。無論、そのジュラルミンケースというのは、今日の午前中に剣崎が回収してきたあの覚醒剤入りジュラルミンケースである。当事者である剣崎にとって、見紛《みまが》いようもない奴だ。

（覚醒剤の、詰め込み作業……？）

　メアリへの抗議も忘れ、思わずタブレットを凝視してしまった剣崎が訝《いぶか》しんでいると――かなりの接写だった動画が、やや視界を広くする。だから今度は、覚醒剤の袋を詰め込んでいる『人間』の様子が分かる。それは五十路《いそじ》と思しき男だった。渋味のある銀髪に、ドスの利いた銀縁眼鏡が特徴的で、どこかやさぐれた感じがする。その燻《いぶ》し銀《ぎん》のような男は、淡々《たんたん》と覚醒剤の封入を続けていたが……しかしよくよく観れば、男は単純にジュラルミンケースの荷造りをしている訳ではない。もっといえば、男は単純に袋入り覚醒剤を詰め込んでいるだけではない。

（詰め込む前に……ケースに入れる前に、覚醒剤の入った袋の中へ何かを振り掛けている。いやむしろ、袋の中の覚醒剤に、満遍《まんべん》なく何かの粉みたいなものを振り掛けている）

　無論、その粉というのは非常に微細で微小なものだ。食塩ほどの大きさだろうか。砂糖ほど大きくないのは確かである。また無論、黒だの赤だの、目を引くような色はしていない。白か灰色か極薄《ごくうす》の黄色か……パッと見では識別できない程度の色。

　それはそうだ。もしこの動画があのジュラルミンケースとあの覚醒剤を撮影したものならば、この粉のようなものは今日の午前中、剣崎自身の目にも入ったはずである。だが剣崎は、およそ『粉』なるものをまったく意識しなかった。今記憶を顧《ふりかえ》ってみても、こんな

『粉』が掛かっていたかどうかなど思い出すこともできない。

要は、動画の中の男が覚醒剤に塗《まぶ》していたのは、その程度の、あまりにもささやかな『何か』であった――

――やがて覚醒剤は密封される。むろん正確には『粉のようなものを塗《まぶ》された覚醒剤』になるのだろうが。そして密封された覚醒剤の袋はどんどんジュラルミンケースに詰められ、今度はジュラルミンケースがバタン、と閉じられる。どうやら荷造りは終わったようだ。しかし動画の中の男は、もう搬送できる状態になったジュラルミンケースに、またも先程《さきほど》の『粉』を振り掛け、塗してゆく。それも、かなり丁寧に。ジュラルミンケースの上面にも底面にも側面にも。しかしジュラルミンケースは銀色なので、『粉』を視認することはできない。動画はかなり画素数が多くクリアだが、それでも無理だ。剣崎はまた今日の午前中の記憶を顧《ふりかえ》った。駄目だ。こんな『粉』が掛かっていたかどうかなど、まったく思い出せない。気にもしていなかった。

するといつしか動画と記憶に没頭してしまっていた剣崎に、メアリがいう――

「剣崎次席。実はこの男、警察庁の獲得した烏丸新潮会内の協力者なのです」

「何だと？　警察のスパイ？」

「そして私の依頼に応じ、とある作業をしてくれました」

「……どんな作業だ」

「ここで、剣崎次席。

剣崎次席はこの次席検事室に覚醒剤を保管しておられますね？」

「まさかだ」

「この動画にあるジュラルミンケースをお持ちではないのですか？」

「知らんね」

このあたり、剣崎もしれっとした男である。何故と言って、今日の午前中に回収し搬入し終えたジュラルミンケースは――そう今この瞬間も――ふたりが座している応接卓から数歩の距離にある、執務卓の脚元にあるからだ。

「本当に御存知ない？」

「くどい」

「そうですか。それでは仕方ありませんね――安藤」

「はい、対策官」

すると、次席検事室に新たな人物が入ってきた。超スクエアな眼鏡に、あきらかに吊《つる》しではない細身のスーツを凜々《りり》しく着こなした男である。その怜悧《れいり》な顔貌《がんぼう》と体躯《たいく》から、剣崎はそれが警察官であることを直ちに理解した。理解したが、しかし、次席検事室に入ってきたのはその警察官だけでなく……

「な、何だその犬は!?」

「私の猟犬で、エアデール・テリアのネルソンちゃんですわ。

ちなみにこちらは私の部下で、警察庁監察特殊事案対策官補佐の、安藤隼警視」

「ネルソンだかウェリントンだか知らんが、次席検事室に犬など入れおって――覚せい剤取締法違反の話はどうなった⁉　この呪いのビデオみたいな動画の意味は⁉」

……成程《なるほど》、それは確かに犬であった。そして確かにテリアである。仔馬《こうま》の縫《ぬ》いぐるみのような愛らしさが特徴的だ。もふもふした脚に、ちょこんと立った愛嬌《あいきょう》ある尻尾《しっぽ》、そして黒くくりくりした瞳《ひとみ》と鼻。『猟犬』なる紹介は間違いなのではないかと思わせるほど、トコトコ、テクテクした愛くるしいそれは犬だった。

「エアデール・テリアは英国が誇る猟犬で、とりわけカワウソ猟が得意なのですが――その優れた嗅覚《きゆうかく》から、英国でも日本でも、警、察、犬として活躍しておりますわ」

「……警察犬、だと？」

「ゆえに、私が命じた獲物《えもの》を捕り逃すことはありません、絶対に。では安藤、お願い」

「了解しました、対策官」

安藤なる警視が、犬に何かを命じる。

犬は一瞬の狂喜乱舞《きょうきらんぶ》ののち――猟が好きで好きでたまらない様だ――ぼこんと伸びた可愛らしい顔をクンと頷《うなず》かせると、そのまま安藤の元を離れ、トコトコ、テクテクと次席検事室を闊歩《かつぽ》してゆく。やがて何かを狙い定めたような瞳になると、無駄に瀟洒《しようしや》な絨毯にくりくりした鼻を付け、いよいよドアのたもとから剣崎の執務卓へ肉迫していった。最初は日なたぼっこついでの散歩のようだった歩調が、どんどんどんどん加速して駆け足になってゆく。

巨大な次席検事室を駆け足したネルソンちゃんがゴールとし、立ち止まって『わん!!』と嬉しそうに吠えたその場所は、もちろん――

「西有栖対策官」安藤がネルソンちゃんを撫でた。「ございました、ここ、ここに」

「執務卓の上にお出しして」

「了解しました、対策官」

安藤はメアリの下命《かめい》どおり、ネルソンちゃんが嗅ぎ当てた獲物を、剣崎の執務卓の上にドンと置いた。

「剣崎次席検事」メアリがいう。「もう一度この警電タブレットを御覧ください。そう、この動画のジュラルミンケース――確実に覚醒剤が封入されたジュラルミンケースを。これは形状、塗色《としょく》、規格、寸法そして泥の付き方に至るまで、只今《ただいま》ネルソンちゃんが発見したあちらのジュラルミンケースと同一と認められますが、剣崎次席検事の御意見は如何《いかが》でしょう？」

「……成程《なるほど》、外観上はそっくりだし動画との類似も認めるにやぶさかではないが、確実に同一と断定するにはそれこそ動画の画像解析が必要だろうし、そもそも画像は編集・加工ができるものだ。一〇〇％の同一性など、立証のしようもあるまいよ」

「要するに、御自分の執務卓の下に隠匿《いんとく》なさっていたジュラルミンケースは、烏丸新潮会から譲り受けたものではないと？」

「無論だ」

「でも、おかしいわ」

「何が」

「動画のジュラルミンケースと執務卓上のジュラルミンケースは、絶対に同一のものですもの」

「あっは、何を証拠にそんなことが断言できるというのだ？」

「だって、あのジュラルミンケースは世界にたったひとつしか存在しないものですもの」

「そんな莫迦《バカ》なことが」

「ある」

「執拗《しつこ》いな、何故だ⁉」

「この世に白トリュフの香りがするジュラルミンケースなど、昨晩私達が用意したもの、たったひとつしか存在しませんもの。

　日本国内はもとより、中国・香港・北朝鮮、カナダ・メキシコ・合衆国、ロシア・台湾・ヴェトナム、ケニア・ナイジェリア・南アフリカ……いえ世界中の何処《どこ》を鉦《かね》や太鼓《たいこ》で捜し回ってもそんなもの存在しませんわ、絶対に」

「し、白トリュフの香り、だと……」

　確かにメアリの指摘は正しい。この世にファブリーズの匂いがするジュラルミンケース、新車や他人の家の匂いがするジュラルミンケースはあったとしても、まさかg当たり一、〇〇〇円以上はする世界三大珍味のひとつ、限られた量を料理にふりかけるなどして食べる白トリュフの香りがするジュラルミンケースがあろうはずもない。松茸《まつたけ》の香りがするジュラルミンケース、新蕎麦《しんそば》の香りがするジュラルミンケースが存在しないのと同じ道理だ……。

「……そ、それではまさか、動画の中の男が振り掛けていたのは!!」

「白トリュフ三〇〇gを徹底的に破砕《はさい》した粉末ですわ。

そして動画で御覧いただいたとおり、このジュラルミンケースに封入されたのは確実に覚醒剤です――試薬で検査までしていますから。そうしますと、当然の結論ですが、次席検事の執務卓上にあるジュラルミンケースにもまた、真物《しんもの》の覚醒剤が封入されていることとなります。確認したいと思いますので、ケースを開いてもよろしいですか？」

「……断る」

「あら不思議。御理由などあれば」

「黙秘する」

「地検の次席検事さまともあろう御方《おかた》が、執務室に極悪な禁制品《きんせいひん》があるかも知れないというのに、それを確認したくはないのですか？」

「――――」

剣崎は思わず項垂《うなだ》れた。渋面《じゅうめん》を作ったとき反射的に、頭も下げてしまった。

剣崎としては異論もあろうが、それは黙示《もくじ》の承諾ととられても仕方の無い態度だった。

「安藤、治安の守護者として是非《ぜひ》確認なさりたいそうよ。必要な箇所を開いて頂戴」

「了解です、対策官」

安藤が打ち合わせどおりにジュラルミンケースを開く。そしてまたネルソンちゃんをポン、と撫でる。

意気に感じたネルソンちゃんが勇躍《ゆうやく》、次席検事卓上に躍《おど》り上がり、たちまちケース内の袋に愛嬌ある鼻を付ける。ひと袋、ひと袋、またひと袋。むろん、無色透明の結晶が詰められた袋を鼻で突《つつ》くたび、場違いなほど可愛らしい声で『わん!!』と鳴く——

「有難う安藤、ネルソンちゃん。

——さて剣崎次席検事、これでジュラルミンケースの中身も疑いなく覚醒剤であることが証明されました。更に言えば、烏丸新潮会において準備された真物の覚醒剤であることが証明されました。理由はシンプル——この世に白トリュフの香りがする覚醒剤など、他には絶対に存在しないからですわ。他のどんな物質にまして、存在しない」

（なんということだ——）剣崎は血の出るほど唇を噛《か》んだ。（——指紋から追跡されぬよう手袋をした。取引場所は防犯カメラの盲点だった。駐車場所もだ。GPS発信機、ボイスレコーダー、秘匿《ひとく》カメラ等の採証《さいしょう》機器が仕込まれていないことも確認した。車両の尾行切りも万全だった。いやそもそも覚醒剤に個性などない。『ある覚醒剤が他の覚醒剤と全く同一であること』の証明などできはしない。

だがそれを、こんな型破りな遣《や》り口《くち》で……!!）

「では剣崎次席検事。何か弁解すること等があれば」

「き、貴様に弁解することなど無い。

……そもそもこのジュラルミンケースは、私が午前中の出張から帰ってきたとき、何故か私の執務室に放置されていたものだ。邪魔に思って執務卓の下に置き直したが、私がしたのはそれだけで、私が知っているのもそれだけ。これを開いてさえいない。成程《なるほど》、このジュラルミンケースの出所は烏丸新潮会なのかも知れんが、そんなこと私が知りようはずもない。そしてこれは誰かが勝手に置き去ったもの。私自身は一度も開いてはいないもの。ゆえに私はその中身を知らなかった。それはそうだ、一瞥《いちべつ》だにしていない」

「どなたかが置き去ったというのなら不気味ですわね、調査を命じられては？」

「多忙ゆえその時間が無かった」

「優雅なお昼御飯を満喫されていたようでしたが――

しかし取り敢えず中身を確認するのが公務員としての義務では？」

「拾得物の取扱い権限は警察官にある。検察官にはない。常識だろう」

「だから摩訶《まか》不思議な置去り物件を開けようともしなかったと？」

「まあそうだな。後程《のちほど》総務課に命じ、警察に届けさせようとは思っていたがね」

「でも、おかしいわ」

「……何が」

「だって、このジュラルミンケースの中の袋。

微妙な裂け目が幾つかあるんですもの。ましてそこから覚醒剤の結晶が微妙に零《こぼ》れているんですもの。そしてこれがとってもおかしなことなんですけど――執務卓の中に、覚醒剤検査キットが入っているんですもの。うち幾つかは使用済みなんですもの。もちろん結果は陽性なんですもの」

「貴様、人の執務卓を勝手に!!」

「あら、必要な箇所を開く許可は、先程《さきほど》頂戴しましたけど」

「ふ、巫山戯《ふざけ》たことを……」

「これで、①剣崎次席がここ次席検事室でジュラルミンケースを開いたこと、②無色透明の結晶が入った袋を裂いたこと、そして、③当該結晶が覚醒剤であると確認したことが証明されました」

「わん!!」

「よってL地検次席検事・剣崎努。

いえ検察庁非公然組織〈一捜会〉幹部、〈白蜥蜴の剣崎〉。

まずは覚せい剤取締法違反(所持)の現行犯で逮捕します。

無論、L県警察の警察官複数に対する譲渡《ゆずりわたし》の罪についても、御子柴警察本部長に対する爆弾テロについても、法円坂検事総長の関与についても、じっくりとお話を聴く予定ですわ――

さあどうぞ御準備を。警察庁まで御案内します」

「このド腐れジト瞳《め》小娘が……

　これで〈一捜会〉に、まして法円坂宮妃行子女王殿下に勝ったなどと思うなよ!!　俺は絶対に貴様の軍門には降《くだ》らん!!　貴様に喋《しゃべ》る舌など持たんし、まして貴様の現行犯逮捕など認めん!!　これは違法な泳がせ捜査で、すべては違法収集証拠だ。徹底的に戦ってやる。警察庁などには同行せんし、有形力を用いて連行するというのなら三〇分で釈放に持ち込んでやる!!　検事を、舐《な》めるなァ――――――ッ!!」

「あら悪いお口。でも安心しましたわ」

「フン、負け惜しみか？」

「安藤、やっぱり警察庁には同行したくないそうよ」

「予想はしていましたが……そうすると」

「ええ、プランBで」

「私は警察官ですので、そのような処理方法は採りたくないのですが……」

「あら私もよ。前段も後段もそうでしょ？　ただ烏丸新潮会との約束もあるしね」

「か、烏丸新潮会だと？」剣崎はメアリを睨《にら》んだ。「小娘貴様、何を謀《たくら》んでいる!!」

「剣崎努さん。

あなた大阪湾のイイダコはお好き？　水泳はできる？」

# X

同日、午後二時。

メアリは剣崎の身柄とネルソンちゃんを、もう顔をさらしてもよい鳥居巡査部長に預けた。鳥居は無論、烏丸新潮会の白池若頭のもとへ向かう。

そしてすぐさま安藤を随行《ずいこう》とし、Ｌ県警察本部本館に入った。通用口では厳しいセキュリティチェックが行われていたが、メアリのボンボニエールを――帝陛下《みかどへいか》から下賜《かし》された十六八重表菊《じゅうろくやえおもてぎく》の御紋《ごもん》入り菓子入れを、敢えて開こうとする警察官はいなかった。

――メアリは無事庁内に入り、そのまま本館三階に向かう。

そして白墨で『厚生課』と所属書《しょぞくがき》が出されているセクションへ、どこまでもナチュラルに入ってゆく。メアリが目指したのは庶務係だ。もっといえば庶務嬢だ。そして警察の各セクションで庶務係なり庶務嬢なりを見付けるのは難しくない――

「こんにちは」

「……はいこんにちは。何方様《どちら》でしょうか？」

「警察庁監察特殊事案対策官の、西有栖警視正と申します」

「カンサツトクシュ……け、警視正さまですか、本庁の」

「厚生課長様に御挨拶《ごあいさつ》申し上げたいのですが、今よろしいでしょうか？」

「は、はい直ちに確認いたします!!」

庶務嬢は数歩ほど離れた大きな執務卓へと駆けてゆく。L県警察の厚生課長は個室を持たないようだ。彼女は大きな執務卓に座る、枝豆のような禿頭《とくとう》をした、人好きのする顔の警察官に声を掛ける。二言三言《ふたことみこと》のやりとり。数秒も掛からず、庶務嬢はメアリのもとへ帰ってくる――

「お待たせしました西有栖警視正。課長ですが、今は特に予定がございません。どうぞ課長卓わきの応接セットにお進みください。ただいま珈琲《コーヒー》をお持ちいたします」

「ありがとう」

メアリと安藤は課長卓に向かう。

だが厚生課長は既に椅子から立ち上がっていた。柔和な微笑みを枝豆顔に浮かべながら、メアリと安藤に軽く室内の敬礼をし、ふたりを応接セットに誘《いざな》う――

「御多用中恐縮ですわ、厚生課長様」

「初めてお目に掛かります」厚生課長はふたりに名刺を差し出した。「L県警察本部の厚生課長でございます――まあどうぞ、さあどうぞ。本庁からでしたらお疲れでしょう」

「突然お邪魔して申し訳ございません――」

メアリはソファに座った。ちょうど庶務嬢が警察名物『コーヒーメイカーで煮詰めすぎた薄すぎる珈琲《コーヒー》』を三人分、搬《はこ》んでくる。

「――実は知人が貴県で、しかもこの近くで、役所勤めをしておりまして。つい今し方、挨拶に行ってきたのです。それが終わったとき、確かＬ県警察本部は——特にその厚生課さまは——僭越《せんえつ》な物言いですが極めて実績優秀だということを思い出しまして、監察関係の室長として、ひとこと御挨拶と御督励《ごとくれい》をと思いまして」

「当課の実績とおっしゃいますと、きっと——」

「——ええ、受動喫煙対策と禁煙治療の関係です。確か警察庁長官賞まで御受賞なさって。多くの警察官が救われたと思います。これまた僭越ではございますが、箱崎長官の名代《みょうだい》として、改めて御礼《おんれい》申し上げます」

「それはたいへん御丁寧にありがとうございます。警察庁のお偉い方からまたもお褒めを頂戴したとあらば、厚生課員の士気も大いに上がりましょう。西有栖警視正のおことば、課員に必ず伝達させていただきます」

「あら、ちょうど珈琲《コーヒー》を淹《い》れていただいておりますわね、なら」

メアリはスーツからボンボニエールを出した。掌《てのひら》サイズの、とても小さな菓子入れである。といって、即物的にいえば飴《あめ》の缶と変わらない。ただ純銀のまばゆさと、蓋を飾る金の鳳凰《ほうおう》といわゆる菊の御紋《ごもん》が、この上ない気品を醸《かも》し出している。

メアリはその銀のボンボニエールをぱかりと開けた。

「頂き物のお裾《すそ》分《わ》けで恐縮なのですが——

厚生課長様、せっかくなので、こちらのお砂糖をお試しください」

「……砂糖、ですか」成程《なるほど》、ボンボニエールには派手に砕いた氷砂糖のようなものが入っている。「砂糖を頂戴するなど、めずらしい経験です。何か銘《な》のある砂糖なのですか？」

「実は、先刻お邪魔した知人から頂戴したものなのです」

「ほう」

「お邪魔したとき、ちょうどこのお砂糖の大きな袋を卓上に出しておられて」メアリはしれっと嘘八百を続けていった。「また、ちょうど袋を裂いて小分けにしようとしておられて。そこへ私が入室してしまったのです。タイミングが悪かったのでしょうか、とても吃驚《びっくり》しておられて……何故そんなに吃驚したのかと問うと、『これは大変貴重な氷砂糖だから、お裾分けのため慎重に小分けしていたんだ』とのことでした」

「ははあ、なるほどですね」

「そこで、実は私、甘い物には目が無いものですから、はしたなくも『それほど貴重なお砂糖ならば、このボンボニエールに少量、分けていただけませんか？』とお強請《ねだ》りしてしまったのです」

「あっは、なるほど、いやそれは無理もないでしょう」

「知人はあからさまに渋い顔をして嫌がりましたが――どうしてあんなに抵抗したのかしら――私がパッとひとかけら手に採ってしまったのを見ると、うふふ、まあ観念したのでしょうか、それはもう渋々、ほら、このボンボニエールにこんな少量だけ分けてくれたのです」

「そうだったのですか、あはは、いや西有栖警視正は何も悪くありませんよ。

女性の前で甘い物を独り占めしようなどと、所詮《しょせん》無理な話です」

「と、いうわけで」メアリはその結晶を自分のカップに投じた。「厚生課長様にもお裾分けを――ああ、氷砂糖の割りにはとても溶けやすいようなので、若干多めに入れてしまってかまわないと思います」

「それではお言葉に甘えて、ひとつ御相伴《ごしょうばん》を」

厚生課長はその無色の結晶に微妙すぎる、しかし本能的な警戒感を憶《おぼ》えたが……

あきらかに帝陛下から下賜されたボンボニエール。普通の砂糖といってよいほど小さな粒立《つぶだ》ち。持参してきたのは警察庁本庁の府令職《じょうきゆうかんぶ》。自分を褒めに来た女警視正だ。まして、この女警視正は自ら率先してドカドカと当該《とうがい》砂糖を投じている……ゆえに、厚生課長の本能的な警戒感は、彼の首をほんのわずか傾《かし》げさせただけだった。その警戒感は、それこそ砂糖のように溶けた。よって、厚生課長もまた、その結晶を自分のカップに投じた。

「こんな感じで？」

「いえまだ大丈夫でしょう――もう大盛り一匙《ひとさじ》、二匙」

「ありがとうございます」

「いえこちらの都合ですから」

メアリは率先して、その結晶を大いに溶かした珈琲《コーヒー》を飲んだ。

安藤もすぐさまそれに倣《なら》う。

もちろん厚生課長も、ふたりのリズムに釣られる感じで珈琲《コーヒー》を口に入れた。

（……むっ）厚生課長は思わず顔をしかめたが、しかし上位階級者への礼儀のため、必死でその不味《まず》さに耐えた。（に、苦い、苦すぎる……あれほど砂糖を入れたというのに。砂糖をドカドカ入れたら苦くなるなんてことがあるのか？　しかもこの、奇妙な薬品のようにビリビリする怪しい刺激は何なんだ……

ただ、西有栖警視正とやらもその随行も、表情ひとつ変えてはいない。俺の舌がおかしいのか？）

――奇妙な間。

しかしそれを破ったのはメアリだった。

「でも、悪いことをしましたわ」

「……は？」

「その知人ですが、私にこのお砂糖を下さるの、ほんとうにお嫌そうだったので。ただ執務卓の上には何袋も何袋もあったから、そんなに迷惑ではないと思うけど……」

「こんなに不味い……じゃなかったためずらしい砂糖が、そんなにあったんですか」

「ええ何袋も。二〇〇gか三〇〇gかしら、同じような袋がたくさん。

ましてや、大きなジュラルミンケースの中にはまだまだ入っているようでした」

「……大きなジュラルミンケース？」

「一〇kg分はあったんじゃないかしら。

それでも知人は、そうですね、警察で言うところの『頑強な抵抗』をしたんです。どうあっても、一gでもいえ一粒でも渡したくないといった感じで。とても高価な限定品だからと、砂糖なら別のブランド品を幾らでも贈るからこれだけは駄目だと、それはもう決死の形相《ぎょうそう》で。目上の方でしたけど、もう土下座せんばかりの勢いでしたわ。ほとんど涙目で私の袖《そで》を引かれて――

でも、『ジュラルミンケースに一〇kg』ですもの。そんなに依怙地《いこじ》になる理由が解りませんわ。そもそも珈琲《コーヒー》にお砂糖もミルクも使わない――いえお砂糖など大嫌いな方だと評判の方ですのに。おかしいわ」

……今や、厚生課長の顔は蒼白《そうはく》を過ぎ越して純白になっていた。そうだ、今や思い当たることが在り過ぎる。ただしかし……でもしかし、もし自分の予想が当たっていたら。最悪のかたちで当たっていたら。今厚生課長が感じているその恐怖は、何の誇張もなく死の恐怖であった。だからそれを乗り越えるのに、そしてそれを乗り越えて最も肝心な質問をするのに、実時間にして五分弱を要してしまった。

「あら厚生課長様、どうなさいました？　私、何か不愉快なことを申し上げましたか？」

「……ひ、ひとつ教えてください西有栖警視正」

「なんなりと」

「先刻御訪問された知人の方というのは、どのような!?」

「ああ、L地検の剣崎努次席検事さまですわ。

私、検察修習のとき、剣崎次席に教官をしていただいたことがあって――

あらいけない、厚生課長様と名字が御一緒ですわね、御親戚か何か？」

剣崎厚生課長は上位階級者への礼儀も忘れ珈琲《コーヒー》を吹き出した。人生で初めてといえるほどの勢いで吹き出した。あまりの勢いに、吹き出した珈琲《コーヒー》がメアリと安藤の頭上を越える。それは滑稽《こっけい》な水芸のようだった。むろん、剣崎厚生課長にしてみれば命懸けの水芸だ――

（有罪《ギルティ》）メアリは思った。（呆気《あっけ》なかったわね）

（吐かねば!!　すぐ吐き出さねば!!）剣崎は心中で絶叫した。（時間の猶予《ゆうよ》は……猶予は確か二〇分もない!!）

すぐさまトイレへ駆け出そうとする剣崎厚生課長。

前傾姿勢になりすぎて、そのまま飛び出た先の廊下でスライディングしそうになる――

――その躯《からだ》を優しく抱きとめ、しかし冷厳と立ち塞《ふさ》がる安藤。

「どうしました剣崎課長。

私は救急法指導者の指定を受けています。まずは落ち着いて、御体調の説明を」

「せ、説明も何も!!

トイレに行かせてくれ!!　吐かせてくれ――躯を放してくれ!!」

「何故です」

「だってそれは!!　あんなものを……あんなものを!!」

「あんなもの、とは？」

（――いかん、それだけは言えん!!）

しかし『あんなもの』を経口摂取《けいこうせっしゅ》してしまったとあっては……剣崎課長は錯乱しながら必死で『氷砂糖』の量を思い出そうとした。どう考えても、スプーンで大盛り二杯以上は入れてしまっている。なら四ｇ以下ということはない。そして『あんなもの』が剣崎課長を経口摂取で殺すのに、まさか一ｇは必要ない。〇・五ｇでも立派な自殺行為だ。

「剣崎課長」メアリが厚生課のたもとでいった。「あんなもの、とは？」

「頼む、後生《ごしょう》だッ……!!」

「静まれ、静まれぃ剣崎!!」安藤が裂帛《れっぱく》の気合いとともに訊いた。「あんなもの、とは何だ!?　何を吐き出したいんだ!?」

剣崎課長を抱きとめていた安藤は、今やその躯をガッチリ拘束している。

いっそこの廊下で嘔吐《おうと》してしまおうにも、指を口まで持ってゆくことさえできない。

「安藤、ひょっとして血中の糖分が足りないのかも」メアリは出鱈目《でたらめ》をいった。「ちょうどよかった、すぐにこのお砂糖を差し上げて――急いで、たくさんよ」

「了解です、対策官」

くだんの、無色透明の結晶がぐっと顔先に突き付けられたとき――

既にプラシーボ効果で錯乱状態にあった剣崎課長は観念した。そしていった。

「そ、それは覚醒剤だ――兄が持っていた覚醒剤だ!!」

「あなたたち兄弟が」メアリは淡々と続ける。「烏丸新潮会から買った覚醒剤ね？」

「そうだ!!」

「五名の警察幹部を通じて、警察官を薬物汚染するための覚醒剤ね？」

「そうだ」

「薬物汚染の対象とした警察官は、厚生課長であるあなたが抽出したのね？」

「……ど、どうしてそれを」

「だって何かの依存者を作り出そうというのなら、既に何かの依存者である対象の方が楽だもの。ゆえに――

　既に薬物乱用者とされてしまった六七名の警察官は、あなたが禁煙治療対象者リストから抽出した警察官ね？」

「そ、そうだ、そのとおりだ、だからもう頼む、吐かせてくれ!!　後生だ!!」

「六七名の警察官も、今はきっとそう思っているはずよ――

　では最後に訊く。

　あなたたち兄弟の警察組織薬物汚染計画を指揮したのは、〈一捜会〉と検事総長ね？」

「そ、それは言えん!!　それだけは絶対に!!　だって私の命が!!」

「私は最後に訊くと言っているのよ。よく考えて答えなさい。

　あなたたち兄弟は、〈一捜会〉と検事総長の指揮の下、警察侵略を行った。そうよね？」

「それは……言えない……」

「あなたの決意はよく解った。あなたの処遇もこれで決まった」

　……ここで。

検事総長に対する恐怖ゆえか。それともメアリが用意した偽覚醒剤《ニセ》のプラシーボ効果か。

とうとう剣崎弟は失神した。そしてもう、動かない。

「安藤」

「はい対策官」

「そろそろ庁舎内のギャラリーが喧騒《やかま》しくなってきた。また必要な捜査も終わった。撤収するわ。私は〈レパルス〉に帰る。あなたは剣崎弟をプランBで処理して頂戴」

「……剣崎弟も、ですか？

首席監察官ら五名は、格別の恩情をもって、セントヘレナ流しでお許し下さったのに」

「あなたが私に叛《さか》らうなんて椿事《ちんじ》ね、安藤。

剣崎次席検事と剣崎厚生課長はあの五名とは違う。この兄弟はいわば首魁《しゅかい》よ。だからこれだけ手数を掛け、面倒な真似《まね》をして罠に嵌《は》めた。拷問《ごうもん》で自白させ一件落着――だなんてなまやさしすぎるから。そのプライドを叩き壊し、恥辱と敗北感とに塗《まみ》れさせる必要があったから」

ここでメアリは〈白蜥蜴《しろとかげ》の剣崎〉からの戦利品――剣崎の〈裏《ウラ》秋霜烈日バッジ〉を優美にコイントスした。彼女の美しい右手が開くと、そのバッジは裏側をむいていた。

「ですが対策官はそれに成功なさった。犯罪者に勝利なさった。ならば」

「駄目よ安藤。

私は機会を与えた。だのに剣崎兄弟のいずれも、法円坂検事総長の関与について口を割らなかった。また今後口を割る気もないでしょう――それはそうよね、〈一捜会〉の血の掟《おきて》は一族郎党《いちぞくろうとう》すべてに及ぶから。自白これすなわち死、いえ親族鏖殺《みなごろ》し。私に検事総長のことを自白するくらいなら、いっそ自決をするでしょう。

けれど自決だなんて御立派で安直な最期は許せない。六七名の警察官のためにも。

ゆえに――

私は〈レパルス〉に帰る。安藤、あなたは剣崎弟を白池若頭のところへ搬送しなさい」

「暴力団の手を借りるというのも、公爵家と西有栖宮家の品位にかかわります」

「英国にこういう言葉があるわ――モラルを説くような女は、例外なく不美人である。

そして安藤、あなた私を不美人だと思って？」

「……諦《あきら》めました対策官。御下命《ごかめい》にしたがいます」

「結構。

そして急いで帰ってきてね。考えてみるに、今日はあなたのお茶を飲んではいない。

確か、とっておきの正山小種《チェンシャンシャオチョン》があったわよね？

あの龍眼《りゅうがん》の香りで、この汚穢《おわい》な薬物犯罪の臭いを忘れさせて頂戴」

「御嬢様、かねてよりの疑問なのですが――

ひょっとして御嬢様は、カフェイン依存症とカテキン依存症なのでは？」

「……またこういう言葉もある。躯に悪いものは、およそ魂の健康によい」

「なら覚醒剤も、ですか？」

「それはダメ、絶対ダメ。薬物やめますか、それとも警察官やめますか、よ」

「何故です」

「私の仕事がふえちゃうから」

# 終章

法円坂宮家別邸・茶室『岸良《きしら》庵《あん》』

暫定《ざんてい》首都・中京都を特徴づける、浜名湖のほとり。
だがその北岸、舘山寺《かんざんじ》ともなると、都心の喧騒《けんそう》は嘘のように静まる。
季は五月。
時刻は、午後九時半を回ったあたり。五月の花満月《フラワームーン》が、雲と湖とを妖《あや》しく照らす。
――木造平屋四〇九㎡を誇る法円坂宮家の別邸と、その茶室も。
湖にせりだして設けられた茶室『岸良庵』は、まるでさざ波に洗われるかのようだ。
やがて、銅鑼《どら》の音。
どこか空恐ろしい強弱を付けた銅鑼は、とうとう、濃茶《こいちゃ》の用意ができた合図であった。

茶席の客たち

今宵《こよい》の客たちが、作法どおり、腰掛《こしかけ》を離れて踏石《ふみいし》につくばう。
ここで、心静かに銅鑼の響きを聴くのが客の心得だが……
……四人の客のうち三人は、心静かどころの騒ぎではなかった。

つくばうより、いっそ土下座したい気分であった。

ゆえに、腰掛に帰るしきたりも忘れ、蹲踞《つくばい》で手と口を清めるのもそこそこに、躙口《にじりぐち》から茶室に入る三人。

そして四人目の客――お詰《つめ》の客が、躙口をとん、と閉めて掛け金をかけると、三人はいよいよ、自分たちが軟禁されたように感じた。されたことはないが、留置されたようにも、拘置されたようにも、被告人として公判廷に引きずり出されたようにも感じた。

というのも、三人は既に、今宵の亭主の迎付《でむかえ》を受けていたからだ。

一同が無言のまま総礼した今宵の亭主は、一同の首魁《しゆかい》であり、主人。

そして今宵のお詰を務めるのは、その娘であり、一同の実戦指揮官であった。

要するに、三人は下僕であり、奴隷である……

定座についた四人を照らす、突き上げ窓からの妖しい月光。

湖のさざ波の冷ややかな輝きも、明障子《あかりしようじ》から不気味に零《こぼ》れくる。

……どれだけの時間を、待たされたのか。

薄暗い茶室の中で、三人の心臓がいよいよ、早鐘《はやがね》をフォルテシシモで打ち始めたとき。

それを見計らったか、茶道口がぬるりと開き、今宵の主人が茶室に入ってきた。

客の許可も得ず勝手に入ってきた。そして勝手に喋《しやべ》った。

手描き京友禅《きようゆうぜん》の黒留袖《くろとめそで》が発する、その圧倒的なプレッシャー……

「鄙《ひな》びた寓居《ぐうきよ》に、悪いわねえ。

皆《みな》さぞかし多忙でしょうに、ほほ」

「とんでもないことでございます……」中京高検検事長の花園《はなぞの》がいった。「……検事総長!!」

言葉を発したのは、この、正客《しょうきゃく》の花園検事長のみであった。

次客《じきゃく》の法務事務次官・水無瀬《みなせ》検事、三客の法務省刑事局長・錦小路《にしきこうじ》検事は恐怖と緊張のあまり声も出ず、ただ礼ならぬ土下座をするのみ……

そんな検察の支配者たちに侮蔑《ぶべつ》の微笑を零《こぼ》したのは、お詰の、検事総長秘書官だった。

## 処分

無言のまま、検事総長によって濃茶茶碗が用意される。なんと、曜変天目《ようへんてんもく》だ。

花園・中京高検検事長が、にじりながらそれを右手で採ろうとしたとき――

「花園。それはあなたのお茶ではありませんよ」

「は？」

花園検事長が疑問の声を発したその刹那《せつな》。

どのようなつくりであろうか、茶杓《ちゃしゃく》がいきなり花園の眉間《みけん》に突き刺さった。

突然飛来した鋭器に、声を立てる暇《ま》もなく急所を穿《うが》たれ、すぐさま絶命する花園。

「お母様」検事総長秘書官がたしなめるように訊く。「お茶杓の作は？」

「松平不昧《ふまい》」

「御銘は？」

「鳥威《とりおどし》」

「よい刺さり味ですこと、あっは」

「亭主にいきなり語り掛けるなど、検察官の品格も地に墜《お》ちたもの……」

西有栖の者どもにすら嘲《わら》われてしまうわ、ほほ」

「どうしたの、水無瀬次官？」検事総長秘書官が訊く。「それはあなたのお茶よ？」

「そ」

それでは有難《ありがた》く……と言い掛けて、法務事務次官はすぐさま自制した。くだらない作法違反にかこつけて、いきなり死刑に処されては敵《かな》わない。そして、いきなり死刑に処された中京高検検事長には気の毒だが……第二位者が欠ければ、第三位者が昇進する。検事総長に次ぐ顕官《けんかん》であった花園の死は、いよいよ水無瀬が中京高検検事長の地位に就《つ》くことを意味する、はずだ。

水無瀬次官は慎重に、古《こ》帛紗《ぶくさ》を左手の上に載せ、茶碗を押し戴《いただ》いて感謝する。

そして茶碗を二回ほど手前に回し、茶碗の正面を避け、一啜《いってつ》――

「お服加減は如何《いかが》？」

「まことに結構です、総長」

やがて作法どおり、茶巾《ちゃきん》で拭《ぬぐ》われた茶碗と古帛紗が、次の客――日本検察の第四位者である錦小路刑事局長に手送りされる。もとより錦小路も無言のまま茶を一啜した。錦小路の様子とタイミングを見計らっていた水無瀬法務次官が、必死に過去の茶席を思い出しながら、検事総長にいう――

「た、大変結構なお茶をいただきまして、有難《ありがと》うございます」ええと、ここからは……そうだ。「お茶銘は？」

「祝《いわい》の紅白」

「おつめは」

「神楽新潮園《かぐらしんちょうえん》でございます」

「床の花は」

――ここでいきなり検事総長は素に戻った。そして『讌飲詩《えんいんし》』の掛物《かけもの》を見ながらいった。

「トリカブトでございます」

「はあ、トリカブト……」しかし水無瀬法務次官には、その意味を考える時間が許されなかった。「……ぐふはっ!!」

「うぐっ!!」無論、同じ茶を飲んだ錦小路刑事局長とて同様である。「ま、まさか総長、我々を……鏖殺《みなごろ》しに!?　これまで、そ、総長を必死でお支え申し上げてきた我々を……」

「ちゅ、中京高検検事長に」水無瀬法務次官の口からは、血の混じった白い泡が吹きこぼれている。「法務次官の私。そして、法務省刑事局長……日本検察の第四位者までを粛清《しゅくせい》するなど……しょ、正気の、沙汰《さた》では……ない!!」

「一捜会の鉄の掟」検事総長秘書官はいった。「失敗には、死を」

とおん。月夜に泣いた鹿威《ししおど》しの音は、まるで弔鐘だった。

厳命

――三人の最上位検事の死体を前に、検事総長はいった。

いよいよ妖しくふりそそぐ月光に、その姿が壮絶とも荘厳《そうごん》ともいえるかたちで浮かぶ。

「日本検察に無能はいらないわ、私の検察にはね。

私の姿を見たというのに自決しないのみならず死ぬのに私の手まで煩《わずら》わせるとは――無能が!!」

「でもお母様、中京高検検事長って、まだ生かしておくはずではなくて？

御自分の後継者を一存で葬《ほうむ》り去ったとなれば、官邸も喧騒《うるさ》いわよ……」

「あら、私としたことが、つい物の弾みで。

仕方ないわねえ、上原総理には謝りに行って頂戴な――上原政権をとこしえに支えるにふさわしからぬ俗吏《ぞくり》を更迭《こうてつ》したと。そうねえ、あの箱崎が官邸内に飼っている協力者を二、三人、おみやげとして総理にお伝えすれば、まあどうにかなるでしょう」

「お母様の物の弾みは物騒ね。

でも仕方ないか、お母様は下賤《げせん》な者が何よりお嫌いですもの――例えばあの西有栖の小娘のような、あっは」

「――ところで直子」

「は、はいお母様」

「日野なる女警察署長はどうでもよいとして、鬼池と剣崎は我が〈一捜会〉の上級幹部。私に裏《ウラ》秋霜烈日の誓いをささげた者ども……仮初《かりそ》めにも検事の身分を有する者。それが、あの小賢《こざか》しい阿婆擦《あばず》れ西有栖綾子ごときにしてやられるとは。銀鷲《ぎんわし》だの、白蜥蜴《しろとかげ》だの、御大層《ごたいそう》な二つ名が聴いて呆《あき》れる」

「ご、御安心くださいお母様、いえ総長。鬼池や剣崎など、所詮《しょせん》〈一捜会〉のうちでも嚙《か》ませ犬の類《たぐい》。そして今この瞬間においても、あの陰湿な箱崎警察庁長官と、あの陰険な西有栖綾子を愕然《がくぜん》とさせ絶望させる最上の警察不祥事は、より優秀な検事たちによって、着々と、そして数多《あまた》……」

「直子」

「はい総長!!」

「日本検察に無能はいらないわ。そしてそれに例外は無い。そう、それが実の娘であろうとも――私の悲願、私の大望、ゆめ疎《おろそ》かにしないことね、可愛い直子?」

「……総長の検察のため、総長の日本のため、私と〈一捜会〉の総力を尽くします」

「あらそうだ、大事なことを忘れていた」

「え」

「この『岸良庵』を……いえこの別邸ごと燃やし尽くしておしまい。ここは恥辱に塗《まみ》れた。

思い出すだに汚《けが》らわしい。敷地・庭園六、〇七二㎡ごと焚《た》き上げるのよ……

ああ、燃えてしまう……私の茶室が、庭園が、別邸が……!!　これもすべて西有栖の淫売の所為《せい》……!!　絶対に……絶対に絶対に絶対に許さない許すものか誰も許すものか!!

粛清万里、総斉八荒!!　おほほ、おほ、おほ、おっほほほほほほほほ――」

本書は新潮文庫のために書き下ろされた。

古野まほろ著

**R.E.D. 警察庁特殊防犯対策官室**

総理直轄の特殊捜査班、女性6人の精鋭チームが謎のテロリスト〈勿忘草《ワスレナグサ》〉を追う。元警察キャリアによる警察ミステリの新機軸。

古野まほろ著

**R.E.D. 警察庁特殊防犯対策官室 ACT II**

巨大外資企業の少女人身売買ネットワークを潜入捜査で殲滅せよ。元警察キャリアのみが描けるリアルな警察捜査サスペンス、第二幕。

古野まほろ著

**R.E.D. 警察庁特殊防犯対策官室 ACT III**

完全秘匿の強制介入で、フランスに巣くう日本人少女人身売買ネットワークを一夜で殲滅せよ。究極の警察捜査サスペンス、第三幕。

古野まほろ著

**新任巡査**（上・下）

上原頼音《ライト》、22歳。職業、今日から警察官。新任巡査の目を通して警察組織と、組織で働く人間の哀感を描いた究極のお仕事ミステリー。

有栖川有栖著

**絶叫城殺人事件**

「黒鳥亭」「壺中庵」「月宮殿」「雪華楼」「紅雨荘」「絶叫城」——底知れぬ恐怖を孕んで闇に聳える六つの館に火村とアリスが挑む。

有栖川有栖著

**乱鴉の島**

無数の鴉が舞い飛ぶ絶海の孤島で、火村英生と有栖川有栖は「魔」に出遭う——。精緻な推理、瞠目の真実。著者会心の本格ミステリ。

柾木政宗著

朝比奈うさぎの謎解き錬愛術

偏狂ストーカー美少女が残念イケメン探偵への愛の〝ついで〟に殺人事件の謎を解く!? 期待の新鋭による新感覚ラブコメ本格ミステリ。

柾木政宗著

朝比奈うさぎは報・恋・想で推理する

美少女(ストーカー)VS.初恋同級生(キャバ嬢)。名探偵への愛のついでに謎を解く。妄想推理が炸裂する、新感覚ラブコメ本格ミステリ。

円居挽著

シャーロック・ノート
—学園裁判と密室の謎—

退屈な高校生活を変えた、ひとりの少女との出会い。学園裁判。殺人と暗号。密室爆破事件。いま始まる青春×本格ミステリの新機軸。

円居挽著

シャーロック・ノートII
—試験と古典と探偵殺し—

太刀杜からんはカンニング事件を受け、生徒会裁判〝将覧仕合〟に臨む。伝説の名探偵・金田一も参戦する青春本格ミステリ!

岡本綺堂著
宮部みゆき編

半七捕物帳
—江戸探偵怪異譚—

捕物帳の嚆矢にして、和製探偵小説の幕開け。全六十九編から宮部みゆきが選んだ傑作集。江戸のシャアロック・ホームズ、ここにあり。

詠坂雄二著

人ノ町

旅人は彷徨《さまよ》い続ける。文明が衰退し、崩れ行く世界を。彼女は何者か、この世界の「禁忌」とは。注目の鬼才による異形のミステリ。

福田和代著

## BUG 広域警察極秘捜査班

冤罪で死刑判決を受けた天才ハッカーは今、超域的犯罪捜査機構・広域警察の極秘捜査班〈BUG〉となり、自らを陥れた巨悪に挑む！

早坂　吝著

## 探偵AIのリアル・ディープラーニング

天才研究者が密室で怪死した。「探偵」と「犯人」、対をなすAI少女を遺して。現代のホームズVS.モリアーティ、本格推理バトル勃発!!

早坂　吝著

## 犯人IAのインテリジェンス・アンプリファー
—探偵AI　2—

探偵AI、敗北!?　主人公を翻弄する天才犯罪者・以相《いあ》の逆襲が始まる。奇想とロジックが宙を舞う新感覚推理バトル、待望の続編!!

七河迦南著

## 夢と魔法の国のリドル

楽しい遊園地デートは魔王退治と密室殺人の謎解きに？　パズルと魔法の秘密を暴き、二人は再会できるのか。異色の新感覚ミステリ。

月原　渉著

## 首無館の殺人

その館では、首のない死体が首を抱く——。斜陽の商家で起きる連続首無事件。奇妙な琴の音、動く首、謎の中庭。本格ミステリー。

青柳碧人著

## 猫河原家の人びと
—一家全員、名探偵—

謎と事件をこよなく愛するヘンな家族たち。私だけは普通の女子大生でいたいのに……。変人一家のユニークミステリー、ここに誕生。

デザイン　川谷康久（川谷デザイン）

# オニキス

## ―公爵令嬢刑事　西有栖宮綾子―

新潮文庫　ふ－52－11

令和二年一月一日発行

著者　古《ふる》野《の》まほろ

発行者　佐藤隆信

発行所　株式会社新潮社

郵便番号　一六二―八七一一
東京都新宿区矢来町七一
電話　編集部(〇三)三二六六―五四四〇
　　　読者係(〇三)三二六六―五一一一
https://www.shinchosha.co.jp

価格はカバーに表示してあります。



印刷・錦明印刷株式会社　製本・錦明印刷株式会社



ISBN978-4-10-180180-3 C0193